QCISS

Terol McCullar (T-MAC)

Spanish Edition

SICQ

Terol McCullar (T-MAC)

ARPress
ILLUMINATING IDEAS,
EMPOWERING VOICES

ARPress
45 Dan Road Suite 5
Canton MA 02021
Hotline: 1(888) 821-0229
Fax: 1(508) 545-7580

Ordering Information:
Quantity sales. Special discounts are available on quantity purchases by corporations, associations, and others. For details, contact the publisher at the address above.

Printed in the United States of America.

ISBN-13:   Softcover   979-8-89389-456-1
              eBook   979-8-89389-457-8

Library of Congress Control Number: 2023904328

A Tricia, Angela y una larga lista de grandes amigos

Richard caminó lentamente por el Jardín Central, recogiendo la compasión de las muchas plantas y árboles que adornaban los senderos y el arroyo que entrelazaban este retiro. Las células de emisión solar producían el ambiente idóneo para que la flora creciera a la perfección. Todos los sonidos silenciosos llenaban el jardín con los bellos colores de un prisma. La suave tierra marrón, que daba paso a un agua azul suavemente arremolinada que acariciaba cada roca del arroyo, daba complemento al árbol implantado en una isla del arroyo. En lo alto del arco del puente, Richard se detuvo y se apoyó en la barandilla con los antebrazos. Sus ojos se centraron en el brillo profundo de una manzana en el árbol. Su rostro se enroscó en un pensamiento abismal que alimentó su alma. El silencio fue rasgado por sus fríos ojos azules resonando la energía generada dentro de su mente. La manzana pareció gritar de dolor.

Capítulo 1

El Presidente: Acusación

"Señoras y señores, el presidente de Estados Unidos", anunció la secretaria de prensa January Yee y luego dio un paso atrás. Una pálida expectación llenó el auditorio mientras Tsirch cruzaba hacia el podio.

"Gracias, Sra. Yee".

Con una larga mirada sincera a la concurrencia, el presidente respiró hondo y muy lentamente e inició: "Buenas noches".

Un coro de voces respondió: "Buenas noches, Sr. Presidente". "Miembros de la prensa... La palabra es suya".

La falta de una declaración de apertura cogió a todos por sorpresa. La primera en reunir alguna idea fue una mujer, que rápidamente se puso en pie y fue reconocida.

"Sra. Walker, creo que tiene la palabra para usted sola". Mirando a ambos lados, esbozó una media sonrisa. "Gracias, Sr. Presidente. ¿Es cierto que ha pedido al vicepresidente Natás su dimisión?"

La respuesta fue reservada con un toque de pesar: "Sí".

Desconcertada por su falta de elaboración, prosiguió: "¿Puede darnos la razón de esta acción?".

Lo inevitable llegó a Tsirch. Comenzó su oratoria lentamente pero se hizo cada vez más deliberada a medida que continuaba: "Sí, puedo. Según mis fuentes, el vicepresidente Natás ha estado implicado, durante las últimas siete semanas, en una operación muy compleja que posiblemente podría socavar o destruir al propio gobierno al que representa. Esto habría sido logrado desarmando abiertamente a las fuerzas armadas, haciéndolas así objeto de ataques por parte de al menos una docena de adversarios. El vicepresidente ha mantenido contactos personales mensuales con líderes militares y científicos de estas naciones. Se trata de un esfuerzo flagrante para combinar sus fuerzas, comprometiendo al mismo tiempo ciertas operaciones militares y científicas." El presidente asintió al siguiente consultante.

Matt Shay tomó la palabra: "Matt Shay, Chicago Tribune. Señor Presidente, ha hablado usted de 'desarme'. ¿Se trataría de un desarme nuclear o sol-la-ser, y cómo habría de haberse llevado a cabo?"

"El desarme no iba a haber sido ni nuclear ni sol-la-ser. Iba a ser realizado comprometiendo nuestros desarrollos bioquímicos".

Cal Thompson bajó el ceño y, tras recibir el visto bueno, buscó más explicaciones: "Cal Thompson, Daily Wire, Sr. Presidente. ¿Qué desarrollos bioquímicos?"

Tsirch esperaba esta pregunta desde hacía meses, pero ahora no era el momento de responderla.

"Por razones de seguridad nacional, tendré que responder diciendo únicamente que los desarrollos en cuestión son importantes para nuestro programa de defensa mundial".

Todo el mundo conocía la siguiente pregunta. Jenny McRea se puso en pie y la formuló: "Jenny McRea, CBS, Sr. Presidente. ¿Estos 'desarrollos' estarían asociados con desarrollos de guerra bioquímica, que pisotearían la Resolución 612?"

El presidente tuvo que manejar esto con mucho cuidado. Contraatacó rápidamente con su habitual sentido de la presencia: "Creo que la pregunta es injusta tal y como está figurada, Jenny. Aunque cualquier desarrollo defensivo puede considerarse como un instrumento potencialmente ofensivo, no creo que estos desarrollos deban interpretarse como tales, a la luz de nuestras décadas de paz. La Resolución 612 de la Corte Mundial es un faro que dirige la convicción decidida de esta nación por la paz mundial." La retórica de Tsirch tuvo éxito.

Luis Avilla presionó con un nuevo tono: "Luis Avilla, Modesto Bee, Sr. Presidente, usted ha mencionado fuentes. ¿Revelará sus fuentes de esta información?"

"Sí, revelaré una fuente en este momento".

La esperada respuesta de "fuentes cercanas" o "nuestras fuentes de recopilación de información han descubierto" no se produjo. La anticipación recorrió ominosamente la audiencia.

"Recibí gran parte de mi información de un líder mundial muy respetado, el presidente Browning de Inglaterra".

Capítulo 2

VP: Respuesta (Tal vez)

Richard colocó las manos, los pulgares y los dedos en combinación deliberada en la cerradura de huellas. La puerta se deslizó. Al pasar por un desnivel hacia la sala de estar, se activó un sensor y la habitación se inundó de luz. Se detuvo ante una mesa suspendida en el centro de la sala. Se inclinó hacia la mesa y tocó uno de los muchos botones del sensor. De un agujero de una pequeña caja, apareció la colilla de un cigarrillo. Se llevó el cigarrillo encendido a la boca y aspiró modestamente.

Fácilmente se sentó en el sofá y se recostó, balanceándose suavemente con el sutil movimiento del líquido que contenía. El pensamiento que crecía en sus ojos fue interrumpido por el suave pitido del comunicador de vídeo (COM). Se acercó de nuevo a la mesa central y tocó el botón del emisor de vídeo (VS) apagado, después tocó el botón del receptor de vídeo (VR). Al instante, un cubo sobre la mesa cobró vida en 3-D. Un hombre estaba sentado a la mesa, esperando una respuesta a su llamada. Richard sonrió a la figura del cubo. Tocó otro botón.

"Hola, Paul, esperaba que fueras el primero en llamar". El tono de Richard era casi alegre.

"¿Richard?" "¿Sí?"

"¡Enciende tu VS para que pueda verte!" "¿Estás solo?"

"Sí, estoy solo". La agitación de Paul aumentó. "¡Vamos!"

Richard alcanzó la consola y pensó en escanear la casa de Paul, pero pasó por alto el botón de escaneo de seguridad y tocó el botón VS para que su amigo de confianza pudiera verle.

"¿Qué te parece, Paul?", figuró mientras tocaba el cierre DS para preescanear.

"Así está mejor", dijo Paul con menos ansiedad. "Richard, realmente disfrutas de tu fortaleza electrónica, ¿Verdad?". Richard sólo sonrió. Paul miró la cara de Richard durante un momento y luego continuó. "Richard, eres increíble".

Richard se encogió un poco de hombros y bromeó: "¿Qué hay de nuevo?". Apagó el cigarrillo.

Paul sacudió la cabeza. "Ah, vamos, Richard. Tienes que estar derrumbándote por dentro, pero por fuera no hay ni rastro de fractura".

"No es cierto, Paul, ambos lados están estables".

"Claro, y el Papa es una mujer. Habría que estar loco para no preocuparse".

"Puede ser, pero no estoy preocupado, sino profundamente preocupado porque quizá haya que rehacer parte de mi trabajo, y me estoy quedando sin tiempo". Un roce de pensamiento bajó la ceja de Richard. "Ahora que lo pienso..." Richard hizo una pausa para seguir pensando. "Hay dos cosas que sí causan algo más que preocupación". Miró fijamente a Paul. "Paul, ¿Puedo llamarte más tarde?", dijo, alcanzando la consola.

"Un momento, Richard", dijo Paul rápidamente. "Tenemos que discutir tu declaración".

"¡Paul, no necesito hacer una declaración ahora!"

"Y una mierda que no", respondió Paul. "Tienes que decir algo, o tú y muchos otros pueden dar pasos más largos en tu ya acortado muelle".

Richard le devolvió el saque: "Bueno, Paul, ¿Qué quieres que diga?". La andanada de Paul fue lanzada en serio.

"¿Qué tal la verdad?"

Los pensamientos de Richard reflejaban su posición entre sus electores y compañeros políticos y siempre se le ha conocido por decir la verdad, pero la realidad le ha conocido por decir la verdad pero no toda la verdad. Richard llegó a la red con su propia descarga.

"La verdad es, Paul, que no conozco la verdad, y si se supiera, probablemente nadie podría manejar la verdad. Ahora estoy empezando a descubrir que algunas cosas que creía ciertas pueden no serlo. Esa, amigo mío, es la verdad". Fue un golpe pasajero.

Paul perdió el saque confundido. "Richard, ¿De qué demonios estás hablando? ¿Qué puede no ser verdad?"

Richard sabía que Paul podía manejar toda la verdad, pero no querría ser el responsable de guardarla. Esta vez sirvió.

"De acuerdo, Paul. Dile a la prensa la verdad tal y como la conoces".

Paul tuvo la oportunidad de dar un tiro ganador pero, de repente, decidió que el juego había terminado. Su tono era desesperado. "Richard, si cuento lo que sé... quiero decir, no sabría por dónde empezar ni siquiera cómo explicar lo que sé sin que todo el mundo se vaya al garete, aunque en mi mente no se haya hecho nada malo".

Richard se inclinó hacia delante en el sofá, apoyó los antebrazos en las rodillas y juntó ligeramente las manos. Una media sonrisa cómplice llenó su rostro.

"Ahora ya sabes dónde estoy, Paul, y por qué me alegro de que seas un amigo en el que puedo confiar".

Paul recobró la compostura. "Richard, no intentes engatusarme. Sé a qué atenerme".

¿Pero lo sabes? pensó Richard para sí. No estaba seguro de saberlo. "De acuerdo, Paul. Haz de secretario de prensa por mí y emite el estándar 'negación categórica de los cargos', 'hasta donde yo recuerdo', o 'no he tenido tiempo de asimilar la información', y añade unos cuantos 'sin comentarios' y termina con un 'no hay más declaraciones en este momento' por mí."

"De acuerdo, Dickie". Su espíritu estaba volviendo. "Sé que no vas a decirme nada ahora, pero tarde o temprano-"

"Más tarde, Paul", interrumpió Richard. "Mucho más tarde".

"Richard, avísame antes de que venga el hombre del hielo para poder tomar el lento transbordador a Alfa Centauri A".

"Paul... gracias por comprender". "Richard... no estoy seguro de hacerlo".

Paul desapareció del cubo. Richard se acercó a la mesa e, ignorando la luz de espera de comunicación que parpadeaba, colocó su combinación mano/dígito en una cerradura de impresión. Una suave voz de ordenador rompió el silencio.

"¿Código de reconocimiento de voz?", preguntó.

"Cero, dos, nueve, veinte", dijo Richard con claridad. "Código aceptado. Reconocimiento de voz".

"Richard Natás".

"Reconocido. ¿Modo de comunicación?" "Digital", respondió Richard.

"Ejecutar programa", figuró el ordenador.

Los dedos de Richard estaban ocupados en el teclado del ordenador. Sus ojos leyeron la pantalla que no efectuó ningún cambio de expresión, y continuó su trabajo.

"Finalizar programa digital", dijo Richard, mientras sus dedos abandonaban el teclado.

"¿Código de fin de comunicación?", preguntó la voz.

"Dos, setenta, cuatro, nueve, Richard A. Natás". Richard hizo una pausa.

La luz que aún parpadeaba en la consola le llamó la atención. Tocó el VS apagado, el DS bloqueado y el VR encendido. El cubo volvió a activarse. La figura que se mostraba era una mujer vestida de negocios. Tras admirarla durante unos segundos, Richard tocó un botón y habló.

"Sra. Walker, empiezo a comprender cómo es usted siempre una de las primeras periodistas en conseguir una historia".

Obviamente sobresaltada, pero sólo momentáneamente, se aclaró la garganta y contestó: "¡Oh! ¿Sr. Vicepresidente?".

"¿Sí, Sra. Walker?"

"Lo siento, Sr. Vicepresidente, pero es la primera vez que me comunico sin pasar por el contestador automático. En realidad no esperaba que estuviera en su despacho".

"En realidad no estoy en mi despacho. Estoy en casa".

"¿Le están desviando las llamadas de su oficina a su casa? ¿No le preocupa que el localizador de llamadas de alguien registre su número?"

"He preseleccionado el código de su llamada para que sea desviada aquí. De todas formas con toda la magia electrónica disponible, no es difícil conseguir cualquier número, y... si mira en su directorio, encontrará que el número de mi casa ya ha sido colocado allí."

Ella comprobó su directorio: "No lo veo, Sr. Vicepresidente". "Búsqueme bajo el nombre en clave".

Ella se sintió inundada por su pedido y, murmurando para sí misma, hizo lo que él le pedía.

"¿Cómo sabía cuál era mi nombre en clave para usted?". "Tengo mis fuentes", bromeó él.

"¿Cuándo pusiste tu número en mi agenda y por qué?". "¿A última hora de anoche, y porque probablemente lo necesitarás?" él contraatacó.

Ella digirió esa afirmación. "Aunque me siento muy honrada, no entiendo..."

"Sra. Walker", la interrumpió él. "Si me permite un poco de libertad, le contaré el motivo por el que había sido seleccionada, con qué fin, y...". Tocó los botones de bloqueo DS y VS. "Quiero que me vea mientras se lo cuento".

Ella se sorprendió de su aparición en su cubo de vídeo. "Gracias, Sr. Vicepresidente".

"Sra. Walker, he leído muchos de sus titulares, entrevistas e historias, y he descubierto que es usted una de las pocas periodistas que no necesita editorializar para que una historia funcione. Usted parece ver el meollo de una cuestión y presentar ambos lados sin sopesar la moral subjetiva, sino más bien con la mirada puesta en la verdad y la justicia".

Esbozó una media sonrisa. "Siendo miembro del Colegio de Abogados, siento que debo ondear la bandera".

La media sonrisa devuelta de Richard se desvaneció lentamente. Se acercó a la consola y tocó unos botones.

"Señora Walker, ¿Está preparada su residencia para un escáner de seguridad de nivel 3?". Un shock total apareció en su rostro. Richard vio su reacción y continuó rápidamente: "No hay motivo para alarmarse. Esta conversación no se acercará al nivel 3, pero me gusta tener un amplio margen de seguridad. Entonces, ¿Está bien?"

Ella recuperó la compostura. "Por supuesto".

"Gracias". Richard tocó más botones, luego se dirigió al teclado de su ordenador y ocupó sus dedos durante un largo momento.

Observó la pantalla con atención. Mientras ella le observaba con interés, en su cubo aparecieron las palabras "Scramble COM Nivel 3", y de repente se oscureció. Sintió curiosidad y, momentáneamente, su cubo volvió a iluminarse. Richard levantó la vista de su pantalla y habló.

"¿Podría dejar a su mascota al aire libre durante el resto de nuestra conversación? Y mientras lo hace, ¿Podría cerrar todas las puertas y ventanas interiores y exteriores, y encender todos los visores? Cuando saque a su mascota, ¿Podría salir también, contar hasta diez y luego volver a entrar?". Desconcertada, ella procedió a hacer lo que él le había pedido. Durante estas actividades, Richard siguió mirando la pantalla y respondiendo a las indicaciones del teclado. Regresó y se sentó ante un cubo oscuro. Esperó ansiosamente. Richard reapareció, pero también apareció un mensaje.

Retire los emisores de luz de: el techo del dormitorio principal; el baño de conexión, sobre el espejo; la sala de estar, a la derecha de la chimenea; la lámpara de la sala de videocomunicación, a su izquierda; y todos los emisores de la estantería de almacenamiento de la despensa. Colóquelos en su unidad de eliminación.

Se quedó mirando las palabras durante un segundo, se levantó e hizo lo que se le indicaba. "Las cosas se están volviendo extrañas", murmuró para sí misma mientras colocaba el último emisor en la unidad de eliminación. Conectó el ciclo de eliminación que provocó un zumbido que fue interrumpido por varias sacudidas dentro de la unidad. Echó un segundo vistazo a la unidad y volvió a la sala COM y se sentó ante otro cubo oscuro. Volvió a encenderse. Aparecieron más palabras. "Jesus Chr-" Ella suspiró.

"Bajo la base del cubo de vídeo, retire el segundo tornillo frontal derecho con un destornillador de cabeza ranurada".

Se levantó, salió de la habitación y volvió con un destornillador y quitó el tornillo. Miró el cubo y leyó el mensaje que le pedía que depositara el contenido de su bolso sobre la mesa. Tomó su bolso del suelo, lo vació y extendió los objetos sobre la mesa.

"Mantenga en alto el juego de llaves del cubo", le indicó el mensaje.

Ella las mantuvo en alto con una expresión interrogante en el rostro. "Retire la pata de conejo y deshágase de ella y del tornillo". Riéndose entre dientes, retiró el amuleto de la buena suerte, se dirigió a la trituradora y regresó.

No había palabras en el cubo, y ella fingió decepción.

"Gracias, Sra. Walker", anunció Richard.

"¿Ha terminado ya?", dijo ella con cierto disgusto. "En realidad..." Cuando él hizo una pausa en su discurso, ella hizo ademán de levantarse pero detuvo su movimiento al continuar su declaración. "Sí y no. Su ordenador 4201 no debe utilizarse para procesar o almacenar información sensible. ¿Cuándo fue la última vez que fumigaste en busca de bichos?" "¿Bichos, señor? ¿Quiere decir que esos objetos tenían micrófonos?" Se puso ansiosa.

"Alguien quiere saber más sobre usted, Sra. Walker".

Ella se retorció pensativa y tartamudeó: "Bueno, ¿Quién... por qué... cómo podría...?".

"Hablas como una verdadera periodista", bromeó Richard. "No se sorprenda, probablemente usted misma compró esos artículos", añadió.

"Sí... excepto la pata de conejo. Me la regaló..." Ella se enfadó. "¿Quiere decir que esos bichos están colocados en artículos de venta al por menor y los ha comprado Jane Q. Conservative para que puedan ser espiados por quién sabe quién?". Miró fijamente a Richard. "¡Usted sabe quién, Sr. Vicepresidente!", reclamó ella con ira menguante.

"¿En serio, Sra. Walker? Es una teoría interesante que debería explorar en un futuro próximo. Es posible que estos objetos fueran sustituidos con réplicas por alguien que usted conoce o a quien usted dio acceso a su casa". Los números 112019474261944 aparecieron en su cubo. "Por cierto, estos números que aparecen en su cubo, si se introducen antes y después de una comunicación lo harán menos susceptible a los dispositivos de escucha, a menos que se implemente el código de anulación del Tribunal de Justicia".

"Por supuesto, el Tribunal de Justicia puede anular casi todo, pero ¿Por qué me dice estas cosas?", preguntó mientras las anotaba. "Mi ordenador te ha dado el visto bueno y, lo que es más importante, me siento cómodo con usted. Así que permítame darle una visión general de lo que tengo en mente, y luego decidiremos si habrá o cuál será será el siguiente paso". Richard se recostó en el sofá para ponerse más cómodo. También relajó la postura. "Lo que voy a relatarle no es información exclusiva. De hecho, es de conocimiento común entre muchas personas. Lo interesante es que ninguna persona tiene toda la información, y todas las partes implicadas están reteniendo otros fragmentos clave de información como su propio pequeño secreto. No es por sonar semiomnisciente, pero por lo que yo sé, solo yo estoy a punto de obtener toda la información que tienen los demás como un todo colectivo. Pronto se me encomendará la tarea de cotejar esta información en la secuencia que revelará ciertas verdades o falsedades. Lo que decida compartir con usted, Sra. Walker, será la verdad, pero probablemente no toda la verdad".

Se reclinó en su silla con un cuaderno en la mano.

Se debatía con varias preguntas en su mente. "Sr. Vicepresidente, no estoy muy segura de entender adónde conduce toda esta retórica. Pensaría que si quisiera informar de algo al pueblo, utilizaría a su secretario de prensa".

"Si me da cierta libertad, licenciada, le informaré de la dirección y naturaleza de mi oratoria y de cualquier posible promulgación".

"Tiene mi atención. Seré una buena periodista y tomaré notas", dijo con jocosa condescendencia mientras agitaba su libreta. Richard se levantó y empezó a caminar hacia el bar.

"Au contraire, deseo el intercambio, la reacción y la interacción con usted", replicó con gestos deliberados. Se sirvió un vaso de té helado. Empezó a hablar, pero se cortó.

"¿Quiere que espere mientras usted se sirve algo?", preguntó él, manteniendo en alto su vaso. Ella negó con la cabeza y empezó a hablar, y de nuevo él habló primero: "¡Walker!". Hizo una pausa mientras volvía y se colocaba en el extremo del sofá. "¿Ha dado alguna vez un paseo por el bosque?"

Ella se sorprendió ante la pregunta. Dudó en su respuesta. "Sí".

"¿Qué le parece el bosque?" "Es hermoso, relajante, tranquilo-"

"Antes de caminar por el bosque, ¿Qué sentía por él?".

Se quedó perpleja. "No tenía ningún sentimiento por ello, sólo tenía impresiones por lo que había leído, visto en vídeos o me habían hablado de él".

"¿Cómo se compararon sus impresiones con su presencia real en el bosque?"

"No hubo comparación real. Mis impresiones previas del bosque no le hacían justicia. Supongo que había que estar allí".

"Si hubiera escrito sobre el bosque antes de su visita allí, ¿Podría haberle hecho justicia?"

"En primer lugar, no habría escrito sobre algo que no conociera, pero para responder a su pregunta, no, no podría haberle hecho justicia".

"¿Y si hubiera vivido allí?"

"Habría tenido una historia en profundidad sobre una relación íntima con mi entorno".

"¿Y esa sería la mejor historia?" "La mejor historia posible", afirmó ella.

"Quizá", dijo él, volviendo al sofá. Se sentó mientras continuaba: "Pero puede que esté tan atrapada en la verdadera historia interior que no logre establecer una relación con quienes nunca han caminado por el bosque. Puede que no relate la emoción, la anticipación, la ansiedad de ese primer paseo".

Y añadió con voz cómplice: "Así que quiere que escriba sobre mi primera caminata".

"Más que eso, Walker, quiero que escriba sobre cada paso para que incluso los que han dado esos pasos antes puedan sentirlos de nuevo". Se inclinó sobre el sofá y su rostro se volvió serio y su voz suavemente grave. "Su primer paseo, sí, pero si no tenemos cuidado... puede que no tengamos la oportunidad de dar otro". Ella sintió miedo en su interior por esta ominosa afirmación, pero la voz de él pareció calmar su temor, como si él la controlara.

"Sr. Vicepresidente", dijo ella, levantándose, "me gustaría escribir esta historia". Caminó por detrás de la silla y continuó: "Pero como funcionaria del tribunal, si encontrara un conflicto de intereses, eso tendría prioridad sobre mi condición de periodista".

Richard sonrió y se recostó en el sofá.

"Soy consciente de su doble profesionalidad, ésa es otra de las razones por las que le he seleccionado. En el cajón de su escritorio encontrará un modesto anticipo como mi asesora legal. Sólo tiene que negociar el borrador para aceptar el cargo. Así, cualquier conflicto de intereses quedará anulado, ya que todo lo que le diga será comunicación privilegiada. Sin embargo, Sra. Walker, quiero dejar esto claro. Si descubre algo procesable, puede emprender acciones legales".

"¿Tengo su palabra?"

Richard sonrió, casi con una mueca, y se inclinó hacia el cubo. "Confíe en mí".

Fue su turno de sonreír. "La primera vez que oí eso fue en un picnic para dos a medianoche en una playa bajo la suave luz de la luna".

"Confío, Sra. Walker, en que ésa no fue la última vez que oyó esas palabras".

Ella reflexionó un momento. Richard observó sus ojos con atención. Volviendo a la realidad, ella replicó: "No, pero fue la última vez que que las creí".

"Seguramente". Sonrió. Richard se acomodó en su silla. "Me gustaría reunirme con usted, después de que haya tenido tiempo de considerar mi oferta, ¿De acuerdo?"

"Claro, me gustaría".

"Bien." Se entretuvo con el teclado, mirando la pantalla. "¿Qué tal el jueves, después de las 8:30 para desayunar? ¿Estarás disponible?"

"Si no lo estoy, lo estaré".

"Bien, entonces te veré aquí".

"¿Allí, en su residencia?" Se sorprendió. "¡Por supuesto!"

"Sí... por supuesto", repitió, mientras se entumecía un poco. "Hasta entonces, Sra. Walker".

"Hasta entonces, Sr. Vicepresidente". Los cubos estaban de nuevo en la oscuridad.

Capítulo 3

Sal v. 'Gemo

Entre sus muchos otros talentos, Sal era probablemente el bioquímico más destacado del mundo. Se sabía que había estudiado en veintidós instituciones de enseñanza diferentes de renombre mundial, y probablemente en más. Era difícil saber exactamente en cuántas, ya que siempre utilizaba un nombre distinto para mantener su anonimato. Lo curioso era que nunca se había molestado en graduarse o solicitar ningún título, aunque tenía cuarenta y dos títulos honoríficos otorgados. Esta excentricidad complementa su aversión a que le llamaran "doctor" Uschin. También tenía la distinción de haber mantenido más de cien puestos de trabajo desde que reapareció hace quince años, muy al estilo de su mentor, el Dr. 'Gemo. Por el momento, el trabajo de Sal se centraba en ciertas reacciones y combinaciones bioquímicas que supondrían un reto incluso para el legendario Dr. 'Gemo. Sal había estudiado con 'Gemo en Nueva York y fue probablemente el último en verle antes de que 'Gemo desapareciera. Algunos dicen que 'Gemo sigue vivo. Esa opinión se debe a algunos avances milagrosos, casi de la noche a la mañana, en bioquímica, genética y física, ocurridos en varias partes del mundo que se cree que han sido obra de 'Gemo. Aún así, no era la primera vez que 'Gemo desaparecía. A los seis años era un niño prodigio, pero no le gustaba la estructura de su vida. A los trece años, desapareció. En Nochevieja, siete años después, llamó a la puerta del Despacho Oval y preguntó al presidente si podía utilizar su VC para llamar a sus padres. Nadie sabe aún cómo se escabulló a través de la seguridad. Rara vez dio detalles de sus actividades durante sus periodos de ausencia.

Otros compararon la desaparición de 'Gemo con la del presidente Marsh a finales de los años 30, que no se presentó a la toma de posesión de su sucesor. Desayunó con su familia y se marchó a dar su paseo matutino, y ésa fue la última vez que se le vio. Cumplió sus dos mandatos, apoyó incondicionalmente a su capaz vicepresidente y desapareció. Desde entonces ha sido víctima de muchos chistes, pero la historia demuestra que fue eficaz y popular.

Sal era versado en casi todos los temas y disfrutaba intercambiando ideas y haciendo preguntas. Un rasgo importante de Sal es que escucha lo que dice la persona. Algunos dicen que puede mirarle a los ojos y ver cómo forma las palabras. Esto, por supuesto, dice él, es ridículo.

*****

Las luces parpadearon en ambos extremos del laboratorio y un tono suave sonó dos veces. Sal caminó hacia una de las luces y golpeó ligeramente un sensor.

"Si no eres Richard, Pete o Johnny, te has equivocado de número", bromeó Sal mientras seguía trabajando.

"Sal, nunca sabré cómo lo haces". La voz era decididamente femenina.

"Es sencillo, Johnny, son los únicos nombres que puedo recordar, y filtrar los códigos de llamada ayuda. Además, son los únicos que se quedan con hambre cuando yo lo hago. Y... sí. Me encantaría comer algo contigo".

"Estupendo", dijo ella. "A las dos, Makos". "Sí, sí", dijo él, haciéndose el molesto sin romper su rutina. "Ah, y, Johnny... ponte esa cosa transparente... necesito divertirme. 'Todo trabajo y nada de juego...'"

"Bueno, veré si tengo algo que te divierta. *Adiós...*" terminó con una burla.

Sal sacó tres tubos de ensayo de la centrifugadora. "¡Maldita sea!", murmuró, mientras miraba un tubo. Miró los otros dos y no tuvo ninguna reacción. Colocó uno en el triturador automático y los otros dos los colocó en la cámara cool-vac. Puso los indicadores a -100°C y 24 ATM. Se acercó a una puerta de cristal y pulsó un botón. Esperó a que cesara el sonido de la presurización. Abrió la puerta, entró y la cerró. Pulsó otro botón y la sala se despresurizó. Cuando se detuvo, abrió la puerta, salió y cerró la puerta. Se quitó con cuidado el biotraje de presión positiva. Tomó su abrigo, se dirigió a un gráfico de la pared y tomó un lápiz de tamaño extraño. Hizo algunas anotaciones en el gráfico. Se dio la vuelta y se acercó a otra cámara. Se asomó a través de una puerta de cristal y se dijo: "Nos acercamos, Richard, nos acercamos".

13

Capítulo 4

Johnny y Sal

Congresista Johnny Walsh, 91-55-86, ¡Todo eso y cerebro también! Dejó su huella en el mundo del modelaje y en muchos corazones desconocidos. De alguna manera se deslizó a través de esos años con sólo unas pocas cicatrices en su propio corazón. Siempre supo quién era y quién podía ser, y eso era todo lo que quería, conocía a todas las personas adecuadas. Era un retroceso de la época de su abuela, pero conmovida por el movimiento de liberación femenina de los años setenta de su tatarabuela. Parece que en su lucha constante por la igualdad, ganó más de lo que esperaba. El subproducto de la igualdad tuvo un efecto confuso en la sexualidad masculina y femenina. Las mujeres se quejaban de ser tratadas como objetos sexuales y no como iguales.

Cuando se lograron grandes avances en sus causas, la sexualidad dejó de ser un factor importante en el mundo empresarial y doméstico. La sexualidad se situó propiamente como una expresión especial y personal. Como resultado, la expresión de la sexualidad se hizo más difícil para los muchos que no entendían las reglas, reglas que nunca se pusieron por escrito. Las que seguían siendo tratadas como objetos sexuales se avergonzaban aún más de hablar porque pensaban que era culpa suya. La abuela Walsh cambió todo eso y sacó la sexualidad "del armario" con su ya famosa cita: "No hay que usar ni abusar de la sexualidad, hay que expresarla". A su manera, Johnny reafirmó ese lema al ascender a la cima del mundo del glamour y alejarse para hacer carrera en las altas finanzas y la política.

Mirando a Washington, no había cambiado mucho en los últimos cien años, salvo por la reestructuración de edificios y terrenos y las modificaciones realizadas por el Departamento de Energía y Conservación de Recursos. El ERC, cuya importancia ha desaparecido debido a los avances en la producción de energía, sigue añadiéndose al presupuesto cada año con una subvención de 500 millones de dólares, por encima de los esfuerzos de la Asociación para la Representación del Pueblo por suprimirlo.

Bajo el silicrete, el hormigón, el asfalto, el acero y el neoacero que sustentan esta capital política se encuentra una modesta red de subtransporte. Parte del sistema utilizó vías y raíles reacondicionados de anteriores metros. La mayor parte del sistema se construyó para albergar vagones de última generación de baja fricción, energéticamente eficientes y propulsados por aire con energía solar/química. El sistema SAC, acrónimo de SOL-AIR- CHEM, es mucho más seguro que el sistema impulsado por residuos atómicos al que sustituyó. Con todos los grandes avances tecnológicos, la rueda sigue siendo el mayor descubrimiento en materia de transporte, a excepción de caminar.

Johnny subió las escaleras del SAC hasta la calle de arriba. Con sólo diez manzanas hasta Makos, ni siquiera había pensado en llamar a un taxi; caminar era maravilloso para alguien que hace veinte años no podía. Mientras Sal pagaba a su chófer, vio a Johnny, que sonreía al acercarse desde la esquina. La rodeó con sus brazos y se mantuvieron abrazados más tiempo que un hola, y el beso también dijo más.

"Sal, estoy tan contenta de verte", dijo ella exuberantemente.

"No más feliz que yo de verte", dijo él con una gran sonrisa. Cogidos del brazo, atravesaron la puerta de entrada al restaurante. En la entrada del comedor, el maître se fijó en sus invitados.

"Señorita Walsh... Doctor, eh..." Se detuvo en mitad de la frase, luego continuó con una sonrisa de satisfacción en la cara. "Sal, ¿Perdón?", suplicó.

Sal sonrió y asintió.

El anfitrión juntó sus manos y, con una sonrisa, dijo: "Es maravilloso verlos a los dos".

"¡Jack, sabes que ésta es nuestra institución favorita, y tú eres nuestro portero favorito!" bromeó Sal.

Fingiendo hacerse el gracioso, Jack contestó: "Sal, siempre eres tan amable".

Los condujo a una mesa, los sentó y agitó la mano para llamar a un camarero.

"De nuevo, Sra. Walsh, me alegro de verles a los dos". Su cabeza hizo un gesto para indicar también a Sal.

"Disfruten de la comida".

Cuando Jack empezó a marcharse, Sal le tocó el codo para detenerle. "¿Tienen cangrejos hembra, hoy?"

"¿Cómo dice?" dijo Jack, haciéndose el consternado y sonriendo. "Tus cangrejos hembra... ¿Cómo son?"

Jack sonrió un instante y luego dijo con cara seria: "Servirán en caso de apuro". Y se marchó.

"Sal, eres terrible", dijo Johnny riendo.

"Sí, lo sé, pero déjame enseñarte lo terrible que eres". Empezó a acercarse a ella por encima de la mesa.

Ella mantuvo las manos en alto para detenerlo y dijo suavemente: "Lo recuerdo bien".

Él sonrió e hizo una pausa pensativa. Dijo dramáticamente: "Sí, yo también".

Sal contemplaba con placer el vestido de ella que dejaba volar su imaginación.

Sus pensamientos se vieron interrumpidos por la voz del camarero. "¿Cócteles?"

Johnny le levantó la mano y pasó.

Sal dijo: "Gracias, no. Nos gustaría pedir ahora". "Sí, señor, por supuesto, ¿Y qué tomarían?"

"Dos..." Miró a Johnny, manteniendo la respiración con una suave mueca. "Cangrejos", terminó. Ella soltó el aliento aliviada.

El camarero asintió. "Dos cangrejos, ¿Y me permite sugerirle un Rougeux del 89 con su comida?".

Sal sugirió: "¿Qué tal su mejor rosado?". El camarero elevó ligeramente una ceja.

"Por supuesto. ¿Gusta ahora una bebida, señor?", añadió.

"¿Té caliente?" preguntó, mirando a Johnny en busca de aprobación y obteniéndola.

"Sí, dos", añadió Sal. El camarero dijo: "Gracias, señor", y dirigiéndose a Johnny: "Señora". Se marchó.

"Me alegro mucho de que hayas podido venir", dijo ella, tomándole la mano. "Yo también", dijo él.

"Pero nunca antes habías dejado un proyecto para socializar".

"Tengo un par de descansos importantes. Y tengo algunos cultivos en proceso de enfriamiento, y eso lleva un par de horas. Además, he empezado a reorganizar mis prioridades en las últimas semanas". Se puso más serio.

Empezó a exponer sus ideas: "Confío en su perspicacia y habilidad, pero el momento de esta reestructuración me preocupa un poco. Este proyecto, su trabajo, significa tanto para tantos. Richard tiene la más alta estima-"

"¡Whoa! Mantenlo. Manténgalo. Las nuevas prioridades son el resultado de mi trabajo. Soy consciente de la importancia del proyecto. Pero no soy el único en el proyecto ni el único capaz de hacer el trabajo". El tono de Sal era tranquilo y deliberado. "Varios investigadores cualificados, a poca distancia de este establecimiento, estarían encantados de formar parte de esto".

"Se le olvidó añadir algunas cosas", intervino ella. "Fuiste seleccionada no sólo por tu habilidad, sino también por tu carácter y la confianza que éste engendra. Cualidades, todas ellas, que personalmente percibo como insuperables", terminó con un ronroneo en la voz. "Bueno, no hay de qué preocuparse. Las nuevas prioridades no entrarán plenamente en vigor hasta que el proyecto esté terminado o sea demasiado tarde".

Hizo una pausa pensativa. "Y en este último caso, mis prioridades no importarían". Se volvió más ligero de espíritu. "Así que decidí facilitar el cambio, hoy, ahora".

El camarero les trajo el té y se fue.

"Bien, Johnny. ¿Por qué me has arrastrado hasta aquí? Si querías mi cuerpo podríamos haber..."

Ella le tomó la mano. "Lo primero es lo primero".

Tomó un sorbo de té. Sal siguió la indicación.

"Voy a reunirme con algunos diplomáticos y científicos, y quiero estar al día. No quiero cruzarme con ningún cable. Sus fuentes pueden saber más que yo. Quiero saber qué puedo decir y qué no".

Sal se acomodó en su silla. "En primer lugar, si las fuentes son precisas y están al día, al menos conocerán la situación general diariamente".

"¿Han tenido una filtración?", le instó ella.

Él sonrió. "Más bien una fuente de conocimiento". Ella sentía curiosidad, y él lo sabía.

Continuó: "Lucas". "¡Lucas!", dijo ella totalmente sorprendida.

Sal sonrió y sacudió la cabeza. "No, ahora no es realmente lo que piensas".

"Espero que no. Lucas es la mano derecha de Richard".

"Precisamente por eso Richard eligió a Lucas para mantener a Ren Lang al corriente de todo lo que hace".

Sal bebió otro sorbo.

Se quedó pensativa un momento. "En realidad creo que no hay razón para que Ren Lang no sepa lo que está pasando. Es él quien ve todo esto como un plan nefasto".

Sal asintió en silencio y dijo: "Es una pena que las diferencias políticas se hayan interpuesto entre ellos. En realidad son buenos amigos".

"Tsirch parece haber desarrollado celos por el continuo apoyo y favor del público a Richard", observó ella, sorbiendo de su taza.

Sal tomó su turno: "En realidad, el carisma de Richard es un punto de admiración de Tsirch hacia Richard, no de celos. Sinceramente, creo que Tsirch se está dejando llevar por lo que considera que debe ser un presidente, y trabaja para conseguirlo, no para ser la persona que es y que el pueblo eligió."

"Puedo entenderlo", dijo. "No ha dejado que el poder del cargo se le suba a la cabeza, sino que el cargo en sí está minando su identidad.

"Eso, mi querida Johnny, ha sido un resumen muy acertado. Dios, eres muy inteligente". Sal sonrió y ladeó la cabeza en señal de admiración.

"Deja las tonterías para más tarde", rebatió su humor apenas velado y continuó: "Así que ahora, dame algo más de inteligencia". Sal no le siguió. Ella se dio cuenta y fingió agravamiento. "¿La investigación?"

"Oh, la investigación".

El camarero llegó con su carrito de servicio. Colocó su comida en la mesa de forma precisa. Mostró la botella de vino a Johnny y luego a Sal. Ambos hicieron un gesto simbólico con la cabeza. Luego sirvió una muestra en ambas copas.

Johnny se dio cuenta de que el camarero estaba esperando.

"Seguro que es excelente. Gracias", dijo al camarero. Él respondió: "Por supuesto. Gracias". Y se marchó.

Johnny examinó la comida. "Tiene buena pinta. La comida siempre será mejor que los suplementos".

Notó que no había respuesta de Sal. Levantó la vista para verle pensativa.

"Sal... la comida", la atrajo hacia sí.

"Sí, tiene muy buena pinta. Lo siento, me distraje un momento. De todos modos ahora en cuanto a tu inteligencia". Sal tomó su servilleta.

"¿Sí?", cató ella, con la barbilla apoyada en la palma de la mano, anticipando la necesidad de tomar represalias. Sal notó que estaba preparada para cualquier incursión.

Sonrió pensativo. La tentación pasó.

"En realidad estamos en una circunstancia única, por no decir precaria". "¿Cómo es eso?" Johnny empezó a tomar su comida.

"Haciendo pruebas, intentando no encontrar nada. Estoy seguro de que entiendes lo que tenemos que hacer. Tenemos que duplicar una sustancia bioquímica, cuya composición sólo podemos adivinar".

Johnny empezó a comer.

Sal continuó, emocionándose: "Luego debemos combinarla con todas las combinaciones de cultivos imaginables para encontrar sus características de mutación. Crear algo para neutralizarlo, si es posible, y luego buscar en la Tierra y en la Luna para encontrarlo. ¿Te das cuenta...?" Finalmente miró a Johnny. Hizo una pausa a mitad del bocado y le miró comprensivamente, extendió la mano y la puso sobre la suya.

"Lo estoy haciendo otra vez". Suspiró.

"Sal, no es un pecado estar involucrada en tu trabajo".

"¿Qué tal obsesionado?".

"Dedicado", contraatacó ella.

"Semántica. No tan mal como antes". Empezó a comer. "Sal, ¿Cómo lo están llevando los demás? Han pasado tres meses".

"Bueno, dos turnos de seis horas, o sea, doce horas seguidas. Tres personas por turno, excepto Susan. Ella está cuando yo estoy, y eso es la mayor parte del tiempo".

Hizo una pausa pensativa. "Sabes, tengo suerte de poder contar con ella en este proyecto. Para el caso, tengo suerte de haberlos encontrado a todos. Todos están super cualificados, son dedicados y dignos de confianza".

"Haber sido tus alumnos no les ha venido mal", añadió.

"¡Sólo tres! Los otros vinieron de Susan, Makiev y Richard". "Ah... la trama se complica", dijo dramáticamente.

"Basta de placer, ahora vayamos al grano. Después de cenar, me tomaré media hora más". Él miró su reloj y continuó: "Entonces, ¿Qué tal si tú y yo...?".

Ella replicó: "¡Sólo media hora! Nunca podrías cambiar tanto y..." dijo ella suavemente, cogiéndole la mano. "Espero que no lo hagas".

Mientras salían del comedor, Sal se acercó a Jack y se inclinó hacia su oído, mientras fingía atragantarse, le dijo: "Tus cangrejos se van hacia los lados".

Se apartó, miró a su alrededor, se inclinó hacia atrás, pellizcó a Jack en las costillas y le dijo: "Todavía te quiero".

Jack, en su propia pretensión, metió la nariz en el aire y dijo: "¡Idiota!".

Johnny y Sal salieron cogidos del brazo, riendo.

Capítulo 5

¿Secretos?

Tsirch se reclinó en su silla giratoria, con las cejas fruncidas por el pensamiento. Contempló la ciudad que había sido su hogar durante más de tres años como presidente. Habían sido años buenos, productivos y significativos, con los que cualquier presidente tendría miedo de soñar, no fuera a ser que al despertar descubriera que en realidad sólo había sido un sueño. Ahora Tsirch tenía que enfrentarse a una realidad que preferiría que fuera un sueño. La luz del COM interrumpió su pensamiento. Tocó una almohadilla.

"Sí, Philip".

"Señor, le llaman Paul Le Cross y el presidente Browning".

"Pregunte a Paul si puedo devolverle la llamada, luego pase a Browning por Código 1".

"Sí, señor."

Tsirch recogió algunos papeles de su escritorio, los colocó en una pila frente a él y se volvió para leer la pantalla de su escritorio. La luz de llamada parpadeó, Tsirch tocó el COM encendido y el cubo se iluminó. Al ver que Browning estaba solo, Tsirch conectó el VS.

"Sr. Browning. Me alegro de verle", figuró.

"Ah, Sr. Ren Lang. También me alegro de verle. Su declaración de esta tarde también fue bastante reveladora". Su acento era el típico inglés.

"Mucho mérito, Sr. Presidente", le devolvió Tsirch.

"De haber sabido que iba a ser tan reveladora, habría preparado una declaración elogiosa".

"¿Se refiere a mi revelación de usted como fuente?"

"La revelación fue secundaria. Mi sorpresa fue que la conferencia fuera tan repentina".

El espectador del COM siguió a Tsirch mientras se levantaba y se dirigía al bar húmedo.

"No obstante, debo disculparme por no haberle notificado el contenido. Aunque preseleccioné lo que podía decir, no sabía qué preguntas se harían".

"Sí, podría haberse puesto un poco pegajoso".

"Intenté ponerme en contacto contigo justo antes de salir, pero tu mujer me dijo que estabas de viaje", añadió Tsirch.

"Vicki me dijo que habías llamado, pero sólo tuve tiempo de sentarme con un poco de té y ver tu actuación en la viddy".

Tsirch sirvió un dedo de vino tinto. "Aún así, Carl, te pido disculpas".

"No es necesario, Tsirch. Comprendo la situación".

Volvió a su escritorio. "Carl, ¿Tienes más información?"

Carl se apoyó en su escritorio. "Sólo un poco. Parece que Mark Narkiewicz ha sido reclutado por Richard-"

"Narkiewicz", interrumpió Tsirch. "¿Otro genio bioquímico?"

"Genio... prefiere que se refieran a él como inspirado, pero definitivamente no es un bioquímico".

Tsirch hizo una pausa pensativa. "Narkiewicz... Ah, sí, un experto en tácticas militares".

Carl sonreía. "Correcto... e incorrecto, muchacho. Su trabajo abarca las comunicaciones".

"Comunicaciones..." Tsirch volvió a hacer una pausa. "¿Interferencias? ¿Vigilancia?"

"Nada tan nefasto. Sus estudios han sido casi exclusivamente en comunicaciones espaciales".

Tsirch se quedó perplejo. "¿En qué nueva empresa está metido Richard ahora?"

"Me temo que no es nueva. Investigaba para Richard incluso antes del impulso bioquímico".

Tsirch guardó silencio. Buscaba en su mente algo que temer o una conexión en alguna parte. Necesitaba saber más. "¿Qué tenía que decir?"

"En realidad él no es mi fuente. Es su hermano, Edward".

La conexión destelló en la mente de Tsirch. "Coronel Edward Narkiewicz. Mi memoria no me ha fallado. Es el experto en contras tácticas militares a las órdenes del almirante Scott durante la Caída Lunar".

"Sí, él hizo el trabajo. Scott se llevó el mérito".

"Ahora lo veo, Richard intenta llegar a Edward a través de Mark. ¿Edward no trabaja con sus científicos?"

Carl asintió. "Desde hace quince años, con autorización de máxima seguridad. Rara vez ve a su hermano. Me enteré de pasada cuando Edward utilizó mi cubo para llamar a casa. Su padre había tenido un accidente y se enteró de que Mark había llamado desde Berlín. Mark estaba con Peter Simmons, la mano izquierda de Richard".

La conexión mental se rompió.

"¿Podría Edward darle algo más?" Tsirch se interrumpió rápidamente. "Espere... ¿Cómo está su padre?"

"Oh, sus heridas fueron leves".

"Bien. Me alegro".

Carl se acomodó de nuevo en su silla.

"Hice averiguaciones casuales, pero es un callejón sin salida. Apenas sabe quién es Peter Simmons".

"Puede que merezca la pena vigilarlo", dijo Tsirch. "La sangre es aún más espesa que el agua".

"Probablemente no sea necesario, pero estoy vigilando la situación ya que Edward es un almacén de conocimientos militares".

"Si necesitas ayuda, Carl, házmelo saber".

"Lo haré. Te llamaré la semana que viene".

"Bien, Carl, gracias. Dale un beso a Vicki y a los niños de mi parte y de Trish".

"De acuerdo, Tsirch."

El cubo se quedó en blanco. Tsirch tocó el intercomunicador.

"Philip, ¿Paul dejó un número?"

"Sí, y dijo que me pusiera en contacto con él cuando hubieras terminado".

"Dame unos cinco minutos, ¿De acuerdo?"

"Sí, señor".

Tsirch bebió más vino, se volvió hacia la pantalla y empezó a introducir información en ella. Leyó atentamente y alimentó más información en ella y volvió a leer. Se reclinó en su silla profundamente pensativo. Tenía que haber una conexión. Cualquier cosa que hiciera Richard tenía un fin. La información relataba que el trabajo de Narkiewicz había implicado la investigación de máseres, láseres, púlsares, láser SOL y señales multimodales/direccionales. Esta última era su última creación. También mostraba un creciente interés por la relatividad y la teoría del tiempo. Tsirch sólo podía adivinar que la investigación que estaba realizando para Richard tenía que ver con la investigación de la señal y el tiempo MMD. Pero lo que necesitaba saber era cómo se relacionaba eso con la investigación bioquímica.

Llamó a Philip. "Philip. Mantente en contacto con Sol-Chem y haz que me pongan al día sobre la investigación de la señal MMD y cualquier relación con la relatividad y la teoría del tiempo y el campo de las comunicaciones, ¿De acuerdo?"

"Sí, señor. Paul Le Cross está en la línea", añadió.

"Gracias, Philip". Tsirch conectó el COM.

Paul apareció en el cubo.

"Paul, siento la espera".

"No pasa nada, Sr. Presidente. A estas alturas, es lo normal".

"¿Richard te mantiene a la expectativa?" Dijo Tsirch, levantándose.

"A mí y a todos los demás".

Tsirch asintió en silencio. "Bien, Paul, ¿Qué preguntas puedo responderte?"

"Una que no se preguntó hoy, una para la que su secretario de prensa no tenía respuesta".

"¿Cuál es, Paul?"

"¿Cómo afectará esto a las elecciones primarias? Sólo faltan dos semanas para abril".

"Deje que sea usted quien pregunte las difíciles".

Hizo una pausa y agitó el vino en su copa.

"La respuesta obvia sería que, puesto que he pedido la dimisión de Richard, no le apoyaría para el puesto de vicepresidente. La pregunta me parece discutible". Tsirch se mostró confiado y controlado.

"Yo también lo habría pensado, Sr. Presidente, pero puede que estemos pensando en suposiciones, de las que hay muchas". Paul tenía un tono práctico.

"¿Oh?", dijo con cautela.

"Suponga que no accede a lo que usted le pide". replicó Paul.

Tsirch afirmó: "Aún tiene que responder a las acusaciones. Y existe la posibilidad de un impeachment".

"Hace falta más para impugnar y destituir que para pedir una dimisión", dijo Paul y añadió: "Podría complicarse en cualquiera de los dos casos".

Tsirch figuró: "Cierto, pero necesario si mi información es tan dañina como parece".

"Esa puede ser otra suposición", añadió Paul.

Tsirch se estaba poniendo ansioso, pero no lo demostró.

"Paul, ¿Me estás diciendo que ésa es su posición oficial?".

No era frecuente que alguien tuviera las cartas en contra del presidente, y Paul iba a jugarlas por todo lo que valían, pero no a costa de Richard.

"No me ha dado ninguna posición".

Tsirch respiró más tranquilo, momentáneamente.

"Pero, señor presidente, tiene la característica de enfrentarse a cualquiera y dejar que las fichas caigan donde puedan", figuró Paul.

Tsirch se mostró de nuevo secretamente de acuerdo.

Paul continuó: "Usted, señor, tan bien como cualquiera, es consciente de que él no se ajusta a la estructura política. Ni siquiera pidió la vicepresidencia en su primer mandato, y usted se vio, digamos, 'obligado por elección popular' a convertirlo en su compañero de fórmula. Existe la posibilidad de que, si dimite, se presente contra usted. Y si no consigue destituirle... bueno, ya ve las posibilidades".

Tsirch ya había barajado estos escenarios antes de decidirse a pedir públicamente la dimisión de Richard. Richard rechazó las peticiones de dimisión de Tsirch por su cuenta. La reaparición de estos pensamientos creó mucha ansiedad en Tsirch, pero él se encontraba en su mejor momento bajo presión. Su decisión había sido tomada: que las fichas cayeran donde tuvieran que caer.

"Agradezco tu preocupación, Paul, pero no he tenido elección".

"Quizá no".

Tsirch prosiguió. "¿Ha hecho Richard alguna declaración sobre su reacción o sus intenciones?"

"En realidad no se mostró preocupado por su declaración, lo que me preocupa pero no me sorprende".

"A mí tampoco. Cuando decida algo, háznoslo saber a mí o a Marilyn".

"Sí, Sr. Presidente, le avisaré con más antelación que usted a mí". Paul sonrió.

Tsirch le devolvió la sonrisa. "Gracias, Paul. Buenas noches".

"Buenas noches, Sr. Presidente".

Mientras Paul desaparecía del cubo, Tsirch llamó a Philip.

"Sí, señor", figuró Philip.

"Doy por terminada la noche, Philip. Quiero agradecerte que te hayas quedado para terminar".

"No hay problema, señor. Quiero hacerlo lo mejor que pueda".

"Gracias de todos modos. Ah, y en mi agenda matutina, tengo que incluir a Marilyn".

"Señor, la Secretaria de Estado ya está citada de 8:00 a 8:30".

"Consígale otra hora, la necesitará. Digamos, ¿A las 7:00 a.m.?"

"Sí, señor. La llamaré. Buenas noches, señor."

"Buenas noches, Philip."

Capítulo 6

Operación Pajar

Lucas, sumido en sus pensamientos, contemplaba la tierra y el océano. Lo que estuviera buscando podía estar en cualquier parte del aire, el agua o la tierra. Una cosa buena era que el compuesto no parecía extenderse fácilmente por el suelo; el aire y el agua eran otra historia. Personal de confianza con equipos sofisticados estaba tomando muestras de aire en las principales líneas aéreas sin su conocimiento. Se estaban tomando muestras de agua de la misma manera con autorización del gobierno bajo una variedad de tapaderas. Ser el coordinador de la Operación Pajar mantuvo a Lucas mucho tiempo en movimiento.

Londres, Yakarta, Sydney, Barcelona, Bermudas, Martinica, Hawai, las islas Galápagos, un listado de agencias de viajes tal vez, pero todos estaban en la ruta de Lucas. Su disfrute de estos lugares duró lo suficiente como para colgar el sombrero y coger el siguiente vuelo. La voz de la azafata interrumpió la suave música.

"Señoras y señores, por favor, abróchense los cinturones de seguridad ya que estamos iniciando el descenso. Aseguren todas las tiendas de intimidad, por favor".

El vuelo sobre África era cada vez más interesante. El ensanchamiento de las autopistas afganas traía consigo progresos para reconstruir y alisar las cicatrices dejadas por las guerras africanas, gran parte de las cuales la naturaleza había cubierto de vegetación. Las carreteras que se extendían de El Cairo a Ciudad del Cabo y del Atlántico al Mar Rojo eran producto de la *quema* del Congo. El transporte se deslizó hacia la tierra y se detuvo.

“Podrán desembarcar cuando se encienda la luz de desembarco”. La voz parecía suplicar obediencia. Esperamos que disfrute de su estancia en Ciudad del Cabo. Gracias por volar con Tri-Africa”.

Lucas se dirigió a la zona de seguridad para tomar sus contenedores y luego procedió a recoger su equipaje. En la zona de equipajes, un hombre se le acercó.

"¿Señor Makiev?", le preguntó el hombre tendiéndole la mano.

"Sí". Lucas le cogió la mano con una sonrisa amistosa.

"Soy Umzintho Lee, el coleccionista sudafricano. Llámeme Lee si lo desea".

"Sí, le reconozco por su módulo". Lucas le tendió la mano. Lee la estrechó.

"¿Puedo ayudarle con su equipaje, Sr. Makiev?"

"Gracias, Lee. Y soy Lucas, por favor".

Lee asintió y sonrió. "Por supuesto, Lucas. Por favor". Su sonrisa se convirtió en una mueca. Lucas empezó a corregir a Lee pero se detuvo al ver la sonrisa diabólica. Llevó el equipaje hasta el vehículo de Lee y lo cargó.

Mientras subían, Lucas escaneó el vehículo, fijándose en los neumáticos. "¿Es un modelo Lora?" preguntó Lucas mientras empezaban a conducir.

"En realidad es un Image-Mold que tengo desde el 82. Le puse el tren de potencia solar de un Lora, junto con las llantas de tela. Prefiero el estilo tradicional. Los nuevos me parecen todos iguales".

"¿Hiciste moldear esto en el 82? Deberías haber sido diseñador. Se parece al modelo Lora del año siguiente que vi en la fábrica".

"Bueno, si se acercan demasiado a mi patente, hablarán con mi abogado". Lee se volvió para sonreír a Lucas. Lucas le devolvió la sonrisa.

"Por cierto, Lucas, tengo una sorpresa para ti en tu habitación".

"Una buena sorpresa, espero. ¿Es animal, vegetal o bioquímica?"

"Posiblemente un poco de cada cosa, pero habla y te hará sentir muy bien...".

"Lo siento, Lee, pero soy un hombre casado y también estoy cansado".

"Anoche le dije lo mismo a mi otra esposa". Lee se rió. Lucas se rió un poco.

"Se apagó la chispa de tu matrimonio, ¿Eh?".

"No, solo la aumenté".

"¿Cómo es eso?" cuestionó Lucas.

"Tengo dos esposas". Se rió.

"¿Dos? No puedo manejar bien a una".

"Sí, pero la historia se pone mejor. Mi segunda esposa quiere otro marido".

Lucas sacudió la cabeza. "Es demasiado complicado para mí. ¿Cómo te las arreglas con dos esposas?".

"No estoy seguro de poder hacerlo. Esta *nueva moral* no es para todos".

"Eso seguro". Lucas hizo una pausa. "Oye, Lee. ¿Y si... tu primera esposa quiere otro marido? Y el segundo marido de tu segunda mujer quiere otra mujer y-"

"Espera. Alto ahí", dijo Lee, riendo.

Lucas continuó: "¿Tendrían los derechos sobre la pareja del otro y si-"

Lee quitó las manos del volante y se las puso sobre las orejas, riendo. "¡Basta! ¡Basta! ¡No más!"

Ambos rieron mientras conducían.

Cuando llegaron al hotel, seguían riéndose. Descargaron el equipaje en un portaequipajes. Se dieron la mano.

"Mis muestras están en tu habitación, junto con... eh, tu llave también está ahí. Si está cerrada, sólo tienes que llamar. Tu sorpresa responderá".

El tono de Lucas era de pavor.

"Lee, no puedo..."

"Lucas. ¿Te llevaría por mal camino?"

Lucas se burló: "¿Tú, un hombre con dos esposas? Sí, lo harías". Continuó: "Esta... señora, ¿Cómo me deshago de ella?".

"Eres un hombre de mundo. Le das a una dama lo que quiere".

"Oh, Lee, no quiero..." Se detuvo. "¿Cuánto le le ofreciste?", dijo disgustado.

Lee abrió la puerta. "Unas doscientas libras". Lee entró en el coche, cerró la puerta y bajó la ventanilla. Lucas se quedó estupefacto. "¿Doscientas libras? Dios mío, Lee, yo no..."

"No te preocupes, compañero, un hombre con tus artimañas probablemente no tendrá que pagar". El vehículo comenzó a moverse rápidamente.

"Pero, Lee-" Lee había desaparecido.

Lucas sacudió la cabeza mientras caminaba hacia el vestíbulo.

"¿Qué habitación, señor?" inquirió el transportista.

"Habitación 333", respondió Lucas e hizo una pausa. "¡Oh... eh!"

"¿Sí, señor?", dijo el transportista mientras llevaba el equipaje hacia el ascensor.

"Oh, ¿Nada?" ¿Cómo iba a salir airoso de esta?

Entraron en el ascensor y éste subió a la tercera planta. Lucas estuvo pensativo todo el tiempo. Salieron del ascensor y caminaron por el pasillo. Cuando llegaron a la puerta, Lucas detuvo al transportista, le dio su propina y le dijo: "Esto estará bien, gracias. Puede dejarlas aquí".

"Aquí, señor... ¿En el pasillo?".

"Sí, quiero sorprender a mi invitada".

El transportista se limitó a elevar las cejas, asintió y accedió a lo pedido. Lucas se quedó pensativo ante la puerta. Nunca había engañado a su mujer, aunque había tenido incontables oportunidades e incluso alguna que otra oferta. Sin embargo, sentía curiosidad por saber cómo era o qué podía hacer una dama de 200 libras por noche u hora que mereciera la pena. Tomó el picaporte, se detuvo y tomó aliento. La puerta no estaba cerrada y la empujó. Su rostro mostraba una mezcla de emociones: sorpresa, alivio, alegría y una sonrisa cómplice. Una figura reclinada en la cama le miró.

"¡Ese maldito Lee!" dijo Lucas en voz alta.

"¡Eh, Lucas!" Mark Narkiewicz se bajó de la cama, se levantó, tomó a Lucas por los hombros y lo sacudió con entusiasmo.

Lucas sonrió, apretó los dientes y dijo: "Mark... ¿Sabes lo que me hizo ese maldito Lee?".

"¿Qué hizo'?"

"Me hizo creer que tenía una puta de 200 libras por noche esperándome aquí arriba".

"¿Una qué?" Mark se encogió de hombros. "Puede que tenga doscientas libras pero niego categóricamente cualquier referencia a ser de virtud fácil, a menos que el precio sea mucho más alto".

"Oh... ¡Yo lo traeré! Ayúdame a recoger mis maletas, ¿Quieres?"

"Claro, Lucas".

Mientras llevaban las maletas a la habitación, siguieron hablando.

"Mark me sorprende verte. Pensé que estabas en Berlín con Peter".

"Estaba, pero cogí el vuelo nocturno a El Cairo y el de la mañana aquí. Tuve que hacer algunas comprobaciones de señal y realinear algunos receptores". Mark se sentó.

"¿Vas a alguna parte?" Lucas se quitó el abrigo.

"Realmente no lo sé, pero en este momento, es extremadamente interesante. Estamos intentando filtrar algunas señales que pueden significar algo. Te diré algo, toma una cerveza o algo, ponte cómodo e intercambiaremos secretos".

"Trato hecho, pero primero voy a ponerme cómodo".

"Buena idea, Lucas. Límpiate el viaje y limpia tu alma".

"No tienen tanto jabón", dijo Lucas con una sonrisa. Lucas tomó una de sus maletas y señaló hacia una puerta.

Mark asintió y dijo: "Baño".

Lucas abrió la puerta y automáticamente se encendió una luz. Lucas cerró la puerta tras de sí.

*****

En el vestíbulo del hotel, un hombre hablaba con el recepcionista. Asintió al empleado y se dirigió hacia la entrada. Al salir, miró a su alrededor aparentemente para ver si alguien le observaba. Se puso un dispositivo en la oreja y habló.

"Ochenta y ocho". Hizo una pausa y volvió a hablar: "Hotel Afrik. Diez-ocho. F-dos, fuera".

*****

Mark estaba viendo el televisor cuando oyó abrirse la puerta del cuarto de baño.

"Supongo que la cama junto a la ventana es mía, ya que vi tu almohada personal en la otra cama", dijo Lucas.

"Es difícil dormir sin ella", dijo Mark.

"Yo también traje la mía. Todavía hacemos muchas cosas de la misma manera".

Mark sonrió y dijo reflexivo: "Buenos hábitos y buenos recuerdos".

Lucas se dirigió a la nevera, la abrió y sacó un refresco. "¿Quieres algo, Mark?"

"Sí, dame uno de esos".

Lucas sacó otro trago de la nevera, la cerró, se acercó a Mark y le dio la bebida.

"Es un alivio poder hablar con alguien sin tener que vigilar lo que dices. Confío en que tu habitación sea segura".

"Bloqueadores anti microfonos C-6", respondió Mark mientras apagaba el cubo de la televisión.

"Bien, así no tendré que revisar mi equipaje. Esto de los anti-microfonos es un coñazo".

"No es que estemos subvirtiendo ninguna acción gubernamental. Sólo tenemos que protegernos de cualquier información errónea", explicó Mark.

"Sin embargo, a veces casi me siento como un criminal". Lucas se sentó en el brazo del sofá.

"Bueno, ¿Quién va primero?" dijo Mark.

"Tú empezaste, así que puedes terminar", figuró Lucas.

"Vale, te voy a dormir", dijo Mark, riendo. Lucas sonrió. Mark continuó: "No sé cuánto sabes, así que empezaré por el principio".

*****

Fuera del hotel, un Club-Coach estaba aparcado. El hombre que iba dentro estaba sentado en la parte de atrás y escuchaba con los auriculares. Tocó unos botones en una consola y habló: "Aquí Fuller. No recibo ninguna conversación. O se descubrió el dispositivo o están utilizando un bloqueador". Escuchó una respuesta.

"Mark Narkiewicz y Lucas Makiev". Volvió a escuchar. "Negativo. No Edward, Mark". Esperó. "Esperaré a ver si se pierde el dispositivo". Hizo una pausa. "Bien, llamaré mañana desde donde vaya".

*****

Dentro del hotel, Mark continuó su relato: "Y entonces Cory James, el director del Centro de Comunicaciones de Johannesburgo, me llamó ayer mientras me reunía con Peter en Berlín. Estaba teniendo problemas para filtrar algunas señales que aparentemente se estaban transmitiendo en la misma frecuencia".

"A mí me parece un trabajo para un procesador de sexta generación".

"Sí, yo también lo pensé. Traje un teclado modular A-6, una pantalla de sensores tipo-D y un multigrabador L-8".

"Y tu cuchillo de Boy Scout", añadió Lucas. "Viniste bien preparado".

"Preparado para el oso, en todos los sentidos, pero no conseguí disparar ni una sola vez".

"¿Fallaste, eh?" dijo Lucas.

"No, en realidad había tantos que no sabía cuál era el verdadero ejemplar", explicó Mark.

"Soy todo oídos, Ricitos de Oro, adelante", bromeó Lucas.

"Cuando llegué, Cory y su ayudante, Jo, tenían todos los datos registrados y desglosados por tipo, magnitud, fuerza portadora, origen... un perfil completo".

"Parecen científicos muy eficientes y capaces, y si me perdona la pregunta, ¿Para qué te necesitarían?"

"Bueno, Lucas, yo les hice la misma pregunta. Dijeron que sus interpretaciones de las señales eran el problema. Yo seguía sin entender por qué me necesitaban, pero me aseguraron que 'vería la luz' cuando hubiera escuchado las grabaciones de las señales antiguas y las hubiera comparado con las señales actuales. Añadieron que los análisis y las interpretaciones del ordenador serían secundarias respecto a mi opinión. Y eso fue lo que me intrigó".

Mark se levantó y se dirigió a la nevera.

"¿Quieres un vaso y hielo?"

"Sí, claro, pero ya casi he terminado con éste. Voy a por otro". Lucas se levantó y se unió a Mark.

"Aquí también hay galletas", dijo Mark mientras metía la mano en la nevera y las sacaba. Prepararon sus bebidas y abrieron las galletas mientras Mark continuaba.

"Estaban realmente preocupados por verificar la autenticidad y exactitud de sus datos, pero su verdadera emoción estaba en la interpretación de los mismos. Insistieron en que revisara los datos completamente por mi cuenta, sin sus prejuicios".

Volvieron a sentarse.

"Tuve la suficiente curiosidad antes de irme como para obtener algunos datos de comunicaciones del laboratorio suizo, para compararlos con terceros". Mark hizo una pausa seria.

"He revisado sus datos y" -Mark se estaba emocionando un poco- "los he comparado con los datos suizos. He analizado las señales actuales y he enviado todos los datos a Tokio y a Hat Creek para realizar otro análisis. Ahora, si... las interpretaciones de los datos son como espero... creo que la humanidad debería respirar hondo".

Lucas conocía a Mark desde la universidad y sabía que Mark no era dado a sacar conclusiones sin matices. Se estaba emocionando tanto como Mark.

"¿Señales de vida inteligente procedentes del espacio? ¿Vida en otro sistema?"

"Más que eso, Lucas, posiblemente vida en varios sistemas".

Lucas miró detenidamente a Mark. "Es increíble, Mark". Hubo una breve pausa. "¿Se lo has dicho a Richard?"

"Sí, lo hice, y te diré lo que le dije. Tengo entre quince y veinte años de datos retrospectivos que revisar, algunos no están en soporte informático, para corroborar cualquier tipo de opinión o conclusión."

"¿Cuánto falta para que lo corrobores?" instó Lucas.

"Para cualquiera que no pertenezca a nuestro círculo, diría que seis meses. Si no, diría que seis semanas. Pero entre tú y yo, apuesto por una semana después de recibir el informe de Tokio de Onizuka".

"¡Eso es genial!" aulló Lucas.

Mark hizo una pausa pensativa. Lucas notó su cambio.

"¿Hay algo más Mark?" preguntó Lucas.

"Sólo estoy haciendo introspección. Después de que se calmara el ambiente, envié mi informe a Hat Creek. He tenido ocasión de reflexionar sobre la realidad o irrealidad de los posibles efectos de tal descubrimiento".

"Te escucho", dijo Lucas con sinceridad.

"Son sólo conjeturas, si, se sobreentiende que, y que podría ser, ¿Comprendes? Así que tomaremos esto como base".

Lucas se estaba poniendo ansioso. Mark se levantó.

"Supongamos que estas señales están en la misma frecuencia, que creo que lo están. Se repiten siguiendo un patrón, un patrón inteligente deliberado. Eso solo indicaría vida inteligente distinta de la nuestra".

Lucas frunció los labios en señal de acuerdo.

"Supongamos que son del mismo tipo, fuerza portadora y proceden de la misma fuente: más pruebas. Supongamos que proceden de fuentes diferentes. Eso indicaría vida en varios planetas. ¿Me sigue?"

Lucas asintió.

"Y si el mismo patrón procede de fuentes diferentes, eso sería más increíble. Por supuesto, las señales podrían estar reflejándose desde una única fuente o incluso nuestras propias señales 'rebotando', esas posibilidades se están comprobando ahora."

Lucas interrumpió: "Mark, creo que las posibilidades son increíbles, pero tengo la sensación de que estás pensando en algo más que posibilidades".

Lucas observó analíticamente el rostro de Mark. "Más que eso, es mucho más profundo de lo que dices".

Mark se alejó unos pasos lentamente, se detuvo ante la ventana y miró hacia fuera. Habló con gravedad: "Sí, creo que por fin hemos dado con la clave en este viaje".

El rostro de Lucas se quedó pensativo. Habló: "Bien, volvamos a los pensamientos tangibles. Asumo que has investigado al Dr. James y a su esposa".

"Tengo el informe estándar de seguridad de clase H, y Richard me envió su expediente sobre ellos. También los conozco personalmente. Me di cuenta de la posibili- dad de una reclamación fraudulenta aquí. Después de todo, algunas personas buscan la gloria y sus beneficios".

"¿Qué te dijeron los informes?" preguntó Lucas.

"Parecen ser científicos de fiar, eminentemente cualificados, experimentados y dedicados. En lo que a mí respecta, me parecen personas respetables y honestas. Y su insistencia en que reúna datos propios por separado da más apoyo a su credibilidad". Mark empezó a caminar lentamente por la sala, casi paseándose. Continuó vocalizando sus pensamientos: "No veo aquí a ningún perseguidor de la gloria. Estos dos están al borde de un descubrimiento con el que millones de científicos e incontables miles de millones de profanos han soñado desde los albores del hombre. Muchas de esas personas habrían dado cualquier cosa -quizá su vida- por tener pruebas de vida inteligente distinta de la nuestra".

Mark tomó aire y continuó: "Y... me han elegido a mí para formar parte de ello verificando semejante descubrimiento. Todo un honor".

Lucas añadió sus pensamientos: "No pretendo arrojar piedras a tu estanque, pero podrían estar utilizando tu ambición para ayudar a colorear los hechos que apoyen su descubrimiento".

"Lucas, siempre has sido brutalmente honesto conmigo, pero yo misma he barajado ese escenario en mi propia mente. Yo podría, o cualquiera podría, desear algo lo suficiente y ver sólo lo que quiere ver. Pero esto es demasiado importante para que eso sea un problema. Estoy tratando con hechos, y los hechos existentes en un momento determinado son verdaderos y alterables sólo por el tiempo. Las interpretaciones de los hechos, sin embargo, están sujetas a revisión y cambio".

Lucas sonrió. "Un filósofo dentro de cada científico".

"Tal vez. Pero yo busco una interpretación exacta y verificable de los hechos. A eso añadiré esto: la codicia tiene su precio, pero el deseo intrínseco de propósito de un hombre no tiene valor materialista. La verdad pertenece a todos, pero no todos pueden aceptarla o enfrentarse a ella". - Terminó Mark pomposamente. Sonrió a Lucas.

Lucas bajó la ceja. "Eso tendré que pensarlo un poco".

Mark se acercó a Lucas y se colocó frente a él. "He hecho algo, Lucas", dijo Mark con preocupación. "Algo que, si estoy en un error, espero poder explicar a Cory y a Jo, su ayudante, para que lo entiendan".

Lucas se acercó a Mark. "¿Qué, Mark?"

"Estoy poniendo a prueba su sentido del propósito. Richard me sugirió que lo hiciera".

"¿Hacer qué?"

"Antes de irme del Centro JC, dejé un sobre con una nota para Cory y Jo. Les hice una oferta. Si abandonaban el proyecto, cada uno recibiría 10 millones de dólares, libres de impuestos".

Lucas miró a Mark con incredulidad. "¿Y crees que alguna persona en su sano juicio no aceptaría esa oferta? Incluso si sus descubrimientos resultaran ser ciertos, no obtendrían ni una décima parte de esa cantidad en publicidad o residuales para el resto de sus vidas".

Lucas se dirigió a la ventana y se volvió hacia Mark, que siguió su movimiento.

"Pero hay más, Lucas. La verdadera prueba es que seguirían recibiendo el crédito por el descubrimiento, si se hace público. Sólo que no participarían en ningún desarrollo posterior".

Lucas se sorprendió.

"De acuerdo. ¿Consiguen el dinero y el crédito, pero el gancho es que si el proyecto se entierra, puede que nunca sepan con seguridad si hay vida inteligente en otro lugar?". Mark asintió.

Lucas se volvió y miró por la ventana hacia las estrellas.

"Qué precio la gloria. Qué precio el conocimiento".

"Exactamente, amigo mío. Exactamente", reconoció Mark.

"Esto debe ser extremadamente importante para Richard", dijo Lucas, volviendo hacia Mark.

"La importancia es para la humanidad, no para una sola persona", replicó Mark. "Por muy cierto que sea, a alguien que no entienda a Richard le parecería que quiere controlar esta información para su propio beneficio".

"Por eso Richard formó su propio comité compuesto por representantes de cada facción política, religiosa, geográfica, étnica y científica".

"Sí, pero su Comité de Interés Común no ha tenido mucho apoyo desde que lo formó hace siete años", señaló Lucas.

"Sin embargo, ha estado ahí para aquellos que decidieron unirse a él y utilizarlo. Y tengo la sensación de que sus miembros se volverán muy activos muy pronto, ya que es ahí donde se entrega toda la información de Richard".

Mark se dirigió al sofá y se sentó. "Es triste e irónico que el hombre busque toda su vida descubrir otra vida inteligente y alcance su objetivo justo cuando está a punto de extinguir la suya".

Lucas se acercó y se sentó también. "Otro filósofo en la sala".

Mark sonrió. "Supongo que es una buena señal para que cuentes tu parte de la historia".

Lucas se acercó a la nevera y la abrió. "Vale, pero primero. ¿Tienes hambre?"

"Sabes, me olvidé de comer", dijo Mark.

"Sí, claro, podría comer". Lucas cerró la nevera.

"Bien, ¿Qué quieres?" dijo Lucas, mientras enganchaba el aparato en una mesa.

"Recepción", le indicó una voz.

"Nos gustaría pedir una cena para dos, en la habitación, por favor", dijo Lucas.

"Sí, ¿Y qué van a tomar?", preguntó la voz.

"Tomaré el especial", dijo Mark.

Lucas hizo una pausa y se encogió de hombros. "Que sean dos especiales".

"¿Querrán algo más?", volvió a preguntar la voz.

Lucas miró a Mark, que negó con la cabeza. "No, gracias. Eso bastará".

"Gracias, señor. Dos especiales. Serán preparados y enviados en breve", figuró la voz.

"Gracias", dijo Lucas. Desconectó la consola.

"¿Cuál es el especial?" preguntó Lucas.

"Es una comida esotérica", dijo Mark con seriedad.

"¿Comida esotérica?" dijo Lucas con suspicacia. "¿Puedes ampliar tu afirmación, por favor?".

Mark continuó con seriedad: "Un alimento esotérico es aquel que requiere una cierta perspicacia del gusto para comprender y disfrutar plenamente de su sabor picante".

Lucas se volvió deliberadamente elocuente: "Creo que no me gusta hacia dónde se dirige esta explicación. Vale, déjate de tonterías y dime qué es exactamente lo 'especial'".

"En realidad es difícil de definir sin ser grosero".

"¡Mark!" instó Lucas.

"Estuviste cerca cuando hablaste del género bovino". Mientras Mark continuaba, su forma de hablar se alteró a un acento del Medio Oeste.

"Es algo que mi bisabuela solía llamar ostras de montaña".

La cara y la nariz de Lucas se torcieron de asco mientras se llevaba la mano a la consola de comunicaciones.

"No pienso comerme esa parte del toro".

Mark se echó a reír sin control y levantó la mano para impedir que Lucas enganchara la consola.

"No, no, Lucas. Sólo estoy bromeando. El especial es bacalao fresco".

Lucas sacudió la cabeza y sonrió. "Mark, más vale que sea pescado, o te saldrán "bolas de toro" de todas las cavidades de tu cuerpo".

"Por la cara que pones merece la pena que te rellenen", dijo Mark mientras seguía riéndose.

"Imbécil. Ahora te debo una a ti y a Lee", dijo Lucas mientras se reía. Volvió a la nevera y la abrió.

"¿Quieres otra?" Mark asintió.

Sacó dos copas, cerró la nevera y se acercó a Mark.

"¿Qué está pasando por tu parte?" dijo Mark.

Lucas tomó aire antes de empezar. "Ya sabes, lo básico", dijo mientras le daba una copa a Mark.

"Sí, pero ¿Cómo va la investigación de Sal?".

"Lo esencial es que sólo el tiempo lo dirá. Él, o yo, debería decir, se están rompiendo el culo para detener un organismo mortal que no están seguros de dónde o qué es".

"¿Ningún avance en absoluto?"

"Eso depende de lo que llames un avance. Han creado unos quinientos organismos que tienen algunas de las características de lo que pueden estar buscando. Lo redujeron a unos trece organismos que teóricamente, si se sintetizan correctamente y en el entorno adecuado, podrían alterar la división celular de los organismos vivos. Eso, en efecto, destruiría la vida tal y como la conocemos ahora".

"Y los antiorganismos para neutralizar esos efectos, ¿Se han desarrollado?" preguntó Mark.

"Algunos agentes neutralizantes que se han desarrollado son eficaces individualmente en unos pocos de los organismos, pero ninguno es un antiorganismo para todos ellos. Lo único que los destruye a todos es el fuego... poco práctico pero eficaz". Lucas caminaba sin rumbo.

"¿Cómo va tu colección, Lucas?"

"Diablos, en realidad no lo sé. Quinientas muestras y creciendo. Quinientas ciudades, lagos, ríos, mares y océanos y creciendo".

Mark sonrió irónicamente y dijo: "¿Quinientas mujeres y creciendo?".

Lucas sacudió la cabeza y se rió. "¿Et tu, Marcus? Me vengaré de Lee por ese engaño".

Una luz parpadeó sobre la puerta. "Esa es nuestra cena", dijo Mark.

Lucas se dirigió a la puerta, echó un vistazo a la pantalla de visualización y abrió la puerta. El camarero introdujo un carrito de la cena en la habitación.

El camarero empezó a destapar la comida, pero Lucas le puso

dinero en la mano y dijo: "Si no es lo que he pedido, no necesito un testigo de un asesinato".

"¿Cómo dice, señor?". El camarero se quedó perplejo.

Lucas sonrió. "Nosotros nos encargamos, gracias".

"Por supuesto, señor. Gracias". El camarero se fue.

Mark caminó hacia el baño. "Me escabulliré aquí un momento".

"¡Mark!" dijo Lucas con severidad.

Mark se detuvo y sonrió.

Lucas quitó las tapas de los platos y lo miró atentamente durante un momento.

"Vale. Puedes irte", dijo, asintiendo.

"Vaya, Lucas. Actúas como si no confiaras en mí. Estoy muy dolido".

"Sí, y estarías más dolido si esto hubiera sido
otra cosa".

Se rieron mientras ambos se dirigían al fregadero y se lavaban las manos. Cuando terminaron, sacaron los platos del carro de servir y los colocaron en una pequeña mesa de comedor. Mark cogió sus bebidas.

Lucas probó el primer bocado. Asintió con aprecio. "Esto está bueno".

"Sí, aquí tienen buena comida", dijo Mark mientras su voz se entrecortaba audiblemente.

Lucas sonrió a Mark, habiéndose dado cuenta de su introspección. "Eh, Mark, una pepita de oro para tus pensamientos".

Mark volvió en sí lentamente. "Tengo una sensación espeluznante cuando pienso en lo que me dijo Richard la primera vez que se puso en contacto conmigo para que le ayudara, semanas antes de que tuviera motivos para empezar sus proyectos. Me preguntó cómo me sentiría si se encontrara vida inteligente en otro lugar del universo, no sé si me entusiasmaría o me alegraría, sino cómo lo afrontaría. No quería que le respondiera a él sino que me respondiera a mí mismo. Quería saber qué sentía yo sobre cuál sería el impacto en la humanidad, concretamente en la religión".

Mark hizo una pausa y tomó un bocado. "He pensado en ello de vez en cuando", empezó de nuevo mientras masticaba. "Pero una extraña sensación casi supernatural me invade cuando pienso en lo que dijo, parecía obligarme a querer ayudar".

Volvió a hacer una pausa. "Mientras hablaba, estaba casi hipnotizado por su convicción". Se secó la boca y las manos con la servilleta, metió la mano en el bolsillo de la camisa, sacó un papel doblado y lo desplegó. "He reproducido esto de mi grabadora personal".

Empezó a leer:

El hombre se interpone en su propio camino en su búsqueda del objetivo último, el conocimiento. Creo en la autoeficacia del hombre, no en el destino. Necesito que usted y otros me ayuden en mi búsqueda de la supervivencia del hombre. No he tenido visiones ni sueños. No he oído voces omnipotentes. Sólo mi "yo" me obliga. Siento que se avecinan cambios; uno positivo, otro negativo, pero no un negativo maligno. Necesito su ayuda y la de los demás para identificar estas anomalías.

Lucas salió de su pensamiento. "Eso parece profético, pero si en realidad buscamos conocimientos que puedan producir un cambio positivo y negativo, entonces ¿Cuál de nosotros persigue el cambio positivo y cuál el negativo?".

Mark añadió: "He reflexionado sobre esto durante un tiempo, y creo que cualquiera de los dos que estemos buscando, el conocimiento obtenido puede provocar un cambio positivo o negativo dependiendo de quién lo posea". Mark dio un bocado a la comida.

Lucas se tomó un largo momento, intentando seguir la declaración de Mark. Recogió su respuesta con cuidado: "Lo que encontremos es de todos".

Mark terminó de masticar y tomó un par de tragos para despejar el camino y hablar con efecto.

"Sí, ¿Pero entonces qué?", preguntó a Lucas.

"¿Qué?" Lucas se quedó perplejo.

Mark habló con seriedad: "Entregamos a toda la humanidad este... saber, este fruto de nuestros esfuerzos, el positivo y el negativo". Mark empezó a hablar introspectivamente: "El resultado positivo de nuestras búsquedas sería salvar vidas y descubrir inteligencia alienígena. Pero, ¿Cuál sería el negativo más perjudicial para la humanidad: la pérdida de vidas... o la pérdida de fe?"

*****

Al amanecer en Ciudad del Cabo, Mark y Lucas estaban de pie frente al hotel.

"Bueno, Lucas... Te veré en Londres, quizá, o al menos en Washington la semana que viene".

"Para cuando llegue a Washington, tendré jet lag permanente, y ni siquiera sabré qué año es". Un coche se detuvo ante ellos.

"Aquí está tu coche, Lucas... ¿tienes todas tus muestras?"

"Sí, menos un bicho". Lucas metió su equipaje en el coche, tomó la mano de Mark y continuó hablando.

"Dile a Lee, cuando le veas, que le debo una".

Mark sonrió. "Sí, se lo diré".

Lucas subió al coche y miró a Mark. "Dale un beso a tu esposa de mi parte".

"Lo haré".

*****

Viendo alejarse el coche estaba el hombre del Club-Coach que había estado aparcado fuera del hotel toda la noche. Lo puso en marcha y siguió al coche. Mark se fijó en el vehículo mientras se alejaba. Esbozó una sonrisa cómplice y sacudió la cabeza con incredulidad.

Se dijo a sí mismo en voz alta: "Al menos debería haber invitado al pobre tipo a tomar un café".

*****

El aeropuerto estaba repleto de turistas. Si Lucas no hubiera tenido preferencia diplomática, se habría pasado la mitad de su vida, últimamente, en los vestíbulos de los aeropuertos o en las salas de espera. La pérdida de tiempo era algo que ni él ni Richard podían permitirse. Tanto él como su equipaje fueron directamente a la lanzadera. Esta vez sus lazos diplomáticos ayudaron a su causa más de lo que creía.

Un hombre que tiraba de un carrito se detuvo, lo dejó y acompañó el equipaje de Lucas hasta la lanzadera de facturación. Un oficial se acercó al hombre.

"¿Inglés?", preguntó el oficial al hombre.

"Sí".

"Tendrá que pasar por el escáner de seguridad", le dijo el oficial.

"No voy a tomar un vuelo. Estoy buscando a mi socio". Sacó una carpeta de identificación y se la ofreció al oficial.

"Agente Fuller, CIA", dijo el oficial, mirando la carpeta.

"De acuerdo, pero quédese en la zona de espera. Si cruza a la zona azul desde aquí, activará una alarma".

Mientras el oficial hablaba, Fuller se dio cuenta de que el equipaje se acercaba a la zona azul. Fuller asintió, distraído por el oficial, se dio la vuelta y caminó ansiosamente hacia el portaequipajes. Estiró la mano furtivamente para colocar el dispositivo.

El agente le dio un golpecito en el hombro, interrumpiéndole. "¡Sr. Fuller".

Fuller se volvió con calma. "¿Sí?"

"Su identificación, señor". Le ofreció la carpeta.

"Gracias". Fuller la tomó, y cuando el oficial se dio la vuelta, Fuller, sin mirar, metió la mano una vez más para colocar el dispositivo. El transportín había desaparecido. Maldijo para sus adentros al ver que el equipaje se adentraba en la zona azul.

Fuller regresó a su carro y se sentó. Tocó con el dedo un dispositivo que tenía en la oreja.

"Fuller, aquí... sin micrófono. Destino, Martinica".

Escuchó atentamente. "Entendido. Nueva misión, Narkiewicz".

Capítulo 7

Tan Unidos Como Ladrones

Richard se miró la cara en el espejo. Un par de pasadas prolijas con la afeitadora y quedó satisfecho. Se lavó la cara, se la secó y entró en su dormitorio. Empezó a vestirse, sin abrigo ni corbata. Cuando terminó, fue a la cocina. Terminó de preparar café y té. Estaba untando mantequilla a unas tostadas cuando el tintineo de la puerta interrumpió su rutina. Atravesó el salón, la sala de recepción y el vestíbulo hasta llegar a la puerta. Miró su reloj. Las siete menos diez. Abrió la puerta.

"Buenos días, Peter. Me alegro de que llegues pronto".

"Sabía que no te importaría". Peter entró, se quitó el abrigo y el sombrero y los colgó en el armario de invitados.

"¿Acabas de llegar?"

"Sí, he venido directamente del aeropuerto. Julia se fue a su casa". Caminaron hacia el salón.

"Todavía estás con Julia, ¿eh? Ya deben ser más de cinco años. ¿Lo dices en serio?" Richard sonrió.

"Sólo es amor de cachorros", dijo Peter, sonriendo.

Cuando entraron en la habitación, Richard le hizo un gesto a Peter para que se acercara al sofá.

"Toma asiento, Pete, voy a traernos algo de beber y de comer", dijo Richard con rima.

Peter sacudió la cabeza, sonrió y dijo: "¿Ahora eres un poeta?".

Dejó su maletín sobre la mesa. Miró alrededor de la habitación y se sentó. Oyó cantar a Richard desde la otra habitación. En un momento Richard entró en la habitación empujando un carrito de servir.

"A su servicio. ¿Qué desea?" dijo Richard con suficiencia.

"Café, por favor", dijo Peter cortésmente.

Richard ignoró a Peter y tomó el té del carrito y empezó a

prepararlo. Miró a Peter, que estaba sentado a la espera. Richard hizo una pausa e hizo un gesto con las manos hacia Peter.

"¿Qué quieres?", dijo finalmente. "Bueno... ahí está. No tienes el brazo roto. Sírvetelo tú mismo". Richard se rió.

Peter sacudió la cabeza y se hizo el indignado. "Es que hoy en día no se puede conseguir un buen servicio". Se sirvió el café.

"Deberías buscarte un ayudante que haga esto por ti, o mejor aún, una esposa".

"Tengo una ayudante. Esto no es para lo que sirve una esposa... y... puedo hacerlo yo mismo. Además, no encuentro a nadie que me aguante".

"¿Qué tal Marcia, Aileen, Bev, Trish, Jill?"

Richard sonrió mientras interrumpía: "Sabes que eran, en su mayoría, relaciones que deseaban los medios".

"Sí, y ellas lo sabían. Pero cualquiera de ellas daría cualquier cosa por una noche en el lado oscuro de la luna contigo".

"Ahora mismo me vendrían bien noches que duraran siete días". Peter se echó hacia atrás. "A todos nos vendrían bien".

Se sentaron un momento, bebiendo y pensando.

Peter habló: "Escuché la declaración del presidente ayer. Es lamentable que no crea lo que le hemos dicho".

Continuó: "Cree a sus asesores políticos y militares... y a Browning. Pero Carl conoce los hechos y nuestras intenciones. Seguro que apoyará la causa".

Richard terminó de tragar, "Carl, al igual que el presidente, cree que la fuerza militar es la respuesta para mantener la paz mundial. Por lo tanto, para mantener un equilibrio de poder militar, no sólo deben mantenerse al día con las nuevas tecnologías, sino también intentar ir un paso por delante."

Peter masticaba un bocado de tostada. "Richard, ¿Cómo pueden ignorar que avanzar sin rumbo con desarrollos bioquímicos sin salvaguardas puede causar daños medioambientales irreversibles y amenazar la existencia del hombre?".

"Ren Lang me dio un mes para demostrar mis preocupaciones y, cuando se me acabó el tiempo, puso en marcha su plan. Decidí no dimitir como él esperaba, y al hacerlo le obligué a actuar".

"Pero aún no hemos analizado todas las muestras".

"Cierto, pero dijo que renunciaría a cualquier otra acción hasta que hubiéramos remontado los viajes del Dr. 'Gemo y tuviéramos la oportunidad de repasar sus notas".

"¿Las notas de quién?" "Las notas de 'Gemo". Peter se sorprendió.

"¿Ren Lang tenía las notas de 'Gemo y nos las ocultó todo este tiempo? Ese hijo de..."

"No, no, Peter", interrumpió Richard. "Las notas de 'Gemo fueron descubiertas en la Luna esta misma mañana". Peter se calmó mientras Richard continuaba: "Una expedición de uranio estaba tomando muestras cerca del cráter Reinhold y encontró un contenedor de seguridad con las notas dentro. Parece que cuando el laboratorio de 'Gemo explotó, hizo volar el contenedor unos cincuenta kilómetros hacia el noreste. 'Gemo pensó que sus notas habían sido destruidas, pero probablemente olvidó que había colocado las notas en el contenedor antes de partir hacia la cuenca del Aitken".

Peter estaba exultante. "¿Dónde están?"

"Las están colocando en un transbordador especial y deberían estar aquí en cuestión de horas. Quiero que Sal los autentique. Necesitaremos copias de ellos y también Ren Lang".

"De acuerdo". Peter respiró lentamente. "Qué golpe de suerte".

"¿Suerte? Tal vez. Pero si no hubieran estado siguiendo los geomapas de análisis lógico, no habrían llegado a esa zona hasta dentro de dos o tres años".

Peter hizo una pausa pensativa. "Suena un poco profético, pero de un modo u otro, todo parece volver a 'Gemo".

Richard habló en voz baja: "Más de lo que crees". Peter interrumpió su pensamiento.

"¿Qué? ¿Qué has dicho?"

"He dicho que me cuentes lo que sabes. Ponme al día. Dame tu informe".

"Claro".

Abrió el maletín que tenía sobre la mesa y rebuscó en su interior.

"Mark y Lucas me llamaron anoche desde Ciudad del Cabo. Aquí está su ficha. Aquí está la de Sal y... aquí la de Johnny".

"¿Mark conoció a Lucas en Ciudad del Cabo? Esperaba que se juntaran. Esos dos están tan unidos como hermanos".

Peter asintió. "Quizá todos podamos cultivar nuestras amistades cuando esta... crisis termine".

Richard hizo una pausa, levantando su copa para brindar. "Brindo por eso". Peter hizo lo mismo con su taza.

Richard vertió más té en su taza. "Oh, eh, Peter. Las notas... hasta que sean autentificadas, son clasificadas. Oh... y tienes el placer de contarle a Sal las buenas noticias".

"¿Sal aún no lo sabe?" Peter se sorprendió.

"He intentado ponerme en contacto con él, pero no he obtenido respuesta ni en casa ni en el laboratorio. Lo he estado buscando", añadió Richard.

"Probablemente esté en el laboratorio y muy metido en su trabajo", dijo Peter.

Richard asintió. "Eso suena a Sal. Pero..." Richard esbozó una sonrisa pensativa.

"¿Pero qué?" dijo Peter.

"Oh, sólo una idea".

"¿Qué?" le espetó Peter.

"¿No es nada?" Richard se levantó y Peter se movió ligeramente con el movimiento del líquido en el sofá.

Peter empujó el sofá con la mano. "Dime, Richard. Me sigue gustando este sofá. Tendré que comprarme uno de éstos". Intentó rebotar en él, pero sus esfuerzos sólo dieron como resultado un movimiento muy ligero.

"¿También tienes una cama como ésta?"

Richard entró en la cocina. "Dos de los dormitorios tienen Bio-camas, y los otros dos camas normales. El Bio-sofá también se convierte en cama".

"Tú, estafador". Peter sonrió.

Richard se rió. "Esto no es el siglo XX. Los tengo por comodidad, al igual que un tercio de la población. Y si no recuerdo mal, tu madre incluida".

"De acuerdo. Sólo quería molestar". Peter se rió.

"¿Quieres desayunar?" preguntó Richard.

Peter se levantó y caminó hacia la cocina. "Sí, cereal caliente", añadió rápidamente, sonriendo.

"Y no te molestes por mí, lo prepararé yo mismo".

Los dos se afanaron en sus preparativos. El tono de la puerta principal les interrumpió. Richard miró su reloj.

"Debe de ser Paul".

Richard fue hacia la puerta y la abrió.

"Buenos días, Paul", dijo tendiéndole la mano.

"Richard", respondió Paul y estrechó la mano ofrecida. Él entró. Richard cerró la puerta.

"Peter está aquí. ¿Quieres desayunar con nosotros?" preguntó Richard.

Paul guardó su abrigo y su sombrero en el armario. "Sí, lo haré. Gracias".

Paul siguió a Richard hasta la cocina y dejó su maletín en el desvío del salón. Cuando llegó a la cocina, Paul puso la mano en el hombro de Peter, que estaba de pie junto a la cocina, y bromeó. "¡Ah, Peter el doméstico, supongo!"

Peter se volvió hacia Paul y le estrechó la mano. Haciéndose el disgustado, Peter figuró: "¿Te lo puedes creer? Un tipo es elegido vicepresidente y con todos los beneficios que ello conlleva, ni siquiera consigue un cocinero". Paul miró por encima del hombro de Peter.

"Eh... comeré un poco de eso... si no lo quemas".

Peter se volvió hacia la cocina. Richard salió de la cocina.

"Bueno, Peter. El vicepresidente no tiene los mismos beneficios que el presidente. Richard tiene que recortar gastos para pagar otras cosas que considera más importantes, como nuestros servicios, entre sus otras prestaciones."

"¿Qué me dice de la Ley de Poderes y Compensación? Creía que se ocupaba de las necesidades del vicepresidente", figuró Peter.

"Aumentó su salario y sus asignaciones administrativas, y le dio un avión para que lo utilizara, pero gran parte de los viajes y gastos adicionales están cubiertos cuando se incurre en ellos bajo petición o directriz presidencial. Como sabemos, en los últimos años ha habido menos peticiones de este tipo".

Paul hizo una pausa. "Las compensaciones que se dan en esa ley se ven prácticamente compensadas por los aumentos en los deberes y responsabilidades que se dan en la misma ley".

Richard volvió a la cocina, tomó un plato y empezó a llenarlo. Paul sacó unos cuencos del armario y se volvió hacia Richard. "Richard, ¿No puedes utilizar la Ley de Poderes y Responsabilidades para presionar a Ren Lang?".

Richard inquirió: "¿Qué... para conseguirme un ama de llaves? Eso es exagerado, ¿No crees, Paul?".

Paul negó con la cabeza; tanto él como Peter soltaron una risita.

"No, Richard", dijo Paul. "Para obligarle a poner su información a tu disposición". Paul y Peter se sirvieron los cereales en sus cuencos.

Richard hizo un gesto que decía *tal vez* y dijo: "Estoy listo para comer". Cogió su plato y entró en el comedor. Los dos comensales le siguieron. Se sentaron todos en un extremo de una gran mesa.

"Richard", le instó Paul.

Richard tomó un bocado, masticó su comida y pensó. "Lo he pensado...". Hizo una pausa pensativa, sin dejar de comer. "Y se me ocurrieron algunas respuestas. Sería difícil de probar... y sólo serviría, si tiene éxito, para retrasar cualquier acción contra mí. Y podría percibirse como una cortina de humo. Además, no tiene ninguna información que yo necesite. En última instancia, sería una pérdida de tiempo y energía que podría aprovecharse mejor".

"Tal vez, pero me gustaría clavarle algo en la cara", dijo Paul, pinchando con su cuchillo la mantequilla de la mesa.

"Lo tenemos, Paul: la verdad", ofreció Richard.

Paul parecía contrariado. "La *Verdad*. Ya estamos otra vez". Paul empezó a dar un bocado pero se detuvo y empezó. "¿Qué es la *Verdad?* Has dado información de investigación de alto secreto a agencias extranjeras, amigas y no. Has apoyado la eliminación de las instalaciones militares en la Luna y las de la Tierra y la órbita solar. Has fomentado la regulación de desarrollos bioquímicos de importancia militar". Paul se detuvo para tomar aliento. "Sobre el papel y sin respuesta, Richard, estas *verdades* pueden conseguirte unas vacaciones a Mercurio, con todos los gastos pagados".

Peter y Richard escuchaban pero seguían comiendo. "Y para colmo", continuó Paul, "se acercan las elecciones primarias".

Richard habló por fin. "Peter puede darte algunas respuestas a algunos de tus problemas y algunas noticias felices".

"Eso me viene bien. ¿Qué tienes, Peter?" preguntó Paul.

Peter miró el cuenco de Paul y dijo: "Se te enfría el cereal". Paul hizo una mueca y empezó a comer. Richard se levantó, tomó algunos platos vacíos de la mesa y se dirigió hacia la cocina. Peter sonrió y le ofreció: "Si consiguieras un ama de llaves no tendrías que-".

Richard interrumpió a Peter: "No tendría que hacer estas tareas serviles, pero tendría que vigilar lo que digo y hago. Tengo un ama de llaves disponible. De hecho, debería estar aquí en breve para poner orden. La llamo cuando la necesito". Richard continuó: "Paul, ¿Tienes algo para mí?".

"Eh... sí", dijo Paul. "En mi caso, el módulo número 6".

Richard fue al salón y sacó el módulo del maletín de Paul y recogió los otros módulos de la mesa. Se acercó a la caja fuerte de pared, puso la mano en la cerradura de huella e introdujo algunos números en el teclado. Abrió la caja fuerte y colocó los módulos dentro, sacó un pequeño libro, se lo metió en el bolsillo y cerró la caja fuerte.

Richard habló en voz alta: "Eh, cuando hayan terminado, vengan aquí. Tenemos que empezar".

Paul miró a Peter y dijo: "Bien. Tengo un montón de preguntas sin respuesta".

Peter replicó: "Él tiene las respuestas, pero puede que no sean las que tú quieres".

"Eso lo sé demasiado bien", dijo Paul al terminar.

Ambos se levantaron y se dirigieron al salón. Cuando llegaron, Richard estaba tecleando en el ordenador que había sobre la mesa.

Richard empezó: "En primer lugar, tomen su bebida, pónganse cómodos y, si quieren, lean los dos la pantalla. Esto responderá a la mayoría de sus preguntas y les pondrá al día".

Richard se levantó, se dirigió a la barra y preparó un vaso de té helado. Peter y Paul se acercaron a la barra, prepararon sus bebidas y se sentaron frente a la pantalla. Leyeron la pantalla, avanzando la letra según fuera necesario.

Sonó el tono de la puerta. Richard fue a atender la llamada. Hizo una pausa, miró su reloj y conectó el visor exterior. Una mujer -de unos treinta años- aparecía en la pantalla. Apagó el visor y abrió la puerta.

"Buenos días, Shari".

"Buenos días, Sr. Vice presidente". Habló con cautela mientras continuaba: "¿Cómo se encuentra hoy? ¿Ha dormido bien?"

Richard sonrió. "Shari, por favor. No tienes que andarte con rodeos a mi lado".

"Lo sé, señor", dijo ella mientras se quitaba el abrigo. Abrió el armario y colgó su abrigo junto a los demás abrigos.

Continuó: "Pero después del discurso del presidente, yo...".

Richard la interrumpió, cogiéndole las manos entre las suyas: "Shari. No me preocupa el discurso del presidente. Mi preocupación es la gente".

Su declaración era auténtica. Le soltó las manos.

"Sr. Vice presidente. Estoy preocupada por usted".

"Gracias, Shari. Puedes ayudarme".

Se sentó en un sofá y le ofreció un lugar a su lado. Ella aceptó. Se quedó perpleja.

"¿Quiere mi ayuda? ¿Cómo puedo ayudar?", preguntó.

"Puedes ayudar diciéndole a la gente de mi preocupación".

"¿Quiere que se lo cuente a la gente?", cuestionó.

"Sé que te han llovido las llamadas de los medios de comunicación y de tus amigos. Quieren cualquier información que puedan conseguir". Su tono era amable.

"Sí, pero no he dicho nada, pero cómo..." La interrumpió suavemente.

"Shari. Lo que hayas dicho o vayas a decir, confío en que será la verdad. Es todo lo que pido. Puedes hacernos un gran servicio a todos transmitiendo a la gente que mi preocupación es la gente y la verdad."

Hizo una pausa. "No deseo ocultar ninguna información sobre mis actividades relacionadas con mi trabajo".

"Pero las preguntas que hacen, algunas son sobre su vida personal", añadió ella.

"Desgraciadamente, mi cargo y mi vida privada están entrelazados. Sólo espero que quienes conozcan mi carácter encuentren que no tengo incoherencias en ninguno de los dos. Creo que los actos pasados de uno son un indicador de su carácter".

Hizo una pausa. "Lo que uno dice es importante. La gente parece prestar más credibilidad cuando obtiene información de una fuente 'no oficial'. Así que... lo único que puede perjudicarme es el hecho de que a veces llevo los calcetines más de dos días seguidos".

Sonrió. "¿Puedes ayudarme?"

Shari se animó un poco. "Por supuesto, Sr. Vicepresidente".

"Gracias", dijo él, estrechando las manos de ella entre las suyas y sonriendo. Ella le devolvió la sonrisa.

"¿Por dónde empiezo?", preguntó.

"Ya que tengo compañía, empieza por los dormitorios y luego por la cocina, por favor".

"Por supuesto", dijo ella y se marchó rápidamente.

Cuando Richard entró en el salón, Paul y Peter escuchaban con auriculares la información que se mostraba en la pantalla.

Paul se emocionó. "¿Las notas de Gemo? ¿Qué notas?" Miró a Richard.

Peter explicó: "Al parecer, las notas de 'Gemo no se destruyeron en la explosión de su laboratorio lunar. Fueron descubiertas a unas treinta millas de distancia en un contenedor de seguridad".

"¿Dónde están?" preguntó Paul.

"Un transbordador las traerá de vuelta en unas horas", añadió Richard.

"¡Gracias a Dios que esas notas no fueron destruidas!" exclamó Paul.

Richard pensó y dijo: "Daré crédito a quien lo merece".

Capítulo 8

¿Quién Hace Qué?

Tsirch estaba sentado en su escritorio leyendo la pantalla de visualización relativa a las nuevas investigaciones en el campo de las comunicaciones. Buscaba cualquier conexión con alguno de los ayudantes del séquito de Richard. Llamó a Philip Murray.

"Philip, ¿Ha llegado ya Marilyn?"

"No, señor. ¿Quiere que...?" Philip se detuvo cuando Marilyn abrió la puerta. "Señor, acaba de entrar".

"Bien, hágala entrar".

"Sí, señor". Philip miró a Marilyn Richter.

Ella asintió y dijo: "Buenos días, Philip".

"Buenos días", le devolvió Philip.

Tras escuchar la conversación, pasó junto al escritorio de Philip y entró en el Despacho Oval.

"Ah, y, Philip", continuó Tsirch. "Voy a cambiar tu monitor al canal de acceso B, a ver si puedes encontrar alguna conexión entre esta investigación y Richard".

"Muy bien, señor. Lo intentaré", respondió Philip.

"Gracias, Phil, y código 2 a mis llamadas".

"Lo haré, señor".

Tsirch se levantó al entrar Marilyn. Se acercó a la barra de bebidas. Dejó su maletín en el suelo.

"Buenos días, Sr. Presidente".

"Buenos días, Marilyn. Tengo su té especial y está casi listo".

"Gracias, Tsirch, eh... Sr. Presidente, lo necesitaba. Se me ha escapado el protocolo".

"Ya sabes lo que pienso sobre el protocolo y los amigos".

"Gracias." Fue a revisar su té. "¿Qué era eso de la investigación y Richard?"

Tsirch llenó su taza de café.

"Es sobre una investigación de comunicaciones en la que está trabajando Mark Narkiewicz, uno de los protegidos de Richard. No encuentro ninguna conexión entre eso y la investigación bioquímica".

"¿Quizás no haya ninguna relación directa de una con la otra?", dijo ella, sirviéndose el té.

"Tenemos que suponer que todo lo que hace Richard está entrelazado de alguna manera". Se sentó en su escritorio y echó un vistazo a la información que Philip leía en la pantalla.

"Nunca he pensado realmente en Richard como un tipo nefasto. Sólo te cuenta lo que quiere contarte y nada más", ofreció mientras se sentaba en una mullida silla frente a Tsirch y colocaba la taza sobre la mesa.

Tsirch se apoyó en su escritorio.

"Creo que ese mecanismo de defensa específico es lo único que mantiene intacta su reputación de ser sincero".

Marilyn buscó su maletín. "Yo diría que la mayoría de nosotros tenemos alguna medida de ese rasgo en nosotros. Sólo que Richard tiene más que su parte".

Tsirch se volvió hacia la pantalla, hizo una pausa e introdujo cierta información en el teclado. Marilyn sacó algunas fichas COM y carpetas y las colocó sobre su escritorio. Tsirch se volvió hacia ella.

"Confío en que se haya puesto en contacto con él desde que le llamé esta mañana".

"Sí, hablé con él brevemente. Le transmití la aceptación a su pedido sobre las notas de 'Gemo'. Alargó la mano hacia su taza.

"Supongo que estaba más que satisfecho", dijo.

"Sí, iba a llamarle él mismo para darle las gracias, pero le dije que realmente no era necesario, ya que a todo el mundo le convenía que Sal autentificara las notas, por lo que era lo más obvio". Hablaba como si estuviera leyendo un comunicado de prensa.

Una sonrisa apareció en su rostro. Ella se dio cuenta de la sonrisa.

"¿Qué?", dijo.

Su tono se hizo más ligero. "Siempre haces declaraciones sin compromiso. Deberías dedicarte a la política".

"Lo estoy y ni siquiera me he presentado nunca a las elecciones", rebatió ella. Sorbió su té.

Se reclinó en su silla y tomó su taza. "Bien. Estoy lista. Dispara.

¿Qué dice hoy su pequeña carpeta roja?", bromeó.

La carpeta ya estaba abierta.

"Ya conoces la respuesta de Carl a tu declaración. El gabinete lo apoya públicamente, por supuesto, pero hay un sentimiento dividido sobre el tema. En un sondeo de opinión del Senado, usted tiene todos los votos menos diez. La cámara no se compromete hasta que usted pida un sondeo COM, pero las fuentes dicen que hay 348 que se inclinan por Richard". Hizo una pausa para dar un sorbo a su té.

La expresión de Tsirch cambió poco hasta que se revelaron las cifras de la casa. Sin embargo, no dijo nada.

Ella continuó: "La encuesta del gobernador sitúa su candidatura en cuarenta y nueve sobre cincuenta y dos. El Tribunal de Justicia Mundial sigue en caucus. Sus ayudantes informan de cifras inusuales que deberán ser verificadas cuando el WJC levante la sesión. Saben que el sondeo no oficial del COM de anoche no fue concluyente, ya que el 83% de los espectadores estaban indecisos y el 11% apoyaban a Richard hasta que se presenten pruebas. Charea Dixon convocará al Comité de los Pueblos a una sesión especial después de reunirse con usted y con Richard. "

Hizo una pausa para mirar unos papeles.

"Y por último, encuesté a los cuatro borrachines de la escalinata del capitolio, y tres de ellos votarían a tu favor por una botella de champán... Creo que dos de ellos eran congresistas". Sonrió y medio rió.

Tsirch sonrió. "¿Y el cuarto borracho?"

Ella respondió: "El cuarto era una mujer que ya tenía una botella. Pero dijo que lo vería a mi manera si yo lo veía a la suya. Cuando me agarró por detrás, me fui rápidamente".

Tsirch rió entre dientes, estirándose un poco. "Otra cola de los viajes de María".

Bebió de su taza y pasó una página.

Tsirch miró momentáneamente el monitor, luego se levantó y caminó pensativo sin rumbo mientras bebía su café. Finalmente habló. "Así que... se redujo a una prueba". Continuó caminando.

Levantó la vista hacia él y le preguntó: "Por casualidad, ¿Has tenido noticias de Richard?".

Respondió: "Había programado una reunión con él para esta noche, pero con el descubrimiento de las notas de 'Gemo, dijo que prefería esperar hasta tener la oportunidad de echarles un vistazo. Eso fue esta mañana. Aún así, me gustaría hablar con él en algún momento de hoy".

Levantó la comisura de los labios. "Buena suerte".

"Sí", dijo él. Hizo una pausa en su paseo por el escritorio y miró por la ventana. "¿Cómo va la ONU?"

"Como era de esperar, un voto de confianza de la Asamblea General". Echó un vistazo a algunas notas.

"El Comité para la Reelección está intentando frenéticamente tirar de sus marcadores. Realmente paraste en seco la campaña y, al mismo tiempo, hiciste feliz a muchos de ellos".

La miró y dejó su taza. "Bueno, no puedes decir que no avisé. Tener un presidente y un vicepresidente de partidos diferentes era sospechoso desde el principio".

Dio otro sorbo a su taza. "Sí, expresó sus aprensiones, pero el pueblo consideró que la ideología apolítica de Richard combinaría bien con usted".

Continuó con su tono práctico: "Bueno, puede que el pueblo se lo piense mejor si Richard no responde a mis acusaciones a su satisfacción".

Ella suspiró. "Sí, pero ¿Cuándo responderá?".

Se volvió hacia ella. "Y lo que es más importante... ¿Cuál será su respuesta?"

Una luz del monitor empezó a parpadear. Marilyn se fijó en ella y asintió a Tsirch, llamando su atención.

Se dirigió a su escritorio y se sentó. Leyó las palabras de la pantalla con interés.

Llamó a Philip.

"Sí, Sr. Presidente", sonó su voz.

"A ver si puedes traerme a Silver".

"Sí, Sr. Presidente". Tsirch se volvió hacia Marilyn.

"¿Qué sabes de las comunicaciones multimodales-direccionales?".

Ella hizo una pausa pensativa. Tsirch tomó su taza y se dirigió a la barra para rellenarla.

Empezó despacio, medio hablando consigo misma: "Comunicación MMD. Narkiewicz... Mark y Edward son hermanos. Mark se dedica a las comunicaciones. Edward tiene amplios conocimientos militares”.

“Continúa”, imploró.

“Eso es todo”.

Su rostro perdió la esperanza.

“Excepto”, se reafirmó ella, “que Mark avanzó en algunas investigaciones sobre el uso de la holografía para confundir los dispositivos de rastreo y sensores utilizados en armamento”.

Sus cejas se fruncieron y sus ojos se iluminaron ante las palabras de ella.

“¿Cómo demonios se le ocurrió esa información?”.

Ella se encogió de hombros.

“Llevo años interesándome por la fotografía, y la holografía lleva años fundida en ella. Igual que es la base de nuestros cubos de vídeo”.

Sonrió. “Y yo que pensaba que sólo eras otra cara bonita”.

Ella replicó: “Podría vivir con eso si no fuera tan brillante”.

Sonó el intercomunicador. Tsirch contestó: “Sí, Philip”.

“El director de la CIA está al teléfono, señor”.

“Gracias, Philip, buen momento”.

Tsirch conectó el cubo de vídeo. Apareció una figura.

“Ah, Silver. ¿Cómo estás esta mañana?”, dijo suavemente.

“Bien, señor. Espero que usted también esté bien”, preguntó Silver.

Tsirch respondió: “Sí, gracias”. Hizo una pausa. "Silver, quiero preguntarle qué información me podría dar sobre Comunicaciones MMD. Y además, me gustaría una actualización sobre los asociados de Richard, en particular Mark Narkiewicz”.

“Narkiewicz...” Silver tocó la pantalla que tenía delante y extendió imágenes de papel por ella. “De hecho, tengo ante mí un informe relativo a él. Estuvo en Johannesburgo, en el Centro JC. Mi agente, Fuller, siguió a Makiev hasta Ciudad del Cabo y Narkiewicz se reunió allí con Makiev. Asigné a Fuller que siguiera a Narkiewicz e hice que el agente Jackson recogiera a Makiev en Martinica”.

“Muy bien”, dijo Tsirch. “Marilyn acaba de informarme de que Narkiewicz trabajó en una investigación sobre holografía que podría utilizarse militarmente”. Tsirch bebió de su taza.

“Muy bien, Marilyn. Si quieres un buen trabajo, ven a verme”, se burló Sliver.

“¿Qué, y bajar un escalón?”, le devolvió ella.

"Ouch, supongo que eso nos deja a mano", replicó.

Tsirch intercedió: "Vale, los dos. Silver, ¿Puedes enviarme ese informe?".

"Sí, Sr. Presidente", dijo con elegancia.

"De acuerdo, gracias", dijo Tsirch.

"Buen día, Sr. Presidente". Silver desapareció del cubo.

Marilyn se levantó y fue a servirse otra taza.

"No veo exactamente un lado negativo en la conexión de Narkiewicz con Richard. Mark es un defensor de la paz y no aprobaría ni formaría parte de ninguna actividad contra EEUU, ni contra ningún otro país en realidad".

Tsirch asintió. "Eso puede ser muy cierto. Pero puede que no sepa el uso que se pretende dar a sus conocimientos. Richard tiene una forma de obtener respuestas sin hacer preguntas".

Capítulo 9

Con los Pies en la Tierra

A cien millas, nadie podía negar la belleza y la excitación que la vista de abajo infundía en todos los que se habían aficionado a los viajes espaciales. El comandante, veterano quizás de decenas de vuelos, seguía deslumbrado por los brillantes remolinos azules y blancos y los sutiles matices marrones, rojos, amarillos y verdes de su lugar de nacimiento, la Tierra.

La voz del COM le devolvió a la realidad.

"Transbordador Vuelo 6, aquí control de Houston. ¿Me reciben? Cambio".

El piloto respondió: "Recibido, Control de Houston, aquí Transbordador Vuelo 6, Teniente Coronel Davis. Recibido 4×4".

Davis escaneó la pantalla de su panel.

"Recibido, transbordador Vuelo 6. Tengo al Control Nacional de Washington a la espera. Cambio".

"Recibido, Houston, Transbordador Vuelo 6, listo. Repito, listo para el Control Nacional de Washington. Cambio."

"Recibido, transbordador Vuelo 6. Preparados. Control Nacional de Washington, aquí Control de Houston. Listo para cederle el control de Vuelo del Transbordador 6. Cambio."

"Control de Houston, aquí Control Nacional de Washington. Acepto el control del Vuelo 6 a su señal. Cambio."

"Recibido, Washington National. Houston liberando el control del Vuelo 6 en cinco... marca... cinco... cuatro... tres... dos... uno... Adelante. Cambio."

"Recibido. Transbordador Vuelo 6, aquí Control Nacional de Washington. Los tengo en aproximación por planeo. Cambio."

"Recibido, Control Nacional de Washington. Aquí transbordador Vuelo 6. Tengo bloqueo de aproximación por planeo en pantalla.

Cambio."

"Recibido, Vuelo 6. Listos para su liberación en marcha".

"Recibido, Washington. Transbordador Vuelo 6, liberando bloqueo en cinco, marca... cinco... cuatro... tres... dos... uno... Adelante".

El COM permaneció en silencio durante varios segundos.

"Trasbordador Vuelo 6, aquí Control Nacional de Washington, tengo el control por ordenador de planeo. Bienvenido a casa, Davis. Cambio."

"Recibido. Gracias, Walters. Es bueno estar en casa. Cambio."

"Seguridad se reunirá con usted en la pista. El Dr. Uschin recibirá el contenedor del Dr. 'Gemo. Cambio."

El comandante Yost entró en la conversación: "Hola, Walters, soy Yost. ¿Podría hacer que el Dr. Kamazov y un representante de la Administración de Seguridad Nacional se reúnan conmigo en el tanque? Cambio."

"Claro, Yost. Parece importante. Cambio."

"Podría serlo".

Davis intervino: "Washington, tiene el control total de la computadora. Cambio."

"Recibido, Vuelo 6. Todos los sistemas listos. Cambio".

*****

El transbordador giró lentamente en el vacío sin fricción del espacio, apuntó con su cola en dirección de marcha y se dirigió de morro hacia el gigante azul situado directamente sobre Sudáfrica.

Capítulo 10

Montaña de Oportunidades

Durante su trayecto por la montaña, Mark tenía mucho en lo que pensar. Su mente se distrajo mientras conducía junto al Conjunto de Telescopios Allen (ATA) de segunda generación situado en una parte llana de la montaña. Cuando se detuvo en el aparcamiento del centro, el sol apenas asomaba por el horizonte. Ésta era su parte favorita del día. Salió del coche. Notó una luz encendida en la casa.

Se quedó pensativo, mirando la casa. Cerró la puerta del coche y caminó hacia la casa. Al llegar a la puerta, ésta se abrió y la voz de Jo salió rebotando.

"Bueno, Mark, el hombre misterioso. Entrez".

"Gracias, Jo. ¿Qué es eso del hombre misterioso?" preguntó Mark.

Mark entró y Jo le rodeó el brazo y acompañó a Mark mientras hablaba.

"Cuando nos diste el sobre y nos pediste que lo abriéramos después de irte. ¿No te pareció misterioso?".

Mark asintió lentamente. Cuando entraron en el estudio donde estaba Cory, cogió la mano de Mark y dijo riendo: "Yo diría que sí".

Mark se mostró algo cauto y preocupado por la frivolidad. Habló lenta y deliberadamente: "Ustedes dos no actúan como si hubieran leído la carta".

"Au contraire", bromeó Cory. "Está aquí mismo". La sacó de la mesa y la agitó delante de Mark.

Mark se sentó. Sintiéndose más a gusto, dijo: "Bueno, entonces tengo una pregunta". Hizo una pausa. "¿Dónde está mi copa de vino?".

Jo se rió y metió la mano debajo de la barra y tomó una copa y una jarra de vino.

"¿Tinto o tinto?", preguntó.

"Tinto servirá... con un poco de hielo", respondió Mark.

"Por supuesto". Puso la copa de vino sobre la encimera. Cory miró la copa, luego miró a Mark e hizo un gesto con la cabeza hacia la copa. Mark estiró las cejas.

Cory sonrió y le dijo a Jo: "Que sea una copa grande".

Jo sonrió y sustituyó la copa de vino por un vaso para beber y, dejándolo bruscamente en el suelo, miró a Mark en busca de aprobación. Mark asintió bruscamente.

Jo empezó a hablar mientras le servía la copa: "Sabes, después de leer la carta, los dos estábamos emocionados y decepcionados".

Mark cayó en su perspicacia y empezó a escuchar atentamente y no hizo más preguntas.

Cory se paseaba un poco mientras hablaba.

"Sí, toda la gama de emociones. La ira por la osadía, la desconsideración, la ingratitud..."

"¡Las pelotas!" Jo añadió.

"Sí, unas muy grandes". Cory continuó: "Pensar que nuestros sueños, nuestro propósito, la ambición de nuestra vida, nuestra-"

"Amistad", añadió Jo una vez más.

Cory hizo una pausa y reflexionó durante un segundo, luego dijo suavemente: "Nuestra amistad..." y luego continuó deliberadamente: "podría comprarse o venderse".

Jo se sentó junto a Mark. Cory le rodeó y se sentó a su otro lado.

Jo habló: "Sí... sí, podría... si". Empezamos a hablar de la oferta. "Seguiríamos recibiendo el crédito por el trabajo, aunque no se diera a conocer a la gente. Pero tendríamos el dinero. Sí, el dinero. Viajes, casas, coches, ropa, podríamos comprar o hacer lo que quisiéramos".

Cory retomó los pensamientos con emoción.

"Sabes que siempre quisimos viajar. Arizona, Idaho, Manitoba, Australia, todos los lugares nuevos y tranquilos, quizá incluso Marte".

"¿No sería genial?" Jo continuó con la emoción. "Marte... investigación, descubrimientos..." Se detuvo. Ella y Cory se miraron y dijeron simultáneamente: "¡Niños!". Hicieron una pausa. Cory continuó lenta y emotivamente: "Fue entonces cuando empezamos a darnos cuenta de que "nosotros" ya teníamos lo que queríamos".

Cory sonrió a Jo y continuó: "Viajamos todos los días, miles de millones de kilómetros, a través de las galaxias. Investigamos y descubrimos nuevas estrellas, sistemas, conceptos... nueva vida".

Hizo una pausa.

Jo rompió el hechizo con un tono áspero. "Fue entonces cuando supimos que nuestra primera reacción era correcta. Estábamos enfadados".

Jo miró a Mark, incitándole: "¿Por qué?".

Mark levantó las cejas y se encogió de hombros.

"Porque..." Jo alargó la respuesta. "¡Estamos embarazados!", gritó emocionada.

Mark la seguía atentamente, pero ahora sus cejas y sus ojos se tensaron ante el giro de la información. Sacudió la cabeza por la confusión.

"¡Qué!"

Cory asentía con entusiasmo y sonreía. "¡Sí!", gritó.

Mark se unió a la excitación. "¡Muy bien!" Se levantó y abrazó a Jo mientras ella soltaba una risita.

Cory se levantó y puso la mano en el hombro de Mark. "La mala noticia es", dijo en tono serio. "No eres el padre".

Todos se abrazaron, rieron y se dieron palmaditas en la espalda.

*****

Estaban sentados a la mesa de la cocina terminando de comer. Mark se sentó frente a Cory y Jo.

"Ha sido el mejor pollo que he comido nunca", declaró Mark.

Jo replicó: "En parte tienes razón. Eran fideos con huevo, pero la carne era de pollo vegano".

Se levantó y caminó hacia el mostrador.

"Seguía siendo el mejor", dijo Mark.

"¿Más agua?" preguntó Jo.

Tanto Cory como Mark declinaron la invitación.

"*Así que...*" Mark deletreó. "¿Ven por qué tuve que darles a elegir?"

Cory asintió y habló: "Era una forma de averiguar rápidamente si la información que nos daban era falsa".

Jo siguió: "Y para poner a prueba nuestras lealtades".

Mark intervino rápidamente: "No, lealtades no... prioridades. Los conozco desde hace demasiado tiempo como para cuestionar sus lealtades. Es parte de su carácter. Pero las prioridades pueden cambiar y cambian".

Mark continuó: "Sin embargo, tenías motivos para enfadarte, si sentías que yo, o Richard, cuestionábamos tu veracidad. Ambos sabíamos cuál sería tu elección, y eso daría credibilidad a la causa en el futuro".

Jo cuestionó: "Me parece que si esta prueba saliera a la luz, olería a encubrimiento".

"Si saliera a la luz, sí. Pero todo este episodio ya ha sido documentado y divulgado a ciertas personas". Mark dio un sorbo a su bebida. "Y lo mejor, sus datos han sido verificados por todos los enlaces del SETI".

"¿Cómo puede esto ya...?", se interrumpió Cory.

"Confía en mí", dijo Mark con una sonrisa cómplice. Y continuó: "De todos modos, estoy encantado por los dos: ¡un bebé!".

*****

El agente Fuller hablaba desde su furgoneta: "Sí, dejé el JC hace una hora cuando el micrófono se apagó".

Capítulo 11

Visaje

Davis y Yost estaban manteniendo una conversación con un VIC (Ordenador Interactivo de Voz) cuando la puerta de la sala de interrogatorios se abrió de golpe. Un hombre y una mujer entraron en ella y pasaron por delante de varias mesas y sus ocupantes, camino de los dos.

Yost los vio acercarse y se puso en pie, tendiéndoles la mano.

"Hola, Yost. ¿Cómo estás?", dijo la mujer, cogiéndole la mano.

"Bien, Kamazov, bien", respondió Yost.

"Comandante, soy Parker, de la NSA", dijo el hombre.

"Encantado de conocerle, Parker. Jim, ¿Verdad?"

Parker se sorprendió. "Sí".

Yost continuó: "Jim, ésta es la teniente coronel Marta Davis, y, Marta, ya conoces a Kamazov".

Marta asintió y le tendió la mano. "Hola, Jim, Kamazov".

"Jim", dijo Yost, "Marta es una gran admiradora tuya".

Parker parecía desconcertado, al igual que Marta.

"Sí, te vio en el vestíbulo en el escáner de seguridad y dijo que estabas 'bueno'".

Marta interrumpió y dijo sugestivamente: "En realidad dije que parecías sexy". Se tiró ligeramente de su abrigo algo pesado. Dio un codazo a Yost en las costillas.

"Oh, me cansé de llevarlo. Olvidé dejarlo en mi habitación", explicó Parker, quitándoselo y dejándolo sobre la silla.

"Bueno, de todos modos. Marta puede ayudarte con cualquier problema de calor". Yost sonrió, al igual que Marta.

"Doc, ¿Puedo hablar con usted un momento? Discúlpenos un momento, ¿Quieren?" Yost asintió a Parker y Marta y condujo a Kamazov a otra mesa, y se sentaron.

Kamazov se acomodó en su silla y apoyó los antebrazos en la mesa.

"Bien, Steven, ¿De qué se trata?", dijo con interés.

Steven reflexionó durante un largo momento.

"¿Steven?", incitó ella.

Steven finalmente habló: "Mira, Kate. Sabes que no soy dado a la histeria, la exageración o la invención".

Steven se puso serio y Kate guardó silencio mientras él continuaba.

"He documentado esto en mi informe, pero quiero que lo conozcas de primera mano. Entonces podrás ayudar a explicárselo a la NSA".

Ella continuó escuchando.

"Antes de empezar, quiero que sepas lo que no aparecerá en mi informe. En mi informe, dije haber visto una figura, un hombre, y que decía algo. No pude oírlo, ya que no había sonido. Pero leí sus labios".

Parker y Davis se acercaron a la mesa. Parker dijo: "De acuerdo, comandante. Estoy listo".

Steven dio carpetazo a sus pensamientos. "De acuerdo, hagámoslo".

Parker preguntó: "¿Aquí?"

Steven respondió: "¡Aquí! ¿Por qué no? Todo el mundo aquí sabe lo del incidente o tiene autorización para saberlo".

Parker movió la cabeza y levantó las cejas, y él y Marta, que estaba con él, se sentaron. Parker sacó una unidad de grabación COM y la encendió.

Mientras Parker preparaba la grabación con fecha, hora, lugar y participantes, Steven reunió sus pensamientos.

"De acuerdo, comandante. Puede empezar", le indicó Parker.

"Como debe figurar en mi informe, hace dos días, estaba realizando un EVA en el vuelo 6 del transbordador, cuando algo llamó mi atención. Estaba a unos doce metros de distancia. Levanté mi parasol y vi que se trataba de una figura, suspendida en el espacio, como yo. Era una forma humana tridimensional, parecía ser masculina, sin traje espacial. Estaba girando y retorciéndose lentamente. Notifiqué a la nave su ubicación y que escaneara la figura con los sensores."

"Cuando la figura se puso vertical respecto a mi eje, la vi claramente a unos doce pies de distancia. Llevaba ropa holgada, como una prenda con cinturón o una túnica, de color marrón o gris medio, con capucha. Sus manos, pies descalzos y rostro eran humanos, de color más claro que la ropa. Su boca se movía. Los ojos estaban abiertos y empezaban a ensancharse. En ese momento, la figura fue absorbida por una luz gris apagada y desapareció por completo".

Steven tomó aire. "Los escáneres fueron registrados. Las indicaciones preliminares eran que la figura no era humana, ya que no tenía sustancia orgánica. En efecto, no había nada allí, sólo una anomalía energética".

Parker preguntó en tono confuso: "Si no había nada allí, ¿Entonces qué viste?".

Steven explicó: "Lo que vi, según los escáneres, fue una convergencia emisora de energía, muy similar a nuestro propio proceso de convergencia y difusión de la luz que conocemos como holograma."

Parker volvió a hablar: "Un holograma, como nuestro cubo de vídeo".

Steven asintió y añadió: "Pero con una diferencia muy grande. Nosotros vemos la figura porque nuestros cubos tienen un receptor. Yo no vi ningún receptor. Aunque podría haberme alegrado un poco por el espacio o haberme vuelto loco temporalmente".

Marta intervino: "Bueno, yo no vi "eso", pero los escaneos de los sensores dicen que algo estaba allí, e incluso sin los SS, si Steven dijo que lo vio, entonces mejor que creas que estaba allí".

"Gracias, Marta", terminó Steven y se puso de pie. "Bueno, he terminado y me voy".

Marta estuvo de acuerdo y se levantó: "Yo también".

Parker se puso ansioso. "Eh, eh. Todavía no. Tengo más preguntas".

Steven respondió: "Vean mi informe, tiene más detalles. Sólo quería darles a ambos un informe personal primero. Si tienen más preguntas, véanme más tarde".

Steven y Marta empezaron a marcharse. Parker y Kate se levantaron, se miraron y se encogieron de hombros al unísono.

"Supongo que se acabó", dijo Parker.

Kate se puso pensativa y profética. "No... creo que acaba de empezar".

*****

Steven y Marta acababan de salir al pasillo cuando Sal tocó a Steven en el hombro. A Steven se le dibujó una sonrisa al ver a Sal.

"Hola, Stevie. Bienvenido a la Tierra. Llévame con tu líder".

Las bromas de Sal fueron bien recibidas.

"¿Qué tal si en vez de eso te invito a un whisky?" sugirió Steven.

Steven tomó a Sal por ambos hombros y lo sacudió.

Sal dijo: "Ponme licor, cántame una canción y soy tuyo".

"Sigues siendo un blanco fácil, viejo cara de mierda", figuró Steven.

"Cada día más fácil", respondió Sal.

Sal inclinó la cabeza hacia Marta, diciendo: "¿Quieres que hagamos un trío?".

"Eso podría ser interesante", dijo Marta, sonriendo.

"Supongo que has venido por las 'notas'", dijo Steven.

"Sí, pero tengo una hora libre", dijo Sal.

"Bueno, hagámoslo", dijo Steven y empezó a caminar.

Sal empezó a caminar también, pero Marta estaba mirando hacia el tanque.

Dijo: "Ustedes dos sigan. Creo que veo mi transporte".

Volvió a entrar en la sala de interrogatorios, tomó el abrigo de la silla y lo colgó delante de Parker. Miró a Parker y sugirió: "¿Por qué no llevamos tu abrigo a tu habitación?".

Sal la miraba.

"¿Qué ha sido eso?", preguntó.

"Calor corporal, amigo... calor corporal", explicó Steven, dándole una palmada en la espalda a Sal.

Siguieron por el pasillo.

Capítulo 12

Conspiradores

El coche plateado brillaba bajo el sol de la mañana mientras serpenteaba y giraba por las calles de la ciudad. Finalmente los giros cambiaron a perezosas curvas cuesta arriba. Cerca de la cima de la colina, el coche giró hacia una entrada con un gran portón con un puesto de guardia justo dentro. El tablero de sensores del interior del puesto de guardia sólo mostró un ligero cambio con la presencia del coche. Lentes prácticamente invisibles y otros dispositivos electrónicos decoraban estratégicamente el portón y toda la línea de la valla y las torres de vigilancia. Un hombre trajeado salió del edificio de entrada para tener una visión completa del coche y su ocupante cuando la verja se abrió. El coche seguía moviéndose mientras el portón completaba su recorrido. Finalmente el coche aminoró la marcha y se detuvo.

"Buenos días, Reager", saludó al hombre una voz decididamente femenina.

"Buenos días, Jennifer", fue la respuesta.

"Buenos días, Paula", dijo Jennifer, saludando a una mujer uniformada en la puerta del edificio de entrada. La mujer le devolvió el saludo.

"Mantenlo por debajo de cincuenta", dijo con una sonrisa mientras el coche se ponía en marcha de nuevo y tomaba velocidad. El coche alcanzó los cincuenta dos veces en el corto trayecto hasta la casa principal. El coche se detuvo delante, bajo la parte cubierta del camino de entrada. Jennifer abrió la puerta y se deslizó fuera del asiento del conductor, de la única forma que su ajustada falda permitía a una dama. Arrojó sus gafas de sol en el asiento delantero y cerró la puerta. Su cuerpo rebotó agradablemente subiendo los escalones hasta la puerta principal.

Abrió la puerta y la cerró tras de sí. Richard salía de la cocina cuando vio a Jennifer. Esperó a que ella llegara hasta él. Tenía una taza en una mano y, sonriendo, le dio un fuerte abrazo con un solo brazo y la besó en la mejilla.

Luego, con una mirada curiosa, le preguntó: "¿Quién eres?".

Jennifer le dio una palmada en el hombro y dijo: "¡Papá!".

La condujo por el pasillo y, al entrar en el salón, anunció: "Adivina quién está aquí".

Paul estaba sentado en el sofá. Él y Jennifer, al mismo tiempo, dijeron: "¿Quién?".

Al oír sus palabras, se fijaron el uno en el otro. Richard se encogió de hombros y siguió caminando.

"¡Oh, Jen!" Paul estaba eufórico.

"¡Tío Paul!", exaltó ella.

Se acercó al sofá mientras Paul se levantaba y se abrazaron.

"Richard no me dijo que vendrías", dijo Paul.

Richard intervino: "Eso es porque mi hija, la "agente", no se lo dijo a Richard".

"Bueno, tu hija, la agente en prácticas, no sabía que iba a estar en la zona hasta hace una hora", dijo ella en tono serio.

"Aún así podrías haber llamado. Podrías haberme pillado en una situación comprometedora".

Miró a Paul y bromeó: "¿Quieres decir que no lo hice?".

Paul se rió.

"Puede que esta vieja puerta tenga manchas de óxido, pero aún oscila en una sola dirección, de no ser por las artimañas de la mujer", terminó dramáticamente.

Jennifer sonrió mientras Paul seguía manteniendo sus dos manos. Él la apartó para mirarla. Ladeó la cabeza al ver su falda y dijo, de forma intencionadamente lasciva: "Bonita falda".

Ella se volvió para enseñársela y preguntó: "¿Te gusta?".

Richard intervino: "¿Es lo normal para una agente que va de incógnito?".

Jennifer intentó argumentar: "Después de llevar ropa anodina en el trabajo, necesito sentirme como una mujer fuera de servicio".

Paul levantó las cejas y dijo: "Y mujer eres".

Richard se acercó por detrás, le puso las manos en los hombros, apoyó la frente en su nuca y dijo con rotundidad: "Sí, lo eres".

Jennifer sonrió con la cálida sonrisa de una hija cariñosa. Hubo una pausa en la conversación. La pausa duró poco. Fue desplazada por el tono de una puerta.

"Yo voy", declaró Jennifer mientras salía rebotando de la habitación. Todavía estaba llena de brío cuando abrió la puerta. Se tranquilizó un poco al ver a Evelyn Walker en la puerta.

Jennifer habló con tono de curiosidad: "Hola... Sra. Walker, ¿Verdad?". Extendió la mano.

"Sí", dijo Walker, sonriendo y cogiendo su mano, y continuó, "Y usted es la Sra. Natás".

Jennifer se rió y dijo: "Ahora que nos han presentado, pase".

Jennifer le hizo un gesto de realeza con la mano.

"Gracias. El vicepresidente me está esperando", dijo Walker al cruzar la puerta.

Jennifer, que asentía en silencio aprobando el impactante atuendo de negocios de Walker y sus encantos de mujer mientras Walker pasaba a su lado, se dijo en voz baja: "Seguro que sí".

Caminaron por el pasillo y, cuando entraron en la sala, Richard y Paul estaban escaneando un monitor. Richard captó su entrada por el rabillo del ojo. Se acercó a Walker y le cogió la mano que le ofrecía, diciendo: "Buenos días, Sra. Walker".

"Buenos días, Sr. Vicepresidente", le devolvió ella.

"Por lo visto ya conoce a Jennifer", dijo Richard.

Walker sonrió y dijo: "Una cuasi presentación". Señaló a Jennifer con la cabeza.

"Suficientemente bueno", dijo Richard e hizo un gesto con la mano hacia Paul. "Y por supuesto, ya conoces a Paul".

Paul arrancó hacia ella y ella se encontró con él a medio camino y dijo: "Por supuesto. Sr. Le Cross. Buenos días". Se estrecharon la mano.

"Muy bien. Ahora que nos conocemos, dejemos el decoro".

Señaló a cada persona mientras pronunciaba sus nombres: "¿Paul... Jennifer... Eve, Evelyn?", preguntó.

Walker sonrió y ofreció: "Eve está bien".

Richard se llevó la mano al pecho, miró a Eve y dijo: "Richard".

Miró a Eve en busca de aprobación, quien asintió incómoda pero graciosamente.

Richard continuó: "Ahora que no tropezaremos con el protocolo, pongámonos a trabajar".

"Sí", dijo Paul, mirando a Jennifer, que sabía lo que iba a decir, y lo dijo a la vez: "Vamos a comer".

Miraron a Richard y a Eve; Paul y Jennifer salieron de la habitación del brazo. Richard extendió el brazo para que Eve lo tomara, lo que ella hizo. Richard dijo: "Trae tu maletín. Comemos mientras trabajamos, o trabajamos mientras comemos".

Siguieron a los otros dos.

La mesa del comedor era grande y mantenía varios artículos de desayuno y bebidas. Había mesas más pequeñas colocadas estratégicamente para mantener maletines y aparatos electrónicos. Cada una incluía un monitor. Un sirviente estaba ocupado con los preparativos de la mesa. Cada persona seleccionó sus alimentos de la mesa y se sentó. A Eve le ofrecieron un asiento cerca de Richard, que aceptó obedientemente.

Richard se dirigió al camarero: "Oh, Chuck".

"Sí, señor", respondió Chuck.

"Cuando termines esto, ¿Puedes rellenar el carro de bebidas? Luego pueden marcharse Inca y tú", pidió Richard.

"Por supuesto, señor. Gracias, señor".

Chuck terminó de recoger algunos platos y se marchó.

Eve se inclinó ligeramente hacia Richard y le preguntó: "¿Inca?".

Richard sonrió y figuró: "Línea de sangre directa".

"De verdad", dijo ella en tono de aprobación.

Todos empezaron a acomodarse en la mesa con sus elecciones. Eve se sentía a gusto con sus compañeras de desayuno sin pretensiones. Era más bien un desayuno familiar. Tomó un bocado de bollería y un sorbo de su café y lo dejó. Se volvió hacia su maletín ya abierto y sacó un bolígrafo, una tableta de escritura y un COM que se encendió al abrirlo.

Se volvió hacia Richard y le dijo: "Sr. Vicepresidente...". Dejó de hablar cuando notó que Richard arrugaba la frente. "Richard". Hizo una pausa. "Es un poco difícil llamarte..."

Richard interrumpió: "Eve, confío en que lo superarás".

"De acuerdo", se resignó ella. "Estoy preparada".

Richard asintió. Llamó la atención de Jennifer y Paul, que estaban sumidos en una conversación.

"Vale, los dos. Sra.-" Richard sonrió a Eve. "Eve tiene 413 preguntas que necesitan respuesta".

Paul añadió: "Y a mí todavía me quedan algunas preguntas".

Richard se acomodó en su silla con un vaso de té helado y preguntó a Eve: "¿Qué puedo decirle que nos dé una base sobre la que construir?".

Ella miró sus notas un momento y dijo: "Tengo muchas preguntas, pero quizá una visión general de la situación sería el mejor punto de partida".

Richard acusó recibo de su afirmación y reflexionó en lo más profundo de su mente, tocando todos los aspectos de la respuesta.

"Quizá le sirva más saber quiénes son los actores y sus papeles".

Buscó en su razón y tropezó con una respuesta: "Yo... supongo que eso... ayudaría a cubrirlo".

Él empezó: "En primer lugar, aunque Jennifer está con el Servicio Secreto, aún está cubierta por el privilegio ejecutivo y... mi confianza".

Jennifer asintió amablemente con la cabeza mientras él continuaba: "Ella no está implicada en el escenario, pero yo no hablo a su alrededor. Sabe cuándo callarse, un rasgo poco constante en gran parte de la generación más joven, y afortunadamente ha demostrado su responsabilidad."

Continuó, asintiendo hacia Paul: "Paul... ¿Qué puedo decir?".

Richard sonrió. "Paul maneja mis pensamientos y acciones y los asimila y lanza la información necesaria al público a través de, filtraciones, desinformación, desinformación y, a veces, comunicados de prensa".

"Ese aspecto de Paul lo he visto durante varios años", anunció Eve.

Richard continuó: "También es mi caja de resonancia, aunque a veces no esté dispuesto. Me da una buena idea de la reacción o el estado de ánimo de la gente. Y en eso es muy bueno".

Paul ahogó una risita.

Richard se volvió hacia Eve. "Tú, Eve... eres el ojo de mi mente, si quieres, para ver lo que yo veo, pero lo que es más importante, para que percibas lo que yo percibo. Eso es lo que quiero de ti". Ahuecó la mano alrededor de su vaso, mirándolo mientras formaba sus palabras.

Continuó: "El tuyo es un puesto importante, una tarea impresionante. Tus interpretaciones, tus intuiciones, tu difusión de la información pueden muy bien ser una red de seguridad para la humanidad".

Las cejas de Eve se hundieron al sentirse algo incómoda por sus palabras. Él continuó, menos intenso: "Su responsabilidad no es tan grave como la pinto, ni usted es la única salvaguarda. Pero sin duda, sus credenciales y credibilidad desempeñan un papel importante. Puede parecer que rozo la locura con parte de mi oratoria, pero mi intención es tender un puente entre la realidad y la esperanza, que bien puede ser una locura."

Bebió un trago y luego continuó: "Dejando a un lado toda la filosofía, Eve, quiero que hagas todo lo posible por hacer una crónica de los acontecimientos como respaldo para mostrar credibilidad, es decir, para aportar alguna medida de prueba de que no ha habido prevaricación".

Eve estaba asimilando todo lo que había dicho. Empezó con una pur- pose: "¿Esa "historia" de la que hablamos antes?". Pidió reconocimiento y Richard asintió. "Estoy lista para dar el primer paso".

Ella tenía una expresión de satisfacción en el rostro.

El rostro de Richard sonreía de aprobación.

Levantó su copa, como para brindar, y dijo: "Por el primer paso".
Bebió.

Capítulo 13

No Estamos Solos

El Radio Observatorio de Hat Creek ha evolucionado enormemente desde su creación a finales de los años cincuenta. Las antenas se han triplicado y una residencia y un centro de investigación in situ son algunos de sus atractivos.

Los doctores Edmonds y Mitchell escuchaban las señales de radio y observaban los gráficos de modulación de frecuencia en la pantalla de dos metros del SETI.

Amir Hadad, el experto en traducción, estaba ocupado estudiando detenidamente las impresiones de la traducción y verificándolas con el audio y las modulaciones de su monitor. Golpeaba un teclado de su escritorio que estaba conectado de forma inalámbrica a sus auriculares. Estaba extremadamente concentrado mientras tecleaba para reproducir los archivos de vídeo y audio.

Habló por los auriculares: "¿Alguien ha recibido señales del Array 14, 1.500 MHz?".

Hubo una pausa momentánea y se produjo una respuesta: "Aquí Dominique, tengo 25,2 minutos recibidos a las 03.24 horas de hoy".

Hadad tecleó, observó y escuchó durante un momento, luego dijo: "¡Vaya, gracias, Dominique! Creo que acabas de verificar el contacto". Golpeó el teclado para desconectar la llamada. Tecleó durante unos segundos, luego se levantó y se acercó a la impresora y tomó varias páginas. Les echó un vistazo mientras caminaba a paso ligero hacia Edmonds y Mitchell, que estaban de pie junto a la pantalla del SETI.

Hadad habló con entusiasmo: "Vale, vale, tienen que mirar estas impresiones y...". Hizo una pausa y se acercó al teclado del escritorio y tecleó. La pantalla del SETI cambió.

Edmonds leyó la primera página y se la entregó a Mitchell e hizo lo mismo con las otras dos. Edmonds leyó cada página y luego miró la pantalla. Mitchell, a su vez, hizo lo mismo. Cuando terminó de leer y de mirar la pantalla, Mitchell se encontraba en un estado de conmoción. Se sentó firmemente en una silla.

Edmonds miró a Hadad y luego a Mitchell.

Hadad fue el primero en hablar. "¡Esto es la verificación de las interacciones de Johannesburgo!"

Edmonds se puso en pie, asimilando el momento. "Yo... esto es..."

Mitchell terminó el pensamiento de Edmonds: "Asombroso... después de miles de años de maravillas...".

Hadad y Edmonds se sentaron lentamente. Todos se sentaron en silencio durante un largo momento.

Edmonds preguntó a Mitchell: "Tenemos que compartir esto. ¿Quieres hacer los honores?"

Mitchell pensó un momento y finalmente dijo: "No, Amir tiene la última pieza del rompecabezas".

Se volvió hacia Hadad y le dijo: "Amir, hazlo tú".

Hadad dijo: "¿Yo? Sólo soy un peón, no el director. Ese debería ser tu honor".

Mitchell rió enfáticamente. "Creo que este descubrimiento demuestra que, relativamente, todos somos peones de facto".

"¿Pero qué digo? ¿Cómo lo digo?" preguntó Amir.

Mitchell dijo: "Este es tu momento Armstrong: "Un pequeño paso...""".

Mitchell se levantó y se acercó al panel del escritorio, tomó un micrófono y, utilizando la consola, lo conectó a las unidades SETI de todo el mundo.

Hizo una pausa y habló: "Aquí SETI Hat Creek, su atención, por favor". El anuncio provocó una pausa en el centro.

"El Sr. Amir Hadad tiene un anuncio".

Le pasó el micrófono a Hadad. Se puso de pie y miró alrededor de la sala. Suspiró profundamente.

"Todas las comunidades SETI han esperado durante mucho tiempo, con ambivalencia, una prueba. Hoy tenemos la confirmación..."

Pronunció las siguientes palabras con orgullo: "¡No estamos solos!".

El aplauso fue abrumador y gratificante.

Capítulo 14

De Nubes y Apariciones

El coche presidencial se detuvo con facilidad en la entrada lateral de la residencia. Tsirch salió al abrirse la puerta. Saludó a su personal doméstico con su carisma habitual, sonriendo mientras hablaba con cada una de las personas a las que se acercaba.

Se detuvo ante una chica joven que tenía un dedo vendado.

"Carla, ¿Cómo sigue tu dedo?"

"Cuatro días más y estaré como nueva", dijo sonriendo.

"Está bien", dijo Tsirch y, con el dedo sin vendar, continuó: "Será bueno verte burlarte del resto del personal". Se rió entre dientes.

Una voz de mujer intercedió: "Tsirch. Deja de molestar a la gente".

Tsirch giró la cabeza, y luego el cuerpo, hacia la voz.

"Bueno, la Primera Dama en persona". Miró su reloj. "¿Tenemos una cita? ¿Me he olvidado?"

Se acercó a ella, la miró cálidamente a los ojos y le dijo en voz baja: "Supongo que podré hacerle un hueco en algún sitio".

El personal sonrió y empezó a ocuparse de sus tareas.

Con un tono igualmente suave, ella dijo: "Creo que será mejor que lo hagas".

Sonrieron y él le dio un modesto beso, que ella devolvió. Se dieron la vuelta y caminaron por el pasillo, cogidos de la mano.

Tsirch se detuvo en el Despacho Oval y dijo: "Debo hacer una llamada. Enseguida voy".

"De acuerdo, pero no tardaré". Se separaron.

Él entró en la habitación pero volvió a salir rápidamente y le dijo: "¿Vicki?".

"Sí."

"¿Puedes traerme una grande? Tengo sed".

"Claro."

La puerta se cerró detrás de Tsirch. Se sentó en una mecedora giratoria de felpa.

"VIC, abre COM", dijo en voz alta.

"COM abierto", figuró la voz masculina del ordenador.

"Silver, scramble, dos".

"Silver, scramble, dos", repitió la voz.

Una mujer apareció en el cubo y vio a Tsirch. "Buenos días, Sr. Presidente".

"Buenos días, Jan. ¿Está Silver?", preguntó.

"No, lo siento, pero lo puedo remitir", dijo ella.

Él dijo: "No es necesario. Sólo dígale que estoy de vuelta en la Casa".

"Sí, Sr. Presidente. Está de vuelta en la Casa. ¿Eso es todo, Sr. Presidente?"

"Sí. Gracias, Jan."

"De nada, Sr. Presidente".

El cubo se oscureció. Tsirch estaba sentado mirando un monitor. Llamaron a la puerta.

"Entre", dijo.

Entró un hombre informal pero bien vestido. "Su OJ grande con hielo. Señor".

Tsirch se puso en pie y levantó el vaso de la bandeja. "Gracias, Kevin. ¿Quién va ganando?", preguntó.

Kevin hizo una mueca. "Los Yankees, 3-2 cn la cuarta".

"¿Está lanzando Baker?" preguntó Tsirch.

"Todavía está dentro", respondió Kevin.

"Los mantendrá", dijo Tsirch mientras palmeaba a Kevin en el hombro.

"Eso espero", replicó Kevin. Se dio la vuelta y salió de la habitación.

Tsirch giró parcialmente en la silla y miró atentamente por la ventana, concentrándose en un solitario cúmulo.

Llamaron a la puerta y Tsirch, sin dejar de concentrarse en la nube, gritó: "Adelante".

Philip entró con unos papeles en la mano y dijo: "Sr. Presidente, tengo..."

Tsirch le interrumpió y, sin dejar de mirar la nube, le dijo: "Philip, ¿Ves esa única nube por la ventana?".

Philip aminoró la marcha y se acercó a Tsirch, miró la nube y dijo: "Señor, sí, la veo".

"¿Ves alguna otra nube por la ventana?"

Philip escrutó las ventanas y no vio ninguna otra nube. "En realidad, Sr. Presidente, no veo ninguna otra nube".

Sin dejar de mirar la nube, Tsirch preguntó: "Sin ponernos técnicos, usted sabe de qué están hechas las nubes y cómo se forman, ¿Verdad?".

Tsirch giró hacia Philip, con una media sonrisa.

Philip dijo: "La meteorología no era mi especialidad, pero sí, lo sé".

"Sígueme filosóficamente un poco". Tsirch hizo una pausa. "Si ésa fuera la única nube que ha visto en su vida, ¿Sería razonable pensar que no existen otras nubes?".

Philip hizo una pausa y extrapoló su mejor respuesta filosófica. "Sabiendo cómo se forman las nubes, sería absurdo decir que no existen otras nubes".

Tsirch escuchó atentamente su respuesta y la masticó. Finalmente inició su siguiente pregunta.

"¿Podría decir también que ninguna otra nube podría tener la misma forma y tamaño que ésa?".

Philip se dio cuenta de que este ejercicio existencial no había terminado. Vio que el presidente hablaba totalmente en serio.

Pensó durante un largo momento y contestó: "Aunque parece improbable que exista ninguna otra nube idéntica a ésa, yo, sin embargo, no podría descartar esa posibilidad."

Philip parecía satisfecho con su lógica y una sonrisa parcial apareció en su rostro.

El presidente se quedó pensativo y asintió lentamente. Frunció los labios y dijo: "Muy bien, Philip".

Hizo una pausa y dijo: "Y son todavía, todas nubes".

Philip asintió y entregó a Tsirch unos papeles. "Aquí están los informes energéticos. Hay documentos prioritarios del director Silver en su archivador de documentos impresos".

Tsirch tomó los informes de Philip y dijo: "Gracias, Philip".

Mientras salía del despacho, Philip tenía la mirada pensativa.

La luz de llamada parpadeó en el escritorio junto con un suave tono de timbre.

Tsirch vio la cara del director de la CIA en la pantalla del COM.

"Vic abre el COM, COM 2".

Silver apareció en el cubo de vídeo.

"Sr. Presidente, buenos días", dijo Silver.

"Buenos días, Silver, confío en que estés bien".

"Sí, señor, gracias, señor".

"Espero no haber puesto demasiado sobre usted y la agencia últimamente".

Silver se relajó en su silla. "Sr. Presidente, nos esforzamos al máximo".

Tsirch sonrió y se levantó de su silla giratoria, llevándose consigo los informes energéticos. Se dirigió a su escritorio, dejó los informes y se sentó en la silla del escritorio. Giró para acercarse y poner la mano en el cierre manual del armario de las impresiones. Sacó un paquete de papeles del armario.

"Buena respuesta, Silver, supongo que te mantendré en ese puesto un poco más", bromeó Tsirch.

Silver sonrió y ahogó notablemente una risita. "Gracias, Sr. Presidente".

"De acuerdo, Silver, sé que tienes una montaña de información que arrojarme", sugirió Tsirch.

"Hablando de montañas, Jo y Cory James del Centro COM de Johannesburgo nos han enviado más información. Deberían revisar sus impresiones... y sus datos son más intrigantes que nunca", figuró Silver, y luego añadió: "Lucas Makiev, Mark Narkiewicz y Peter Simmons también enviaron informes".

Tsirch giró hacia atrás y dejó las copias impresas sobre su escritorio.

"Tengo las copias impresas delante de mí. ¿Puedes darme la versión proverbial *del Readers Digest* ?"

"Bueno, señor Presidente, creo que querrá profundizar en este informe con algo más que una lectura superficial".

Una de las cejas de Tsirch se arqueó con interés. "De acuerdo, Silver, empieza tú y yo me pondré al día".

Silver se encogió de hombros y comenzó: "A modo de resumen, empezaré con... nosotros -es un nosotros con mayúsculas- hemos verificado de forma práctica el contacto con ET, no sólo en inglés sino también en varios otros idiomas. Se nos ha informado de que existe, hasta el momento, una amenaza no definida para la Tierra y nuestra luna de naturaleza biológica, química, microbiológica y/o genética. Se profiere a través de este contacto que la amenaza fue enviada desde la entidad no terrestre pero que no pretendía presentar una amenaza para la humanidad".

La otra ceja de Tsirch también se arqueó. Se sentó en silencio.

Silver observó al presidente en su cubo de vídeo y esperó durante un largo, largo minuto. La cabeza del presidente rodó ligeramente en varias posiciones, reflejando un pensamiento profundo.

"Señor presidente...", dijo.

Tsirch mantuvo en alto un par de dedos para pausar aún más la súplica de Silver. Tsirch respondió finalmente con un ralentizado: "Oh... kay...".

Puso las manos sobre la pila de impresos y empezó a hojear lentamente las primeras páginas.

Silver esperó y observó pacientemente.

Tsirch, por fin, habló: "Bien, intentaré organizar la secuencia de mis preguntas...".

"Comprensible, Sr. Presidente", figuró Silver.

"¿Debo suponer que la confirmación del contacto provino de la mayoría de nuestras fuentes?"

"Señor, Hat Creek y todas las fuentes del SETI están de acuerdo y están, y han estado, compartiendo todos los datos".

"¿Sabemos dónde se originaron las señales?"

"Parece haber al menos dos puntos de origen, y lo asombroso es que el contacto es prácticamente en tiempo real".

"¿En tiempo real? ¿Como nosotros hablando ahora?"

"Sí, señor, pero no realmente". Silver se quedó perplejo. "Señor, no es conmigo con quien debe hablar. Está más allá de mi capacidad técnica. Debería hablar con el Dr. Uschin o con Lucas Makiev".

Tsirch se mostró algo sorprendido. "Creía que Uschin estaba ocupado revisando las notas de 'Gemo".

"Lo está, pero dijo que estaría dispuesto a responder a cualquier pregunta vía COM o personalmente, lo que usted elija".

Tsirch realizaba varias tareas a la vez: leía las impresiones y escuchaba.

Su escucha se interrumpió al leer un impreso.

"¿Qué es esto? ¿El comandante Yost vio una misteriosa figura masculina sin traje flotando en el espacio durante un EVA del transbordador?" exclamó Tsirch.

"Sí, señor Presidente. Tuve que leerlo al menos dos veces e intenté ponerme en contacto con el comandante, pero no estaba disponible. Pero de nuevo, el Dr. Uschin tiene más información".

El tono de Tsirch se hizo más urgente. "Quiero reunirme tanto con Uschin como con Makiev. Tenemos que controlar la situación antes de que el público sea presa de la desinformación".

"Señor Presidente, creo que ese proverbial barco está a punto de zarpar", figuró Silver.

"¿Y quién está botando ese barco?" preguntó Tsirch.

"Parece que Paul Le Cross quiere programar una rueda de prensa vicepresidencial en relación con la revelación de Hat Creek, y estoy seguro de que Peter Simmons estará allí para dar una sinopsis de las acciones del vicepresidente. Sin embargo, la retrasarán para darle a usted la oportunidad de dar la noticia como considere oportuno", relató Silver.

El rostro de Tsirch enrojeció pensativo. "De acuerdo, Jack, tengo que programar algunas reuniones. Gracias por la información".

"Desde luego, señor presidente", respondió Silver.

Tsirch desconectó la videollamada, llamó a Philip y se sentó, sin dejar de ojear las impresiones.

En un momento Philip llamó a la puerta.

"Adelante", le indicó Tsirch.

Philip entró y preguntó: "Sí, señor presidente".

"Necesito que busques a Lucas Makiev y al Dr. Uschin y programes una reunión lo antes posible".

"¿Dónde quiere la reunión?"

"El tiempo es esencial. Prefiero cara a cara, así que donde eso pueda ocurrir más rápido. Si no, que sea por videoconferencia. Es extremadamente importante que nos reunamos hoy".

Philip comprendió la urgencia del pedido. "Sí, señor, inmediatamente".

Philip se marchó y Tsirch continuó estudiando detenidamente las impresiones.

Capítulo 15

Reunión de Mentes

Richard estaba sentado en el escritorio de su residencia, leyendo en una pantalla y hablando con Sal Uschin en un cubo de vídeo. Las imágenes de Lucas Makiev, Jo y Cory James, Perry Edmonds, Amir Hadad, Paul Le Cross, Mark Narkiewicz, Jack Silver, Julia Van Hook, Eve Walker y Peter Simmons empezaron a aparecer en el monitor de dos metros mientras aceptaban la invitación a la videoconferencia conjunta.

"¿Hay algún nuevo avance en las muestras?" preguntó Richard a Sal.

"Hasta ahora, no podemos obtener una coincidencia exacta con los criterios sugeridos por la fuente. Estoy esperando más información del JC, de Hat Creek y de otros Sitios SETI". Sal hizo una pausa. "Estoy tan malditamente intrigado por saber cómo llegó la onda o la *difusión* a través del espacio y el tiempo, que me distraigo en mi análisis de los datos".

Richard asintió. "Sólo puedo imaginar los dilemas a los que se enfrentan su equipo y el grupo SETI". Richard hizo una pausa y continuó: "He invitado a Perry, Lucas, Mark, Jo y Cory a unirse a nosotros en una conferencia telefónica. Quizá tengan más actualizaciones".

Richard hizo una pausa y añadió: "También he invitado al secretario de Estado Richter, al DHS Van Hook y a January Yee, la secretaria de prensa del presidente, pero no estoy seguro de que vayan a venir". Richard suspiró y añadió, "por supuesto, me puse en contacto con Ren Lang por cortesía".

Sal sacudió la cabeza sorprendido. "¿De verdad crees que vendrá?"

"Ya me conoces, Sal, todo incluido", propuso Richard.

"¿Mantener a tus enemigos cerca?" Sal rió entre dientes.

Richard sacudió la cabeza con desesperación. "Sal, tú sabes, por encima de todo, que Tsirch y yo siempre hemos sido amigos.

"Lo sé, Richard... sólo tenía que decirlo". Sal se rió una vez más. "¿Pero pedir tu dimisión?"

Richard se volvió introspectivo. "Eso es sólo Tsirch siendo presidencial. No tuvo elección". Richard añadió: "De todas formas, toda esta conferencia le será enviada en el momento en que se produzca".

Richard levantó la vista hacia el monitor, observando las imágenes de los participantes que se mostraban.

"Parece que tenemos quórum", dijo Richard. "¿Estás listo, Sal?"

"Sí, este soy yo siendo todo incluido", bromeó Sal.

Richard habló al monitor: "Baker 2, confirme".

Una voz respondió suavemente en un tono decididamente femenino: "Baker 2, listo".

"Baker 2, active la pantalla 1 y VC".

Cada participante fue notificado en sus unidades individuales de que la conferencia estaba abierta. A medida que cada uno aceptaba la invitación, su imagen en directo mostraba la palabra *Activo* debajo de ella.

Richard vio que todas las imágenes estaban activas excepto la de Paul Le Cross.

Esperó un momento. Aunque la imagen de Paul aún no estaba activa, Richard empezó: "Buenos días a todos".

Un puñado de respuestas del tipo "Buenos días, Sr. Vicepresidente", se registraron audiblemente. Muchos de los participantes que miraban sus respectivas pantallas de vídeo se sorprendieron de algunas de las personas que aparecían en ellas, sobre todo de la de Evelyn Walker.

"Gracias por su participación en esta importantísima conferencia".

Richard se inclinó un poco hacia la izquierda y hacia delante en su silla, apoyando el codo izquierdo en el brazo de la misma.

"En primer lugar, quiero establecer algunas reglas básicas..."

La imagen en directo de Paul se mostró finalmente *activa*.

"Me alegro de que te unas a nosotros, Paul", dijo Richard, sonriendo.

Paul dijo: "Y buenos días a ti y a todos los demás".

Richard continuó: "Presentaré a todo el mundo para que conste en acta, ya que esto se está grabando y entregando a todos los participantes, incluidos los que pueden o no unirse a nosotros: el comandante Steven Yost, la secretaria de prensa del presidente, January Yee, Julia Van Hook, directora de Seguridad Nacional, la secretaria Marilyn Richter y el presidente Ren Lang." Muchos en el grupo reaccionaron con sorpresa ante la inclusión del presidente.

"Si alguien desea retirarse, puede hacerlo ahora".

Richard observó que todos decidían continuar. "Bien, esto puede llevar un rato, así que acomódense y relájense y, si lo necesitan. tomen notas".

Richard miró el monitor y empezó por la parte superior izquierda.

"Lucas Makiev ha sido mi coordinador de la Operación Pajar, analizando las montañas de información de cientos de fuentes, incluidos algunos de ustedes".

Richard continuó: "Jo y Cory James forman parte de la operación SETI. Están destinados en Johannesburgo. Aparecen juntos, pero no se equivoquen, cada uno tiene su propia experiencia en el campo".

Richard los señaló con la cabeza. "Los siguientes son Perry Edmonds, director, y Amir Hadad, experto en traducción de las instalaciones SETI de Hat Creek". Richard también les saludó con la cabeza.

Jack Silver fue el siguiente.

"Jack Silver, el director de la CIA, no necesita presentación para la mayoría de ustedes. Tiene una extensa red que nos ha rastreado a casi todos en un momento u otro".

El director de la CIA sonrió en señal de reconocimiento silencioso.

"Mark Narkiewicz es el principal experto en investigación de señales multimodales/direccionales que trabaja en estrecha colaboración con el SETI".

Richard continuó: "Peter Simmons, por supuesto, la mayoría de ustedes saben que es mi mano derecha e izquierda y mi confidente". Richard le dedicó una sonrisa cómplice y continuó.

"Por supuesto, todos ustedes deben conocer a Paul Le Cross, mi apreciado y competente secretario de prensa al que siempre confundo".

Richard se centró a continuación en Eve.

"Ahora me gustaría presentarles a una extraordinaria periodista y abogada, Evelyn Walker. Ella ha aceptado mi oferta de hacer la crónica de mis/nuestros esfuerzos con un ojo puesto en cualquier ramificación legal."

Richard hizo una pausa. "Quiero ser claro. No he puesto restricciones a sus obligaciones legales. Ella está para evitar que coloreemos fuera de las líneas... o al menos demasiado fuera de las líneas". Richard hizo una pausa.

Richard se volvió hacia Sal. "Dr. Sal Uschin, o simplemente Sal. Sal utiliza demasiados sombreros para detallarlos. Su equipo ha sido englobado con la desalentadora tarea crítica de determinar si existe una amenaza bioquímica real para la existencia humana y, en caso afirmativo, cómo eliminar la amenaza."

Richard se sentó de nuevo en su silla. "Ahora veamos si podemos suspender un poco este incómodo decoro. Cada uno de ustedes puede indicarnos cómo quiere que nos dirijamos a él durante esta llamada. Empezaré yo, Richard".

El grupo se sorprendió sumariamente al llamar al vicepresidente por su nombre de pila.

Amir Hadad habló primero. "¿Está seguro, señor vicepresidente?"

"Sí, estoy seguro", respondió Richard.

Hadad tomó aire. "De acuerdo, llámenme Amir". Richard soltó una especie de risita y añadió: "Por un momento pensé que ibas a decir: "Llámenme Ismael"".

El grupo sonrió colectivamente y siguió su ejemplo.

"Perry".

"Paul".

"Mark".

"Lucas".

"Eve."

"Peter."

"Silver."

"Jo."

"Cory."

"Sal."

"Amir."

Richard se inclinó y empezó a hablar: "Muy bien, vamos a..." Pero fue interrumpido por la aparición de una nueva cara en la pantalla.

"Lo siento. ¿Llego demasiado tarde para participar?" preguntó Marilyn Richter.

Richard sonrió y dijo: "Por supuesto que no, señora Secretaria".

"Gracias, Sr. Vice-" Ella se detuvo y luego continuó, "Richard. Soy Marilyn".

Richard se sentó de nuevo en su silla. "Creo que deberíamos empezar con el grupo SETI. Perry, ¿Quieres empezar, o qué tal si escuchamos a 'No estamos solos' Amir?".

Amir parecía un poco avergonzado pero se lo sacudió y comenzó.

"No tengo mucho que informar excepto que las señales de la fuente han sido traducidas digitalmente a al menos siete de nuestros idiomas: inglés, español, árabe, mandarín, japonés, ruso e hindi. Cada una de las traducciones está directamente correlacionada con una creencia religiosa relacionada de cada idioma, como el cristianismo, el judaísmo, el islam, el hinduismo, etcétera. No sé lo que significa, pero delinea vagamente los objetivos o propósitos de cada religión".

Marilyn intervino: "Amir, ¿Cómo sabemos que las señales proceden de... ahí fuera, en lugar de ser intrasolares?".

Amir empezó a responder: "Señora Secretaria..." Amir fue interrumpido por la Secretaria.

"Amir, reglas básicas... ¡Marilyn!"

"Por supuesto, eh... Marilyn. Quizás el Director Perry debería contestar".

Perry Evans asintió y habló: "Marilyn, la fuente de las señales ha sido verificada por todas las instalaciones del SETI, así como por varios observatorios independientes".

"Y por lo que tengo entendido, la fuente es el sistema Alfa Centauri. ¿Es correcto?" preguntó Marilyn.

"Así es, Alfa Centauri A para ser precisos. Las señales han sido generadas durante al menos un año y fueron consideradas, en el mejor de los casos, de nivel 4 en la escala RIO, lo que denota una importancia moderada. Sin embargo - Evans se volvió más pausado- en septiembre pasado, coincidiendo con el Otoño Lunar, la intensidad, fuerza y claridad se elevaron a un nivel 10 en la Escala RIO, extraordinario".

Jo James intervino: "Fue entonces cuando Cory y yo nos pusimos en contacto con Hat Creek para verificar que el contenido de las señales eran firmas digitales que representaban el de varios idiomas. Como Amir es el más destacado en el campo lingüístico y del lenguaje, le pedimos su opinión".

Jack Silver intervino: "Volvamos a la referencia del Otoño Lunar. ¿Qué ocurrió concretamente durante ese acontecimiento?"

Richard intervino: "Silver, soy consciente de que le preocupa la seguridad, pero ¿Podría retener esa pregunta, ya que quedará más clara una vez que hayamos sentado las bases? La mayoría de nuestros participantes están familiarizados con el alcance de esta reunión y añadirán más bloques a los cimientos".

Silver asintió.

"Gracias", dijo Richard y preguntó: "Cory, ¿Puedes añadir algo?".

Cory James dijo: "Puedo responder parcialmente a la pregunta de Silver. Nuestra parte del suceso de la Caída Lunar implica el descubrimiento no sólo de una ráfaga de señal acelerada procedente de la fuente, sino también de algún tipo de infusión de partículas, o lo que llamamos una *difusión*. Aún tenemos que analizar por completo las características digitales y físicas de esa *difusión* física".

Lucas Makiev se sumó a la conversación, "Cuando el presidente y Richard pidieron una investigación sobre el suceso del Otoño Lunar, Richard me añadió a su lista de investigadores".

Marilyn intervino: "¿Le autorizó el presidente a investigar el suceso?".

Richard irrumpió en la conversación: "Marilyn, usted estaba en la sala cuando el presidente solicitó mi ayuda en la investigación, principalmente debido a mis conexiones con mis recursos científicos. Acepté su oferta y recluté a unos veinte o más contactos para que me ayudaran. No creía que necesitara un permiso individual para reclutar ayudantes. Además, el presidente estaba al corriente de la mayoría de mis selecciones. Así que, por favor, no hagamos de esto un ejercicio político".

"Lo entiendo, Sr. Vicepresidente", figuró el Secretario.

"Sigue siendo Richard".

La Secretaria tomó aire y dijo: "Claro... Richard".

"Gracias, Marilyn". Richard suspiró y preguntó: "Lucas, ¿Tienes algo más que decir?".

Lucas dijo: "Claro". Luego continuó: "A medida que profundizaba en el suceso, me di cuenta de que me estaba extendiendo demasiado, y las pistas iban en varias direcciones. Así que me puse en contacto con varios amigos: Sal, Mark, Jo y Cory, Perry y otros. A medida que se iba recopilando la información, descubrimos mucho más de lo que esperábamos. La búsqueda de una respuesta concreta se hizo más compleja. Richard sugirió que llamáramos a la investigación Operación Pajar, ya que básicamente estábamos buscando agujas".

"De acuerdo", dijo Marilyn, "el presidente me informó de gran parte de esto. Por lo que deduzco, hay tres aspectos en juego: los efectos de la *difusión* sobre la tierra, el significado de las connotaciones religiosas y la amenaza de otra *difusión* más. ¿Lo he entendido bien hasta ahora?".

Richard asintió. "Sí, un resumen simplificado. Sin embargo, respecto a su primer punto, el contenido físico de la propia *difusión* representa una posible amenaza para la Tierra. Además, la interpretación de los datos de la señal de la fuente parece apuntar a que la *difusión* ha sido involuntaria. Esto nos lleva a los posibles efectos de una amenaza inminente de una segunda *difusión*. Sal y su equipo en el laboratorio de nivel de bioseguridad 4, junto con otros seis laboratorios

BSL-4, están trabajando para aislar posibles toxinas, ya sean víricas, bacterianas o alienígenas, que puedan suponer una amenaza para la humanidad. Además, están tratando de averiguar qué toxinas adicionales podría contener otra *difusión* . Lucas ha estado literalmente por toda la Tierra recogiendo muestras de aire, agua y tierra y dejándolas en el Laboratorio BSL-4 más cercano".

Hizo una pausa.

"Sal, ¿Quieres añadir algo a la situación?" preguntó Richard.

Sal respiró mesuradamente. "Tengo más preguntas que respuestas". Hizo una pausa pensativa. "¿Qué estoy buscando e incluso me daré cuenta si lo encuentro? ¿Qué podría entregarse en una segunda *difusión*? ¿Cómo enviaron estos ETs esta *difusión* por medios electrónicos y físicos simultáneamente? ¿Quiénes o qué demonios son y qué quieren? ¿Dónde encajan Dios y la religión en todo esto?".

Sal pensó un momento y se inclinó hacia delante en su silla. "Debo recalcarles a todos ustedes que no hay pruebas de la presencia de un virus o bacteria alienígena en la Tierra o en la Luna". Hizo una pausa y dijo enfáticamente: "¡No estamos siendo atacados!".

Se sentó de nuevo en su silla. "Y luego están las notas de 'Gemo".

Los sentidos de Eve se mantuvieron firmes. "Perdone, pero ¿estamos hablando del Dr. 'Gemo y el laboratorio lunar?"

Todos los rostros se concentraron en la respuesta. "Sí, Eve, me han confiado sus notas que se encontraron en la luna hace tres días".

"No supe que algo sobrevivió a la explosión del laboratorio", añadió.

"Al parecer las guardaba en un contenedor sellado por si pasaba algo", explicó.

"¿Y qué hay de las notas?", preguntó ella.

"Bueno", continuó Sal, "básicamente discernió la mayor parte de todo lo que ahora sabemos, pero con un giro. Los datos que obtuvo de su matriz predijeron que se avecinaba una segunda *difusión* y que la primera había sido un error, signifique lo que signifique. Dio las gracias a Edward Narkiewicz por haber encontrado una masa de partículas. Utilizó un sensor electromagnético para hallar la masa de partículas de la *difusión* que fue capturada en la cuenca de Aitken en un estado bajo cero antes de la salida del sol en la luna. 'Gemo analizó las partículas de la *difusión* y su investigación demostró que las partículas alienígenas tienen un periodo de incubación de unos seis meses en un entorno similar al terrestre. Todavía estamos analizando los datos para averiguar cuáles son las partículas/agentes. Parece que incluso después del periodo de incubación, las partículas/agentes no se transformarían en una sustancia peligrosa. Al menos tenemos un punto de partida".

Sal respiró lentamente. "Hay otra pequeña pista que puede resultarles interesante, especialmente a usted, Mark. Parece que el Dr. 'Gemo tuvo una visita no mucho antes de que explotara el laboratorio".

Jack Silver se inclinó hacia delante en su silla y preguntó: "Bien, Sal, ¿Quién era?".

Sal figuró: "Mientras estaba fuera del laboratorio trabajando en un panel de circuito, vio una figura, probablemente un holograma, sin traje espacial, que describió como varón, vestido con ropa holgada. Estaba de pie, o flotaba un poco, y decía algo, pero no se oía ningún sonido. Permaneció alrededor de un minuto y luego desapareció".

El interés de Marilyn se despertó. "Sal, esta figura/holograma, ¿Fue captada en vídeo, o hubo algún testigo?".

"Aún no he encontrado ninguna huella que pueda verificar el avistamiento, pero no hemos completado la inspección del contenedor. En cuanto a cualquier testigo, que yo sepa, sólo lo vio el Dr. 'Gemo".

Perry Edmonds añadió emocionado un comentario: "Vaya, sería increíble tener la verificación de un acontecimiento así. Estoy seguro de que nuestro propio experto, Mark, quedaría completamente absorto ante semejante avistamiento".

Mark escuchó y sonrió. "Sí, Perry, me intriga, pero aún más porque no ha sido el único avistamiento".

Perry se quedó perplejo. "¿No ha sido el único avistamiento? Nos lo estás ocultando".

Richard irrumpió en el discurso. "Mark se reunió con el comandante Yost y con Jim Parker, de la NSA, y le informaron de que el comandante Steven Yost realizó otro avistamiento similar hace varios días durante una EVA de un transbordador espacial. Algunos de ustedes ya han sido informados del incidente".

Miró a la secretaria y preguntó: "¿Creo que usted y el presidente tienen conocimiento del suceso?".

Marilyn asintió. "Sí, el presidente se ha reunido con el Dr. Uschin y el comandante Yost, y sí, estamos al corriente del incidente".

Richard añadió: "Esperaba que la directora de Seguridad Nacional, Van Hook, se hubiera unido a nosotros para conocer su opinión".

Marilyn añadió: "El presidente y la directora se están reuniendo para tratar los mismos temas que estamos discutiendo aquí".

Richard bajó la mirada hacia sus notas sobre el escritorio. Se dirigió al grupo: "¿Hay algún tema que no hayamos abordado?".

No hubo respuestas inmediatas.

"Hemos cubierto mucho terreno. Si existen preguntas sobre aspectos concretos, para eso les he reunido a todos, para que sepan a quién preguntar. Y si alguien les pide más información, por favor, sean transparentes. Me gustaría añadir una advertencia antes de terminar".

Richard tenía su mirada más seria.

"Todos ustedes deben darse cuenta de que la información que hemos compartido aquí llegará a la gente. Tengo que remitirme a la agenda del presidente. Esperemos que pronto se dirija a la nación. Sigan su ejemplo. Él, al igual que yo, no quiere causar trastornos ni pánico. Sin embargo, aparte de la *difusión* y su contenido, tienen que darse cuenta de las ramificaciones religiosas de la revelación del holograma/figura y el contacto del SETI. Habrá quienes utilicen esto para causar disensión. Deben inculcar al público que sólo hemos establecido contacto. Los alienígenas no están aquí y han señalado que no suponen una amenaza".

Richard tomó aire.

"Si alguien necesita dirigirse a los presentes, que lo haga".

De nuevo no hubo nadie.

Richard dijo: "Gracias por su comprensión y que tengan un buen día".

Una a una, las imágenes desaparecieron del monitor.

Capítulo 16

¿Ellos Vieron Que?

En su despacho suplente de la Casa Blanca, la Secretaria de Estado, sentada ante su escritorio, rodeaba con las manos la taza que tenía sobre la mesa mientras repasaba la información de la videoconferencia. Sumida en sus pensamientos, dio un sorbo a la taza y la mantuvo con ambas manos frente a ella, mientras apoyaba los codos en los brazos de su silla. Tras un largo momento, dejó la taza en el suelo y recogió unos cuantos papeles de su escritorio y los guardó en una valija. Apartó la silla del escritorio y se levantó. Tomó aire y tomó la maleta y la taza. Se dio la vuelta y se dirigió hacia una puerta y la abrió. Cerró la puerta, giró a la izquierda y caminó por el pasillo. Dio unas cuantas vueltas y llegó a la puerta de la Sala Situacional. Tecleó un código y abrió la puerta. Entró en la sala y la puerta se cerró tras ella. Sentados a la larga y amplia mesa estaban la Directora Julia Van Hook, de Seguridad Nacional; el secretario general de Defensa, Walter Porter; el fiscal general, Jerry Jameson; y el presidente. El presidente se puso en pie cuando ella entró.

Varias mesas más pequeñas estaban repartidas por las paredes que rodeaban la sala. Había grandes monitores montados en cada una de las cuatro paredes.

Marilyn caminó alrededor de la mesa hacia el presidente, que le ofreció un asiento a su derecha. Ella aceptó y se sentó. Julia Van Hook se sentó junto al presidente; el general Porter y Jameson estaban sentados justo al otro lado de la mesa.

Ella saludó a cada uno con la cabeza mientras decía: "Buenos días, directora Van Hook, general Porter, señor fiscal general, y" -también saludó con la cabeza y una sonrisa a Tsirch- "una vez más a usted, señor presidente".

Todos devolvieron los buenos días a Marilyn.

Tsirch le devolvió la sonrisa. "Como probablemente habrá supuesto, también estábamos viendo la conferencia con el COM".

"Sí, Sr. Presidente. ¿Debo suponer también que no les sorprendieron demasiado las revelaciones?", preguntó ella.

"En realidad hubo algunas intervenciones que nos sorprendieron a todos", figuró él.

Marilyn bajó ligeramente la cabeza mirando con curiosidad al presidente.

"Aunque compartí mi vídeo informativo con el Dr. Uschin y el comandante Yost sobre la aparición ocurrida durante su EVA, fue intrigante y algo desconcertante que el Dr. Uschin descubriera que hubo un avistamiento anterior en la Luna".

Marilyn intervino: "Pero, Sr. Presidente, no creo que el dr. Uschin se lo ocultara".

Tsirch negó con la cabeza. "No, estoy seguro de que el doctor lo descubrió después de revisar las notas de 'Gemo, posteriores a nuestra reunión".

Tsirch dirigió sus manos hacia los otros compañeros de mesa. "Tuvimos una breve discusión sobre la validez de los avistamientos, lo que podrían ser y las ramificaciones relativas al público".

Tsirch hizo una pausa y luego preguntó: "¿Cuál es su opinión sobre los avistamientos?".

Marilyn tomó aire con modestia. "Una toma pragmática podría abordar los avistamientos como hechos, ya que ninguna de las fuentes es dada al embellecimiento o al defecto mental. Eso unido al contacto real con entidades no terrestres y a que casi todo el mundo quiere creer que hay otras formas de vida inteligentes ahí fuera..." Se detuvo momentáneamente. "No estoy seguro de qué pensar, pero no puedo descartar ni los avistamientos ni las señales".

La directora Van Hook dio un giro. "El general y yo estábamos preocupados por las *difusiones de* partículas y por cómo abordar la posible amenaza para la nación y el mundo. No hemos tenido mucha oportunidad de interactuar con los laboratorios de bioseguridad en el pasado, y para no cuestionar la credibilidad del Dr. Uschin, no estamos seguros con la seguridad de los laboratorios BSL-4."

Marilyn replicó: "Julia, tú misma lo has dicho. Si el Dr. Uschin está involucrado en algo, puedes estar segura de que está al tanto de cualquier problema de seguridad. Siempre ha estado disponible para reunirse con cualquiera. Sólo tiene que pedirlo".

El general Porter entró en la conversación: "He trabajado con el coronel Edward Narkiewicz, pero ¿Cómo es su hermano, Mark? ¿Se puede confiar en él?"

El presidente intervino: "El director Silver ha investigado a todos los actores en nombre del vicepresidente y, para mi sorpresa, he comprobado que todos son íntegros y accesibles. De hecho, Mark Narkiewicz y Lucas Makiev me han entregado todas sus conclusiones, gran parte de las cuales he compartido con todos ustedes."

Tsirch miró alrededor de la mesa y preguntó: "¿Hay alguna preocupación que deba abordar?".

Marilyn tomó la palabra: "¿Cómo quiere que manejemos las preguntas del público o de los medios de comunicación?".

Tsirch pensó un momento. "Bueno... aunque no quiero ocultar información, prefiero que no hagan comentarios por el momento. Daré una conferencia de prensa, y después de eso, podrán seguirme la corriente a partir de ahí".

El presidente se puso en pie y los demás también.

"Gracias". Tsirch añadió: "Me gustaría que Marilyn y el Sr. Fiscal General mantuvieran la calma un momento".

El presidente asintió a Van Hook y Porter. Cuando abandonaron la sala, Tsirch volvió a sentarse y los otros dos también.

Tsirch se volvió hacia Jameson. "Jerry, supongo que te preguntarás por qué te he incluido en la reunión de esta mañana".

Jameson dijo: "Sí, Sr. Presidente, me preguntaba precisamente eso".

"Quería que fuese testigo del intercambio de ideas como cuestión de inclusión en los trabajos de seguridad nacional. También quiero su opinión respecto a la selección de consejera del vicepresidente, Evelyn Walker".

Jameson asintió. "Gracias por incluirme, señor presidente. En cuanto a la Sra. Walker, la conozco como una excelente abogada litigante y procesalista. Su habilidad periodística es tenaz, honesta y directa. Desconozco sus motivos para elegirla, pero está a la altura de cualquier tarea que le encomiende", concluyó Jameson.

Todos se pusieron en pie y Tsirch y Jameson se estrecharon la mano.

"Gracias, señor fiscal general, por su aportación y por acompañarnos".

Jameson dijo: "Ha sido esclarecedor y un placer".

Jameson se marchó.

Tsirch y Marilyn volvieron a sentarse.

Tsirch se sentó en su silla sumido en sus pensamientos. Marilyn estaba acostumbrada a los dimes y diretes de Tsirch. Ella sabía que él tenía que sacar algo a la luz. Esperó pacientemente. Él giró ligeramente hacia delante y hacia atrás en su silla.

Finalmente habló: "¿He estado equivocado?".

Ella sabía lo que él estaba pensando pero decidió dejarle pensar un poco más. Dejó de girar y se sentó de nuevo en su silla.

"Silver comprobó las fuentes de Browning y todas resultaron creíbles. Se verificó la información y quedó claro que sus acciones representaban una amenaza para la seguridad nacional". Giró un poco más y luego se detuvo. "Debería haberme preguntado, ¿Cuál es su motivo?".

Se inclinó hacia delante, apoyó el codo derecho sobre la mesa y apoyó la barbilla entre los dedos y el pulgar, en una pose de pensador modificada.

"Debería haberle escuchado".

Marilyn aún no dijo nada, seguía esperando su momento.

Apoyó los codos en los brazos de su silla.

Marilyn rompió por fin su silencio. "¿Por qué no hablas con él?".

Su ceño se frunció y apretó los labios.

"Sí, debería. Programalo", le indicó.

Marilyn pronunció la palabra que no debía decirse al presidente: "*No*".

Tsirch miró a Marilyn, sonrió y se echó a reír.

"No me lo vas a poner fácil, ¿Verdad?".

"Él te tendió la mano antes. Llámale y ve a hablar con él cara a cara", figuró ella.

Él sonrió y dijo: "Maldita seas".

Capítulo 17

De Microbios Y Hombres

Trabajar con un traje de presión positiva es un reto en sí mismo, sin tener que utilizar meticulosamente las herramientas, las válvulas y las cámaras cool-vac. Afortunadamente, la nueva versión del traje permite la máxima flexibilidad y durabilidad utilizando nanofibras.

Susan Byers separó cuidadosamente las capas inorgánicas de las muestras orgánicas. Colocó las muestras orgánicas en un recipiente y lo selló. Lo llevó hasta la puerta de acceso de una cámara en la pared de nanocristal. Pulsó un botón en la pared. La presión de la cámara se neutralizó y ella abrió la puerta de acceso, colocó las muestras dentro y cerró la puerta. Al otro lado de la pared de nanocristal, Eric Mimilis pulsó una palanca y presurizó la cámara de transferencia. Metió las manos en los guantes que había dentro de los orificios de la cabina y abrió la puerta de la cámara de transferencia. Sacó las muestras, las colocó en una bandeja y cerró la puerta de la cámara de transferencia. La pared de nanocristal del laboratorio del armario tenía diez pares de orificios para guantes a lo largo de sus nueve metros de longitud. Eric sacó las manos del orificio para guantes y pulsó otra palanca. La bandeja de muestras se movió lentamente sobre una cinta transportadora. Eric la siguió durante varios metros y pulsó una palanca para detener la cinta.

Sal esperó en la sala de entrada a que se presurizara. Cuando terminó, abrió la puerta y entró en el laboratorio de armarios.

"¿Son éstas las nuevas muestras, Eric?" preguntó Sal.

"Sí que lo son. Acaban de salir del refrigerador", anunció.

"Supongo que todo lo que podemos hacer ahora es esperar", dijo Sal.

"¿Has encontrado algo que pueda ayudar en las notas de 'Gemo?" preguntó Eric.

"Tal vez, pero también quiero comentar las cosas con Alan y

Susan".

Sal miró hacia la habitación donde trabajaba Susan.

"¿Dónde está Alan?" preguntó Sal.

"Estaba ayudando a Susan. Ahora mismo debería estar pasando por la descontaminación", explicó Eric.

Sal se acercó a la pared entre el laboratorio de armarios y el de trajes y activó un COM entre los laboratorios.

"Susan, ¿Puedes reunirte con nosotros en el despacho?" preguntó Sal. Susan miró a Sal y le hizo un gesto con el pulgar hacia arriba.

Sal se acercó a la puerta del laboratorio y esperó a que se presurizara. Cuando terminó de presurizarse, Sal entró, se sentó en un banco y empezó a quitarse el traje protector.

Su mente volvió al encuentro con Johnny en la habitación del hotel.

Se reía juguetonamente y se burlaba de él deslizando sexymente los tirantes del vestido por los hombros. Él siguió cada tirante con suaves besos desde su cuello hasta sus hombros. La ayudó a completar el recorrido del vestido y éste cayó al suelo. Él la hizo girar y abrazó la piel de sus pechos con las manos y los brazos al tiempo que encontraba su cuello con los labios.

Ella se escabulló de él y lo condujo seductoramente hacia la cama.

Mientras se inclinaba con ella hacia la cama, una voz le sacó de sus recuerdos.

"¿Sal, Sal?" La voz de Eric fue una interrupción inoportuna.

Sal tomó un merecido respiro y miró a Eric que esperaba que Sal saliera de la cámara de presión.

"¿Dónde estabas?"

Sal sacudió la cabeza despierto y contestó: "Estaba repasando microbios y bacterias en mi mente".

Eric sonrió satisfecho y dijo: "Debían de haber sido unos microbios muy felices por la expresión de tu cara".

Sal terminó de quitarse el traje protector, lo depositó en una papelera y activó la puerta de salida.

*****

Alan Olguin tiene un historial polifacético: liderazgo militar y de seguridad privada unido a sus conocimientos bioquímicos. Él y Susan trabajaron juntos durante la epidemia del virus del SARS en el Congo.

Se les atribuyó el mérito de haber evitado una grave pandemia.

✳✳✳✳✳

Susan y Sal parecían haber sido cortados por la misma tijera genética. Susan también tomó el camino no transitado y se hizo famosa por su enfoque fuera de lo común a la hora de resolver problemas.

Sal conoció a Eric literalmente por accidente. Estaba pilotando un viejo Huey para un transporte médico de un tipo que se expuso al virus de Marburgo cuando un trabajador del laboratorio rompió el protocolo y abrió la puerta equivocada. Era el único piloto que podía tomar al tipo del laboratorio infectado. Sí, el tipo del laboratorio que tomó era Sal. Eric, también bioquímico, había contraído y sobrevivido al virus y estaba dispuesto a correr el riesgo.

Sal y Eric se sentaron a una mesa en un despacho bastante grande. La puerta se abrió y entraron Alan y Susan. Susan ocupó una silla frente a Sal, y Alan se sentó a su lado, frente a Eric. Había jarras de agua y té helado sobre la mesa, junto con varios vasos.

También sobre la mesa había cuatro pilas de papeles delante de cada silla.

Sal se levantó, se acercó a un escritorio, tomó un módulo de control de la mesa y volvió a sentarse. Pulsó algunos botones del módulo de control y se encendió un monitor en la pared.

Sal bebió un trago de té helado de su vaso. Susan se sirvió también un vaso de té y lo preparó a su gusto.

Sal miró el monitor y dijo: "Estoy esperando a Mara Goya en Milán, a Harry Holland en Parks, en Nueva Gales del Sur, y a Mike Mitchell en Hat Creek. Quizá podamos centrarnos un poco".

Eric seleccionó una taza y empezó a servirse una vaso de té, pero se detuvo y devolvió el vaso a su sitio. Se levantó, se acercó a un armario y sacó una taza. Tomó una jarra y se sirvió una taza de café y fue a sentarse de nuevo.

Mike Mitchell fue la primera imagen que apareció en el monitor. Sal pulsó un botón.

"Buenos días, Mike", dijo Sal.

Mitchell estaba leyendo pero miró el monitor y vio la imagen del grupo en la mesa.

"Sí, buenos días a todos también".

"Mike, conoces estas caras, ¿Verdad?". Señaló con las manos a sus compañeros de mesa.

"Desde luego, Sal. Yo-"

Mitchell fue interrumpido por la aparición de otras dos imágenes en el monitor.

"Uy", dijo Sal. "Supongo que debería haber esperado. Lo siento. Empezaré de nuevo".

Sal empezó de nuevo: "Buenos días, buona sera, y buen día a todos".

Harry contestó, sonriendo: "Buenos días a ustedes, compañeros".

Mara dijo: "Buenos días y buona sera también".

"Le estaba preguntando a Mike si conocía a todo el mundo, pero lo haré extensivo a todos ustedes", preguntó Sal.

Mike, Harry y Mara miraron las imágenes de sus monitores.

Harry asintió y dijo: "Conozco a todos, pero no he conocido al caballero de Hat Creek. Mike, ¿Verdad?"

Mike sonrió y contestó: "Sí, señor Holland. Buenos días. Aunque algunos pueden discrepar con que me llame 'caballero'".

Harry sonrió. "Ya estoy aquí, compañero".

Mara también sonrió y añadió: "Harry, he conocido a Mike y es realmente un caballero".

Susan se rió y dijo: "Ya veo por dónde va a ir esta sesión".

Sal sonrió y ahogó una risita. "Vale, vale". Sal tomó unos papeles de la mesa y preguntó: "Espero que todos hayamos leído los diarios de actividades".

Harry, Mara y Mike asintieron.

Alan estaba leyendo uno de los papeles y lo dejó. Miró a Sal y le preguntó: "Sal, ¿Puedo hacerle unas preguntas a Mike?".

Sal respondió: "Para eso estamos aquí, Alan".

"Michael, tu informe de Hat Creek es algo ambiguo en cuanto a la traducción inglesa y la francesa del significado de microbios y microorganismos. ¿Cuál es la diferenciación?"

Mitchell asentía.

"Alan, hemos mantenido conversaciones con varios sitios SETI sobre lo mismo. La traducción real del inglés, el francés y también la formulación alemana presentaban esa pregunta específica".

Mike hizo una pausa. "Sabes, quizá debería hacer que Amir se uniera a nosotros, ya que fue el primero en abordar la cuestión".

Sal intercedió: "Eso sería estupendo, Mike. ¿Podrías conseguir que se uniera a nosotros?"

Mike se levantó, miró alrededor de su habitación y gritó.

"Amir, Amir. ¿Puedes unirte a mí?"

Mike volvió a sentarse y se apartó para hacer sitio a otra silla.

"Ya viene Amir".

Amir apareció en el monitor y se sentó.

Mike habló y señaló su monitor.

"Amir, estos son unos trabajadores de BSL-4 y tienen algunas preguntas".

Amir dijo: "Por supuesto, en lo que pueda ayudar".

Miró el monitor y pareció sentirse intimidado por los participantes.

"Vaya", dijo, "no sabía que esto sería una reunión de quién es quién. Estoy asombrado".

Sal sonrió y ofreció: "Amir, tendrás que acostumbrarte a que te incluyan en la categoría de quién es quién, ya que tu notoriedad te precede".

"¿En serio?" Amir tomó aire. "Bien, ¿Qué puedo hacer para ayudar?".

Alan asintió a Amir. "Amir, soy Alan Olguin. Trabajo en el BSL-4 en Fort Detrick y-"

Amir interrumpió: "Sí, sí, señor Olguin. Conozco su trabajo. Es un placer-"

Sal interrumpió: "Amir. Respira hondo, relájate. Tienes que darte cuenta de que todos, incluido tú, somos sólo personas. Tenemos el mismo estatus. Aunque apreciamos las adoraciones, nos servirás mejor si te centras en la experiencia que aportas. Trátanos como los amigos que somos".

Amir respiró un par de veces y dijo: "Vale, lo siento, Alan".

Alan sonrió y bromeó: "De acuerdo, señor no estamos solos".

Amir sonrió.

Alan continuó: "De todos modos, Amir, ¿Puede explicarnos las diferentes traducciones del inglés, el francés y el alemán relativas a las palabras o frases de *microbios* y o *microorganismos*?".

Amir pensó un momento. "En las discusiones que he mantenido con mis homólogos del SETI hay un consenso general en que la traducción se inclina hacia lo que nosotros entendemos como microbios archaea o alga, o una combinación de ambos. La diferencia radica en que, en nuestra opinión, los propios alienígenas no están seguros de la eficacia de su propia tecnología."

Eric añadió a la discusión: "Bien, ¿Es por eso que las señales posteriores implican que "ellos" cometieron un error?".

Amir sacudió la cabeza y continuó: "Parece que, a pesar de toda su presunta inteligencia, no son tan listos como creemos".

Alan se acomodó en su silla. Resumió muchos de los pensamientos colectivos con una palabra decisiva: "¡Huh!".

Eric sonrió y dijo: "Sal, ¿Estás pensando lo mismo que yo?".

"Sí", dijo Sal, "puede que uno de sus "trabajadores" de laboratorio abrió la puerta equivocada y nos expuso".

Mara añadió su observación: "Sabes, mi grupo también tenía la impresión de que estos tipos -extraterrestres- son tan superinteligentes que nosotros estamos en un escalón inferior de inteligencia. ¿Estamos equivocados? Quizá no estemos tan lejos de ellos".

Harry hizo su propia observación: "Bueno, puede que sea así en un aspecto, pero ellos aún tienen la habilidad de establecer contacto, aparentemente en tiempo real. Eso en sí mismo nos diferencia en ese nivel".

Sal formuló la siguiente pregunta: "Bien, ahora que tenemos esta información. ¿Qué hacemos ahora?"

Susan planteó una pregunta al grupo: "¿Podría ser que la capacidad de supervivencia de un microbio archaea se infundiera/combinara con el crecimiento y las características que dan vida/alteran la vida de un microorganismo de algas? ¿Es eso posible?"

Mitchell sacudió la cabeza y ofreció: "Saben, ustedes los genios se están metiendo mucho más allá de mi experiencia en ciencia biológica. Voy a bastonar con lo que sé. Pero, por favor, sigan vadeando la corriente de información. Voy a ver si hay más información por ahí".

Mitchell añadió: "Amir, ¿Quieres quedarte por aquí?".

Amir asintió. "Sí, me gustaría saber adónde va esto".

Mitchell dijo: "De acuerdo, amigo, adelante". Miró las otras imágenes en el monitor y dijo colectivamente: "Hasta luego, chicos".

Sal y los demás repicaron con varios agradecimientos y despedidas. Se levantó y abandonó el monitor, y Amir ocupó su lugar en el centro de la pantalla.

Susan continuó: "Amir, me alegro de que te hayas quedado, porque me gustaría ver si tú y tus compañeros pueden volver a centrarse en la interpretación técnica de los datos de los microbios".

Amir preguntó: "Intentaré transmitir la petición a los demás, pero no estoy seguro de cómo transmitirla. No tengo muchos conocimientos biológicos".

Susan cuestionó: "Bien, si puede desglosar la información con uno solo de los idiomas más claros que tenga, inglés, francés o alemán, en un sentido lingüístico, ¿Combinaron intencionadamente los dos microbios o fue un error? También si puede averiguar el propósito del envío de los microbios, sería estupendo. Cualquier palabra o interpretación adicional, por insignificante que sea, puede ser de ayuda".

Amir pensó un momento. "En realidad estábamos repasando algunas nuevas traducciones de datos de señales que pueden ayudar".

Amir se entusiasmó. "Sí, sí. Iré a comprobarlo ahora. Gracias por incluirme en esto".

Susan dijo: "Amir fue un placer-"

Amir se levantó bruscamente y se fue, sin apagar la pantalla de su lado.

Sal sonrió y comentó la precipitada salida de Amir: "Supongo que su excitación no pudo contenerse".

Harry planteó una pregunta: "Susan, ¿qué opinas de la combinación de microbios? ¿Cuál crees que sería el objetivo?".

Susan respondió: "Estoy tratando de hurgar en los datos para ver cuál podría ser su intención". Hizo una pausa. "Sé que usted y Mara han mantenido simposios sobre los beneficios de las algas para aumentar nuestra producción de biocombustible. ¿Intentan ayudarnos a aumentar esa eficiencia? Ya está en el 95%. Por supuesto, asumo que no saben lo lejos que hemos llegado en biocombustible".

Alan trató de ayudar: "Es extraño que no conocieran nuestro estado de biocombustible cuando se tomaron el tiempo de aprender nuestros diversos idiomas y proclividades religiosas".

Sal preguntó: "Eso plantea otra pregunta... ¿De dónde sacaron la información sobre nuestras lenguas y religión? No es como si hubiéramos enviado una cartilla sobre esos temas".

Alan discrepó: "Au contraire. Llevamos emitiendo ondas mediáticas desde los tiempos de la radio".

Sal aceptó la cuestión. "Cierto, Alan, pero gran parte de la información que nos enviaron no salió a la luz hasta los últimos tres años más o menos. Y a menos que las ondas se muevan más rápido que la velocidad de la luz, eso indicaría que' están más cerca que Alfa Centauri, a 4,3 años luz de distancia. Eso plantea otra pregunta... ¿Dónde están?".

Eric siguió su curso: "Sigamos a Susan por la madriguera del conejo".

Susan se rió al discrepar con la caracterización. "Discúlpeme".

Eric se rió y dijo: "Susan, no ruegues, está por debajo de tu nivel".

Susan sonrió. "De acuerdo, Alice, caigamos juntos".

Eric continuó: "Combinar la capacidad de supervivencia de los microbios archaea con los microbios de las algas haría, en teoría, que las algas sobrevivieran mejor. Ése es un aspecto de lo que hemos estado evaluando, pero ¿Cómo cambiaría las características de las algas o de los microbios archaea?".

Mara ahondó en el dilema: "También hemos utilizado su investigación para extrapolar los usos de un microbio combinado en diversos entornos. Es sumamente interesante que hayamos descubierto que, independientemente del entorno, una simulación informática de un microbio combinado teóricamente sobreviviría a todos los escenarios."

Harry añadió una advertencia: "La pregunta sigue siendo: ¿Es posible combinar microbios y mantener la integridad de cada uno de ellos? He llegado a sospechar que tal combinación crearía una garantía iónica inextricable".

Sal intentó crear una escapatoria de la madriguera del conejo: "A menos que hubiera un antígeno de algún tipo, que impediría la garantía iónica".

Sal se sentó hacia delante en su silla. "Suficiente por hoy. Tenemos más muestras y datos que revisar. Podemos interrogarnos en otro momento".

Harry afirmó el mismo sentimiento: "Escucha, escucha, compañera. Voy a darle al proverbial heno y a soñar con la Operación Pajar".

"Me parece bien", añadió Mara.

"De acuerdo", ofreció Sal. "Gracias, Mara y Harry, cuídense".

Las imágenes del monitor desaparecieron.

Alan dijo: "Ha sido una conversación profunda".

Susan añadió: "Y agotadora".

Sal estuvo de acuerdo. "Tómense unas horas y relájense. Yo cubriré la progresión de las muestras".

Susan preguntó: "Alan, Eric, ¿Quieren tomar un largo almuerzo en el lugar favorito de Sal, Makos?".

Alan preguntó: "¿Caga un oso en el bosque?".

Susan respondió: "Un oso polar no".

Eric se rió. "Vayan ustedes dos. Yo cuidaré de Sal".

Mientras los dos se levantaban y se iban, Sal se quedó pensativo durante un largo rato.

Eric miró a Sal y le dijo: "Creo que puedo leerte la mente, Sal".

Sal se removió un poco en su silla y luego preguntó: "¿Quiénes son?".

Capítulo 18

Reuniendo Fuerzas

El Pentágono no había cambiado mucho desde la reparación y remodelación tras el ataque del 11-S. La mayoría de las ubicaciones de las oficinas se mantuvieron en lo esencial. El despacho del secretario general de Defensa, Porter, se encontraba en las mismas oficinas del ejército que sólo sufrieron daños menores.

Porter estaba sentado en su escritorio hablando con la Directora Van Hook. Llamaron a la puerta.

Porter respondió: "Sí".

La secretaria de Porter, la teniente Rosa, entró. "El coronel Narkiewicz está aquí".

"Hágale pasar", fue la respuesta.

Edward Narkiewicz avanzó varios pasos y se puso en guardia. La teniente Rosa cerró la puerta.

Porter dijo: "Descanse".

Edward se quitó el sombrero y adoptó su posición.

El general sonrió y dijo: "Bien, coronel, ha demostrado tener decoro, así que siéntese".

Narkiewicz se relajó un poco, se quitó el sombrero, se acercó y saludó a Julia con la cabeza.

"Señora Secretaria", dijo dirigiéndose formalmente a ella.

"Coronel", respondió ella.

Se sentó a su lado y se puso el sombrero en el regazo.

El general preguntó a Edward: "¿Conoce a Julia Van Hook?".

"Sí, señor, la conocí el 7 de enero en la Casa Blanca".

Él sonrió y asintió. "Vaya, una memoria y un rango impresionantes".

Porter rió suavemente. "También puede ser insufriblemente regimentado".

Miró al coronel y le dirigió: "Edward, puedes romper filas y ser tú mismo".

Van Hook miró a la coronel y sugirió: "Puede llamarme Julia".

"Gracias, señora, lo intentaré", respondió. Seguía sentado en una rígida postura de atención.

Porter miró al coronel y le ordenó: "Edward, relájate. Ahora necesitamos que pienses libremente".

Edward rompió por fin su fachada y sonrió. "Muy bien, general, ya estoy aquí".

Van Hook habló: "El general y yo estábamos hablando de sus informes sobre el Otoño Lunar y de su experiencia en contención táctica".

"¿Sí, señora?", respondió.

"Queremos conocer su opinión sobre las amenazas potenciales de la tecnología alienígena".

"¿Señora?", preguntó.

El general interrumpió: "Julia, el coronel mantiene su formación en defensa de información clasificada".

Se volvió hacia el coronel y le dijo: "Edward, puede hablar libremente. Ella ha sido informada de tus interrogatorios y del trabajo de tu hermano con el vicepresidente. No hay límites en nuestras discusiones".

Edward pensó un momento y preguntó: "De acuerdo, señora... Julia, ¿En qué puedo ayudarte?"

Van Hook sonrió y dijo: "Por fin podemos ir al grano".

Edward se inclinó y se ofreció a colocar su sombrero sobre el escritorio del general. El general asintió y Edward lo puso sobre el escritorio.

Van Hook empezó: "Coronel, ¿Qué sabe de la operación Pajar?".

Edward respondió: "La operación fue creada inicialmente por el presidente y encargada al vicepresidente. Se creó, en parte, como respuesta a la *difusión de* partículas del Otoño Lunar y al descubrimiento de posibles señales alienígenas y posteriores pruebas de contacto con dichos alienígenas. Los datos de la señal han sido parcialmente traducidos e indican que la *difusión* puede contener agentes biológicos o bioquímicos que podrían ser una amenaza para nuestro entorno. La traducción de datos en curso ha apuntado a que la *difusión* fue un acto no intencionado, o un accidente, si se quiere."

"La búsqueda de posibles restos de la *difusión* en la Luna y en secciones de la Tierra está en curso. Las muestras que han sido recogidas están siendo analizadas por varios laboratorios BSL-4, incluido el de Fort Detrick. Digno de mención es que las traducciones de los flujos de datos se encuentran en forma de varios idiomas de la

Tierra, y como apunte, se han hecho referencias a nuestros diversos dogmas religiosos mundiales."

El coronel remató: "¡Señora!".

La directora quedó totalmente impresionada y preguntó retóricamente: "¿Quién es usted? ¿Y dónde está Jimmy Hoffa?"

Edward sonrió y figuró: "El paradero de Hoffa es clasificado de nivel 7". Se rió entre dientes y sacudió la cabeza.

Porter sonrió y dijo: "Bueno... eso estaba preguntado y respondido".

Van Hook reunió sus pensamientos y preguntó: "Como medida de protección, ¿Qué sugeriría que se hiciera para contener cualquier amenaza alienígena?"

Edward ladeó un poco la cabeza hacia la izquierda y dijo: "En serio, señora, yo me sumaría a la Operación Pajar. Van por buen camino".

Porter figuró: "He sugerido al presidente que mantenga el nivel de amenaza militar en DEFCON 5, normal. Julia cree que el nivel doméstico podría abordarse mejor en Alfa".

Edward vio que se anticipaban a su respuesta. "Vaya, ¿Le están pidiendo a un peón que opine sobre cuestiones de seguridad nacional? Declino respetuosamente".

Porter respiró entrecortadamente. "Lo siento, coronel. No es eso lo que estamos preguntando. Lo que nos gustaría saber, dada su experiencia militar/táctica, es cuál sería la probable respuesta pública a elevar el nivel de amenaza nacional a alfa y no elevar el nivel militar. ¿No sería eso enviar un mensaje contradictorio sobre la potencial amenaza alienígena?".

Van Hook añadió: "El presidente va a dar una conferencia de prensa para informar al público de las recientes revelaciones. Le preguntamos cómo podría mitigar la probable reacción negativa a las revelaciones".

Edward se sentó en silenciosa contemplación.

Comenzó con cautela: "En cuanto a los niveles de amenaza, el público esperaría que el nivel de amenaza aumentara, al menos a una amenaza "posible". La cuestión de cómo contener la reacción del público es otro asunto. Dependiendo de cómo se transmita la información, se producirá al menos un leve caos. Un futuro incierto elevará la desesperación, lo que conducirá a la inestabilidad económica. No puede haber contención militar".

Van Hook preguntó: "¿Cómo podemos mitigar la reacción?".

Continuó: "Una cosa no debe hacerse, y es restar importancia a la situación. De nuevo, la transmisión de la información es crítica. Sin embargo, dado el cisma político, puede haber pocas posibilidades de mostrar unidad. El pueblo -nosotros- necesita tener un frente unido y una causa en torno a la que unirse, y ésta podría ser esa causa. Si se dice la verdad, el pueblo la conocerá y la aceptará".

Van Hook había escuchado las palabras y preparado sus pensamientos. "Creo que debería ondear una bandera y hacer que el general la saludara".

Porter se exaltó: "Bien dicho. Ese es el coronel que conozco. Usted y su hermano se parecen mucho".

Edward comentó: "No sabía que conocía a Mark".

"Mi hija, Carrie, y Mark trabajaron juntos en comunicaciones militares", explicó Porter.

Edward hizo la conexión: "Ah, Carrie Wilson. Por supuesto, ése es su apellido de casada".

Porter añadió: "Ella no utiliza el argumento de mi padre es un general para salir adelante. Ella es su propia persona, al igual que Mark. De hecho, recomendé a Mark al vicepresidente para que trabajara en la operación Pajar".

Porter se dio cuenta: "Por cierto, ¿Cómo está tu padre?"

Van Hook miró a Edward y preguntó: "Vaya. ¿Qué ha pasado?"

Edward respondió: "Está bien. Tuvo un pequeño accidente de coche. Sufrió una fractura de muñeca, pero todo el mundo tiene que firmarle la escayola".

"Espero que se recupere pronto", dijo ella.

"Gracias. Señora". Van Hook le lanzó una mirada. Edward se retractó: "Julia".

Porter cambió de dirección.

"Cuando usted entró, la Secretaria, eh, Julia y yo estábamos discutiendo la coordinación de la Guardia Costera con la Guardia Nacional para asegurar los probables puntos calientes y las zonas críticas en caso de disturbios".

Van Hook se acercó al escritorio, tomó varios mapas de gran tamaño y los puso delante del coronel. "Nos gustaría conocer su opinión".

Echó un vistazo a los mapas y volvió a examinar algunos de ellos un par de veces. Asintió un par de veces mientras volvía a escanearlos.

Finalmente habló: "Me gustan los planes de contingencia para los laboratorios BSL".

Miró un par de mapas más. "Podría considerar un posicionamiento diferente de los drones y aumentar la ubicación de las tropas de tierra para los sitios SETI. La topografía puede presentar un desfase en el tiempo de respuesta".

Le dio dos de los mapas a Van Hook y le señaló sus preocupaciones: "Puede parecer prematuro, pero podría considerar que una incursión organizada puede desarrollarse antes de lo previsto, especialmente si la situación se prolonga más de una semana."

Porter preguntó: "¿Cree que podría ocurrir antes?".

Van Hook asintió: "Walter, si sólo el 2% de los subversivos encuentran una causa concreta, no se tardaría mucho en organizar un asalto a un único objetivo".

Porter pensó un momento. "Sí, tienes razón, pero ¿Qué causa y qué objetivo?".

Continuó: "Hemos pasado años afinando nuestra defensa de los objetivos habituales, pero el coronel tiene razón. Los laboratorios BSL y los Sitios SETI son nuevos en nuestra estructura general de protección".

El general se recostó en su silla pensativo. Van Hook siguió mirando los mapas.

El general se inclinó en su asiento y miró a Van Hook.

"Julia. ¿Con quién contamos que pueda comandar ese aspecto del proyecto?"

Captó su mirada y la dirigió hacia Edward.

El coronel estaba mirando los mapas, medio escuchando su conversación. Notó el silencio entre los dos. Levantó la vista y vio que sonreían y le miraban.

Sacudió la cabeza y se sentó de nuevo en su silla. "¡Un momento!"

Inclinó ligeramente la cabeza hacia abajo y bajó las cejas mientras continuaba: "Eso es trabajo para un general, no para un humilde coronel".

Porter dijo: "Entonces... ¿Está diciendo que no es capaz de mandar más de cinco mil soldados?".

Edward se sentó en su silla. "Señor, estoy diciendo que la estructura de mando dice..."

El general interrumpió al coronel: "¡Blaa, blaa, blaa!".

Edward dejó de hablar.

Porter continuó: "Coronel, tiene tiempo en el grado. Pero un ascenso no es la única solución. El presidente puede designar un 'comandante especial' en este caso. Véalo como una promoción de campo".

Edward negó con la cabeza. "¡Esto, señor, es una trampa!".

Van Hook añadió: "En realidad no. Hemos estado entrevistando candidatos para este trabajo en particular y usted, señor, es nuestra elección para él".

Edward se quedó pensativo. "Señor, se da cuenta de que..."

Porter, algo exasperado, volvió a interrumpirle enérgicamente.

¡Soldado, de pie!"

Van Hook se levantó, le tendió la mano y exclamó: "Bienvenido, comandante".

Capítulo 19

Celebrar: Ellos Son Extraterrestres

Jo James estaba sentado, mirando el monitor de señales e introduciendo datos en el teclado. Miró un papel sobre la mesa e introdujo más datos. En la siguiente estación, Cory hablaba, en un monitor, con Perry Edmonds en Hat Creek. Varios trabajadores del laboratorio estaban ocupados en sus propias estaciones, introduciendo datos y comparándolos con documentos y gráficos.

"Perry, ¿Estás seguro?" preguntó Cory.

Estoy esperando la verificación de Berlín y Berkeley, pero sí, las coordenadas son las mismas. ¿Estás recibiendo las mismas lecturas?"

Cory llamó a Jo: "Jo, ¿Puedes venir conmigo?".

Jo se levantó y caminó hacia Cory. Vio a Perry en el monitor.

"¿Qué están tramando ustedes dos ahora?", bromeó.

Cory tenía una mirada tortuosa. "Estábamos intentando averiguar si realmente eres la madre de nuestro hijo".

Jo respondió en tono dubitativo: "¿En serio?".

Perry sacudió la cabeza y sonrió. "En realidad estábamos repasando las coordenadas de origen, y hasta ahora todas las comprobaciones coinciden".

Perry miró otro monitor de su estación y exclamó: "Acabo de recibir la verificación de Berlín y Berkeley, todas coinciden".

Jo se sentó fácilmente en una silla. Miró a Perry y luego a Cory.

"Así que... siempre hemos fantaseado y bromeado sobre la vida en el sistema Alfa Centauri A, pero tener pruebas...".

Cory dijo para sí: "Pruebas".

Perry asintió parcialmente con la cabeza. "Sí, pero ahora ¿Qué hacemos con esa prueba?".

Jo, aún sentado, se inclinó hacia un lado. "Sí, después de gritarlo a los cuatro vientos, ¿Cómo ayudará eso a explicar los datos?".

Cory añadió: "Y eso no explica las técnicamente en tiempo real comunicaciones".

Perry se compadeció de Jo y Cory: "Todos hemos estado

trabajando en verificar la fuente de las señales pero ignorando activamente lo que eso significa".

Jo añadió un siguiente paso: "Primero tenemos que notificárselo a las otras estaciones SETI para que todos podamos celebrar la noticia, luego tenemos que reagruparnos y combinar nuestras mentes cuánticas para hipotetizar y teorizar una nueva comprensión del tiempo en sí mismo."

Preguntó: "Bien, ¿Quién quiere tener el honor de dar la noticia?".

Perry ofreció: "Pongámoslo en un flujo de audio/vídeo de todas las llamadas".

Cory dijo: "Gran idea. ¿Puedes programarlo, Perry?".

Perry dijo: "Por supuesto, pero un momento, tengo que ir a buscar a Amir".

Cory se rió. "Sí, hazlo".

Perry salió de la pantalla y regresó en breve con Amir al remolque.

Amir preguntó: "¿Qué pasa?".

Jo dijo: "Queremos que formes parte de esto".

Amir preguntó: "¿Parte de qué?".

Perry dijo: "Los datos de la señal proceden del sistema Alfa Centauri A".

"¿De verdad? ¿Está verificado?" preguntó Amir.

Perry asintió. "Bien, allá vamos".

Perry accionó un botón rojo de su consola. Comenzaron a aparecer imágenes en el monitor, cada una de las cuales hacía más pequeña la siguiente para acomodar una nueva conexión. Al cabo de unos minutos, el monitor se llenó de pequeños iconos, quizá un centenar. Cada contacto añadía un acuse de recibo sonoro. Perry hizo un anuncio.

"Atención todos, por favor".

Esperó a que se hiciera un silencio relativo. "Me doy cuenta de que probablemente no puedan vernos entre los muchos iconos de su pantalla. Soy Perry Edmonds en Hat Creek, y Jo y Cory James en Johannesburgo".

El nivel de ruido volvió a aumentar.

"Bien, silencio por favor".

El ruido disminuyó en su mayor parte.

"Queríamos hacer este anuncio en todas las líneas. Probablemente todos ustedes han sospechado la fuente de los flujos de datos de la señal. Pero se ha verificado que la fuente procede, de hecho, del sistema Alfa Centauri A de un exoplaneta de baja masa. Así que... todos a celebrar nuestro trabajo y a la siguiente tarea. ¿Cómo se están comunicando prácticamente en tiempo real?"

"Enhorabuena y gracias a todos", terminó Perry la conexión.

Capítulo 20

Viviendo en el Tiempo Alfa

Sal y Lucas entraban en el despacho de Peter Simmons cuando el COM de Sal se activó. Los COM de Lucas y Peters también se activaron.

Peter miró el mensaje y dijo: "Esto es del SETI, ¿Y el tuyo?". Sal y Lucas miraron sus COM y asintieron.

"¿Por qué no lo vemos juntos en mi monitor?".

Ambos se acercaron al escritorio de Peter y observaron el monitor mientras éste aceptaba el COM. Escucharon atentamente la repetición del anuncio del SETI sobre la verificación de que la fuente de la señal procedía de Alfa Centauri A.

Lucas dijo: "En realidad no es una sorpresa. Mark estaba al tanto de la fuente de datos en Johannesburgo. Jo y Cory estaban casi seguros de la fuente".

Sal y Peter empezaron a caminar de vuelta alrededor del escritorio.

Peter comentó: "Manteniéndonos en la oscuridad, ¿Eh?".

Sal discrepó: "Bueno, no todos estábamos a oscuras".

Al sentarse, Peter preguntó: "Sal, ¿Lo sabías?".

"Sólo esperaba la confirmación, pero no había ninguna otra fuente probable que se alineara con la línea temporal y la dirección de la difusión que golpeó la Luna y la Tierra en esos lugares precisos". Sal también se sentó.

Peter se sorprendió. "Eso es algo que me ocultaron".

"No era un secreto, sólo había que hacer las preguntas adecuadas a las personas adecuadas, y... repasar las notas de 'Gemo no estuvo de más", dijo Sal con una risita.

Peter se rindió. "Lucas, eso se llama enterrar la pista".

Sal bromeó: "Un hombre tiene que tener algunos secretos".

Sal miró su reloj.

"Me pregunto si Cory y Jo estarán despiertos".

Lucas dijo: "¿Bromeas? Probablemente aún estén entusiasmados con la noticia".

Sal preguntó: "Peter, mira a ver si puedes hacerles una llamada COM".

Peter miró la hora digital que aparecía en la pared. Peter respondió: "Lo intentaré".

Pulsó unas teclas en un teclado. Esperaron una conexión.

"Déjeme adivinar. ¿Quieres discutir el enigma del tiempo?". dijo Lucas.

"Bueno, estamos despiertos. ¿Por qué no hacer una fiesta?" sugirió Sal.

"Oh, oh. ¿Qué tal en Hat Creek? Vamos a molestarlo", dijo Lucas riendo.

"Buena idea, Lucas. Prueba con ellos también", dijo Sal.

Lucas quiso retractarse. "¿En serio, Sal? Intentaba hacerme el gracioso".

"Vamos, Lucas, están tres horas por detrás de nosotros. Acaban de empezar el día".

Lucas levantó las manos y dijo: "¿Por qué no?".

Peter preguntó: "¿De verdad quieres incluir Hat Creek?".

Sal respondió: "Cuantos más, mejor".

Peter pulsó unas cuantas teclas más en el teclado.

Momentáneamente, el monitor mostró la imagen de Mike Mitchell.

Peter dijo: "Michacl, me alegro de verte".

Michael miró la pantalla un momento y exclamó: "Oh, eres tú, Peter. Esperaba una llamada del Observatorio Comunitario de Placerville. Quería darles la noticia".

Peter sonrió. "Hemos visto la emisión, felicidades a todos".

Sal añadió: "Sí, felicidades".

Michael oyó la voz pero no vio a nadie más en su monitor. "¿Quién es?"

Peter dijo: "Un momento, moveré el monitor".

Peter deslizó el monitor hasta el extremo de su escritorio. Sal y Lucas movieron sus sillas al otro extremo para estar a la vista del monitor.

Mientras ajustaban sus posiciones, Michael empezó a reconocer a los participantes. "Hola, Lucas". Miró más de cerca el monitor. "¡Vaya!", exclamó. "¿Eres tú, Sal?"

Pedro dijo: "Sí, encontré a estos dos merodeando por la calle, haciendo el panoli. Les di un dólar a cada uno y me siguieron hasta aquí".

Michael respondió: "Son unos cachorros de aspecto triste".

Y añadió: "Me alegro de verlos a todos".

Lucas intervino: "Apuesto a que están extasiados con la confirmación de la fuente".

Michael contestó: "Ciertamente lo estamos, aunque más o menos lo esperábamos, todos estamos emocionados por la afirmación".

Sal preguntó: "¿Han tenido noticias de Ren Lang o de Richard?".

Michael asintió. "Sí, ambos han enviado sus mensajes de felicitación, y cada uno prometió también una teleconferencia COM".

Peter empezó a preguntar: "Michael. Lucas y Sal estaban-" Cory James apareció en el monitor.

"Uy, adivina quién ha decidido unirse a nosotros. Hola, Cory", dijo Peter.

Cory miró el monitor y sacudió la cabeza. "Peter, ¿Nos has interrumpido por estos rufianes?"

Cory miró fuera de la pantalla y gritó: "Jo, no hace falta que te des prisa. No hay nadie importante en el COM".

Se oyó a Jo fuera de monitor: "Apuesto a que es Sal. Tiene el peor ritmo".

Sal sonrió y preguntó: "¿Cory estaban "entrenando"? Ya tienen uno en camino".

Jo empezó a hablar fuera de la pantalla: "Sal, he oído que...". Y hasta se sentó junto a Cory y terminó su frase: "Vives indirectamente a través de otras personas".

Vio las otras imágenes en su pantalla y dijo lentamente: "Oh... tenemos Compañía". Golpeó a Cory en el hombro mientras terminaba de abrocharse la blusa. "Cory, deberías habérmelo dicho".

Sal se rió entre dientes. "Pillada otra vez".

Jo dijo suave y rápidamente: "Pervertido". Habló más animadamente: "¡Lucas, Peter... y... Michael! Qué alegría verles".

Lucas sonrió y dijo: "Siento interrumpir, pero ¿Estaban...?"

Cory dijo rápidamente, sonriendo: "Lucas. Déjalos".

Peter maniobró el diálogo: "Así que... como sospechan, Sal pensó que sería "divertido" llamarlos a todos... mientras lo arrojo debajo del proverbial autobús".

Michael se rió. "No sé ustedes, pero yo estoy despierto".

Jo preguntó: "Sal, ¿Sigues jugando con tus microbios?".

Sal se rió. "Touché, Jo".

Peter dijo: "Felicidades por la noticia".

Cory tomó aire. "Gracias, todos hemos trabajado mucho en ese proceso".

Sal adoptó un tono un poco más serio. "Estoy seguro de que todos nos damos cuenta de que, además de la traducción y el significado de los datos, está la cuestión de cómo se enviaron los datos y la difusión".

Sal se acomodó en su asiento. "Esta última cuestión me intriga sobremanera".

Michael añadió sus pensamientos: "Estoy contigo, Sal. No tiene ninguna lógica que puedan enviar señales que respondan a las nuestras prácticamente en tiempo real".

Jo hizo una propuesta: "Me gustaría darles un nombre. Llamar a los extraterrestres ellos o ellas es impersonal. Démosles un nombre".

Lacus estuvo de acuerdo: "Estoy de acuerdo. Deberíamos darles una personalidad".

Cory sonrió a Jo. "Sí, algo con lo que podamos llamar a nuestro bebé".

Jo miró con desprecio a Cory y replicó: "Eso no va a pasar, Cory".

Sal levantó las cejas. "Piénsalo Jo, ponle Alfa Centauri A y podrías celebrar el cumpleaños de tu bebé cada 4,3 años luz".

Jo miró con desprecio a Sal. "Sal, Cory no necesita tu ayuda".

Lucas se rió mientras añadía su observación: "¿Cómo te va a sentar el sofá esta noche, Cory?".

Lucas sugirió entonces: "Vale, en serio, ¿Por qué no llamarles simplemente Alfa, como al principio?".

Sal divagó: "Hablando de respuestas en tiempo real, ¿Cómo funciona Alfa?".

El grupo se sumió en un largo silencio colectivo.

Michael habló por fin: "Saben que sueno como un disco rayado, pero tal vez Amir pueda sacudirnos un poco la cabeza".

Sal asintió. "¿Está disponible?"

Michael relató: "Amir está aquí cuando yo estoy aquí. Tampoco ha tenido vida desde que recibimos las primeras señales repetitivas. Haré que se una a nosotros".

Michael tomó un COM y llamó a la estación de Amir.

Mientras Michael esperaba una respuesta, Sal preguntó: "Jo, Cory, ¿Ha variado la intensidad de la señal?".

Cory respondió: "Ahora que lo mencionas, la intensidad varía un poco como un pulso. Y la velocidad del pulso cambia muy ligeramente, de forma continua. No habría sido perceptible si Dominique en Hat Creek lo hubiera encontrado por accidente. Desde entonces, todos los Sitios han seguido el cambio".

Lucas preguntó: "¿Está sincronizado el pulso con todos los sitios?".

Jo añadió: "Los sitios informaron de que los pulsos de señal diferían según las zonas horarias".

Sal preguntó en voz alta: "¿Variaban según las zonas horarias... la distancia entre los sitios... o la distancia desde Alfa?".

Michael colgó el COM y Amir apareció en el monitor.

Michael anunció: "Bien, tenemos a Amir".

Amir dijo: "Gracias por invitarme".

Sal asintió. "Amir, estamos en un dilema y pensamos que podrías ayudarnos, o posiblemente confundirnos más de lo que estamos. Pero en cualquier caso, tu aportación es bienvenida".

Amir dijo: "Haré lo que pueda".

Sal presentó: "Cory y Jo estaban describiendo el descubrimiento de Dominique de un cambio similar a un pulso en la intensidad de las señales Alfa".

Amir parecía confuso. "Lo siento, ¿Qué son las señales 'Alfa'?"

Sal dijo: "Lo siento, Amir, hemos pensado en llamar a los alienígenas *Alfa*".

Amir pensó un momento y luego continuó: "No pasa nada. Sí, Dominique descubrió que la ligera variación en la intensidad era constante, pero una anomalía si la comparamos con otras señales de tipo radioeléctrico."

Sal preguntó: "¿Qué hace que esta señal sea una anomalía?".

Amir explicó: "Si se comparan las señales con las de las ondas de agua que se propagan desde una fuente, eso se correlaciona con el comportamiento similar a un pulso. Sin embargo, a diferencia de las ondas de agua que disminuyen con la distancia, estas ondas mantienen la misma altura y distancia independientemente de la distancia."

Jo comentó: "Tenía la impresión de que los pulsos cambiaban en comparación con otros Sitios SETI".

Amir continuó explicando: "Esa era la suposición, pero los cálculos posteriores no tuvieron en cuenta la minúscula distancia entre los sitios en relación con la constante".

Sal añadió: "¿La constante es la velocidad de la luz?".

Amir aumentó: "Lo siento, sí, la velocidad de la luz".

Michael elaboró: "No sólo se observó una anomalía en la falta de disipación de las ondas, sino también que no había una desviación perceptible de la señal".

Lucas se quedó confuso. "¿Cómo es posible que no se produzca una desviación de la señal cuando se encuentra con un objeto?".

Lucas intentó resumir: "¿Estoy, estamos, siguiendo esto correctamente? Independientemente de un obstáculo, las longitudes de onda no cambiaron ni se desviaron".

Sal añadió otro giro en las direcciones del pensamiento: "Sin embargo, las notas del Dr. 'Gemo identificaron una observación adicional en sus cálculos".

Lucas dijo: "Por supuesto, 'Gemo añadió más intrigas del más allá".

Sal rió entre dientes. "Puede que no estés muy equivocado, Lucas". Lucas dijo: "De acuerdo, adelante".

Sal continuó: "'Gemo descubrió que las partículas de la difusión eran transportadas/entregadas por la misma señal, pero se desviaban de los objetos, siendo esos objetos la Luna y la Tierra".

Cory se preguntó: "Pero, ¿Cómo pudieron las partículas viajar tanta distancia, a la velocidad de la luz, y no sufrir la desionización del calor o la difusión procedente de tal distancia?".

Sal añadió otra pieza al rompecabezas: "Parece que 'Gemo estaba trabajando en la teoría de que había una difusión simultánea no particulada a una frecuencia diferente".

Lucas suplicó: "Vaya, esto está superando mi comprensión. Me duele la cabeza".

Amir dijo: "Le seguí la corriente hasta que las partículas se montaron en la difusión, pero entonces la segunda señal de difusión también me sacudió el cerebro".

Sal se sentó en silencio.

Jo dijo: "Bueno, ha sido un día muy largo. Lo doy por terminado".

Peter se había ausentado de la discusión. Había intentado seguir el discurso pero estaba totalmente hipnotizado por él. "Yo, como la mayoría de ustedes, doy por terminado el día".

Michael asintió con la cabeza y dijo: "Hasta luego".

Cory y Jo dijeron: "Buenas noches a todos". Sus caras desaparecieron del monitor.

Peter desconectó el monitor. Se levantó y preguntó: "¿Alguien quiere cenar?".

Lucas asintió con la cabeza. "Me apunto".

Lucas miró a Sal. "Vale, Sal. Tienes que comer".

Sal seguía sentado pensativo. Finalmente sacudió la cabeza y dijo: "Sí, necesito alimentar mi cerebro".

Capítulo 21

Difusión: Puntos Clave

Susan y Eric estaban en la oficina del laboratorio BSL-4, revisando las impresiones de datos y comparándolos con los datos del monitor. Alan entró por la puerta del despacho llevando varios gráficos bajo un brazo mientras hablaba por teléfono. Alan enderezó los gráficos y los colocó sobre la mesa delante de Susan y Eric. En el monitor estaba Mara, mirando un monitor en su despacho de Milán.

Alan señaló uno de los gráficos. "Esto es de lo que hablaba Mara".

Mara oyó su nombre, miró el monitor y dijo: "¿Qué?". "Lo siento, Mara, no me di cuenta de que estabas ocupada".

"No pasa nada. Estaba volviendo a comprobar los datos de las algas de Yakarta".

Eric dijo: "Alan estaba señalando que tu evaluación de una posible convergencia de moléculas en esos dos microbios usando un antígeno".

Alan miró el monitor, luego volvió al gráfico y preguntó: "Susan, podrías estar en lo cierto. La supervivencia del microbio archaea no está contraindicada".

Susan exceptuó: "Ésa era la hipótesis de Mara, no la mía".

Mara se rió. "Llevamos tanto tiempo con esto que nos estamos volviendo punzantes. Esa fue la interjección de Sal".

Alan añadió: "Bueno, independientemente de la vía que sigamos, el tren se mueve".

Susan hizo una observación: "Aunque eso resulte probable, aún no sabemos adónde se dirige ese tren".

"¿Por qué no nos detenemos un rato y nos limitamos a una lluvia de ideas?". sugirió Mara.

"Buena idea. Necesito un café", dijo Susan.

Alan dijo: "Ya me he levantado. Te lo traeré". Alan se acercó a la barra de servicio y preguntó: "¿Alguien más quiere algo?".

Eric contestó: "Claro, ¿Qué tal un Pinecado?".

Alan se quedó pensativo y asintió con varios movimientos cortos de cabeza. "A mí también me parece bien. Hace tiempo que no tomo uno de esos. ¿Están en la nevera?"

Eric contestó: "Sí, en la parte de atrás, detrás del zumo. Mi reserva privada".

Alan sacó una taza del armario y preguntó: "¿Susan? ¿Crema,

azúcar, coco?"

Susan contestó: "Sólo un toque de nata".

Alan sirvió el café, le echó un poco de nata y lo removió con un bastón. Se dirigió a la nevera y la abrió. Apartó varios envases de zumo y descubrió el alijo de Eric. Recogió dos Pinecados y cerró la puerta.

Alan aseguró las bebidas y las entregó hábilmente a los solicitantes. Alan empezó a sentarse pero miró a Mara en el mon- itor y le preguntó: "Mara, debería haberte preguntado si querías algo. ¿Quieres?"

Mara se rió y sugirió: "No, tomaré sorbos de tu Pinecado".

Alan rió entre dientes y se sentó.

Eric añadió: "No le digas a Sal que tengo esto".

Alan dijo: "Oh, es verdad. Se volvió adicto a ellos el año pasado y los prohibió rotundamente".

Susan añadió: "¿No las adulteró con malta simple y afirmó que había visto extraterrestres?".

Eric se rió y exaltó: "¡Vienen los extraterrestres, vienen los extraterrestres!".

Susan figuró: "Gracias por el café, Alan". "El placer es mío, Susan".

Mara comentó sarcásticamente: "Sí, gracias, Alan".

Eric pidió: "Muy bien, veamos si podemos dar sentido al dilema de la composición microbiana".

Susan comenzó: "Bien. Hasta ahora tenemos microbios de algas modificados entrelazados con archaeas y suspendidos en un antígeno con algún tipo de estructura metálica".

Continuó: "Mara, ¿Esto es consistente con los datos de Yakarta?".

Mara miró su monitor y los comparó con algunos papeles de su escritorio. Volvió a comprobarlos. Finalmente preguntó: "Eric, ¿Estás seguro de que las notas de 'Gemo apoyan la posible estructura metálica?"

Eric miró un informe y volvió a mirar el monitor. "Esa era la supuesta estructura en las hipótesis".

Alan sugirió: "Veámoslo desde el otro extremo del espectro. Si lo que suponemos la posible estructura es un hecho, ¿Cuál es el propósito de Alfa para enviárnosla?".

Susan se levantó, se acercó a una gran pizarra y escribió el número 1. "Podríamos utilizar los microbios para maximizar nuestra eficiencia en la producción de biocombustible y" -escribió en la pizarra "Producción de biocombustible", y luego escribió el número 2- "crear un suministro de alimentos potencialmente ilimitado y-" Escribió

"Suministro de alimentos" en la pizarra después del 2; luego escribió el número 3.

"¿Y ahora qué?"

Mara propuso: "Si incluimos la habilidad de las archaeas para vivir en entornos hostiles, ¿Podemos añadir un sub 2a y b al punto 2 para incluir en la Tierra, nuestra luna y otros planetas?".

Susan escribió bajo el punto 2, un "2a: Tierra" y "2b: Luna" y planetas.

Alan planteó una pregunta: "¿Y el misterioso antígeno que parece proteger a los microbios en el proceso de suministro, dónde encaja?".

Todos reflexionaron sobre la pregunta de Alan durante unos instantes, mirándose sin comprender unos a otros, a los gráficos, a los papeles y a los monitores.

La mente de Alan se agitó. "Quizá el tercero sea el propio proceso de entrega".

Susan dijo: "Pero el proceso de entrega es complejo en sí mismo".

Mara dijo: "Entonces... añadamos eso como el 3 y desglosémoslo también".

Susan escribió "Proceso de entrega" y añadió "Difusión" entre paréntesis. Luego añadió una "a" y una "b" debajo del tercer punto.

"Vale, ¿El 3a es qué?"

"Antígeno de protección", sugirió Alan.

Susan asintió y escribió eso después de 3a, y preguntó: "¿Siguiente?".

Eric dijo: "Tienes que añadir un sub a-1 y un a-2 ya que el antígeno protege las partículas metálicas y los microbios".

Susan añadió un a-1 "partículas metálicas" y un a-2 "microbios" a la pizarra.

Mara preguntó: "¿Cuándo o dónde se inserta el mecanismo de entrega propiamente dicho?".

Alan discrepó: "Sabes... no creo que el mecanismo de entrega sea relevante. Deberíamos preocuparnos sólo de sus efectos".

Susan dijo: "Muy astuto por tu parte, Alan. Sal te debe estar contagiando".

Alan sonrió. "Es una comparación que me complace aceptar. Gracias".

Eric se preguntó: "Sí, felicidades, Alan. Sin embargo, me pregunto dónde encaja una discusión sobre el mecanismo de entrega en todo este enigma de Alfa".

Susan añadió: "Sí, no es el foco principal de los impactos biológicos, lingüísticos o religiosos del SETI. Pero sin embargo es una parte integral de todo".

Alan dijo: "Dejemos que el Dr. 'Gemo lo resuelva".

Capítulo 22

La Conversación

Perry y Michael estaban repasando los informes sobre las variaciones de las señales con Jo James en el SETI de Johannesburgo y con Honrí Foster en el VLA (Very Large Array) mejorado, el interferómetro multimodo de fuente abierta para la búsqueda de inteligencia extraterrestre (COSMIC SETI) en Socorro, Nuevo México.

Honrí sacó de su pantalla los últimos datos sobre las variaciones de las señales de baja frecuencia.

"Sigo sintiendo curiosidad por saber cómo Dominique, allí en Hat Creek, dio con estos sorprendentes datos".

Michael preguntó a Perry: "¿Revisaste sus datos con Amir antes de que los verificara?".

Perry dijo: "Michael, ¿Hemos dudado alguna vez de Amir o de Dominique cuando han presentado algo?".

Michael respondió: "Entendido".

Jo añadió: "¡En serio! Eso habría sido totalmente innecesario ya que todos verificamos inmediatamente los datos".

Perry sugirió: "Honrí, puedo hacer que tanto Amir como Dominique expliquen cómo descubrió la fuente de los datos de la señal, si quieres".

Honrí dijo: "Sí, por favor".

Perry le preguntó a Michael: "¿Por qué no vas a ver si Amir y Dominique están disponibles, y yo transfiero la llamada a sus COM?"

Michael dijo: "Iré a comprobarlo. Estoy seguro de que les gustaría esa discusión".

Michael se levantó y recorrió las mesas en dirección al puesto de Dominique. El puesto de Amir estaba de camino a su puesto. Michael se acercó a Amir y, por detrás, le dio un golpecito en el hombro.

Amir se quitó los auriculares para escuchar a Michael.

"Perry y yo nos preguntábamos si a ti y a Dominique les gustaría hablar con Honrí, en Socorro, sobre cómo descubrió la variación de la señal de baja frecuencia de Alfa".

Amir asintió. "A mí también me gustaría saber más sobre eso. Estoy seguro de que ella apreciaría esa oportunidad".

Michael dijo: "Bueno, levanta el culo y vamos a ver".

Amir sonrió y se levantó de la silla.

Caminaron una corta distancia por el extremo izquierdo de los puestos y luego hasta el de Dominique, que estaba sentada, mirando un monitor.

Amir llamó su atención y ella también se fijó en Michael. Se quitó los auriculares.

"Amir, Michael, ¿Hay algún problema?".

Michael sonrió. "Sí, eres demasiado buena en tu trabajo".

Amir añadió: "En realidad nos gustaría contar con tu ayuda. ¿Te gustaría hablar con Honrí, de Socorro, y conmigo sobre cómo descubriste la variación de baja frecuencia de Alfa?".

Dominique sonrió irónicamente. "Por supuesto, me encantaría".

Michael dijo: "Estupendo. Haré que Perry transfiera a Honrí a tu COM aquí, entonces tú y Amir podrán hablar con menos posibilidades de interrupciones".

Dominique dijo: "Por mí, perfecto".

Michael asintió, se tocó el auricular y habló: "Perry, puedes transferir la llamada al COM...". Buscó el número de estación en la consola.

Dominique interrumpió y dijo: "332".

Michael repitió: "332".

Momentáneamente el monitor se iluminó con la imagen de Honrí.

Michael dijo: "Bien, Perry, lo tenemos".

"Les dejo con ello", dijo Michael y se marchó.

Honrí empezo: "Dominique, soy Honrí en Socorro".

Dominique asintió. "Es un placer conocerte, Honrí".

Añadió, mirando a Amir: "Este es...".

Honrí interrumpió: "Amir. Hola, Amir, me alegro de volver a hablar contigo".

Amir respondió: "También me alegro de hablar contigo".

Amir se dirigió a Dominique: "Honrí, al igual que yo, siente curiosidad por saber cómo descubriste la señal de datos".

Dominique asintió levemente y comenzó: "Como sabes, Amir, estábamos trabajando en la traducción de las señales de datos, separando los diferentes idiomas."

Amir asintió y ella continuó: "Noté una subfrecuencia, el diálogo, transmitiéndose en tiempo real. Eso me impulsó a documentar y registrar los datos, y era la misma Array 14, 1.500 MHz por la que preguntabas".

Amir también explicó: "Esa es la verificación que necesitábamos para confirmar el contacto con Alfa".

Honrí tenía una pregunta en la boca. "Dominique, ¿Qué tenía de intrigante la traducción de los datos?".

Dominique hizo una pausa y respondió: "Lo que lo hizo destacar inicialmente fue que no necesitaba traducción".

Amir se quedó perplejo. "¿Qué quieres decir con que no tuviste que traducir los datos?".

Ella continuó explicando: "Retrocederé un poco. Estaba hablando con mi hermana, Elsa, por los auriculares cuando me di cuenta de que había un flujo de datos en una subfrecuencia del Array 14, 1.500 MHz. Al principio, tenía el mismo formato que la de 1.500 MHz, pero los datos de la señal parecían repetirse mientras hablaba con mi hermana. Colgué con mi hermana, y la firma del flujo de datos era como un flujo de audio que normalmente aparecía en los flujos de datos, pero éstos sólo aparecían "dentro" de las señales de datos. Ésta era una señal claramente separada".

Amir dijo: "¿Qué te hizo pensar que la señal no era un fragmento de ondas de radio estándar?".

Ella respondió: "El interruptor del captador no estaba activado. Así que no fue posible recibir ninguna otra señal que no fuera enviada directamente a mi ubicación".

Honrí preguntó: "¿Está diciendo que la señal fue enviada únicamente a usted en su estación?"

"Sí. Fue entonces cuando decidí no sólo grabar la señal digital sino también cualquier posible archivo de audio", figuró.

Amir dijo: "Fue una elección inteligente".

Dominique continuó: "Al final me di cuenta de que posiblemente se trataba de un Alfa hablándome, en inglés, y contestándome en tiempo real".

Honrí se recostó en su asiento con incredulidad. "Dominique, ¿Sabes lo increíble que suena eso?".

Amir añadió: "Sería increíble. Hablar realmente con un Alfa y hacerles preguntas".

Dominique hizo una pausa muy larga y finalmente anunció: "Sí, fue tan asombroso e increíble hablar realmente con un alienígena".

Honrí replicó con escepticismo: "Dominique, ¿Estás diciendo que realmente tuviste una conversación con los alienígenas?".

Amir dijo: "Te tengo tanta envidia, Dominique. ¿Sabes el honor que sería hablar realmente con los alienígenas?".

Hizo otra pausa. "En realidad creo que sólo fue un alienígena. Él o ella usó el nombre de Adán".

Honrí sacudió la cabeza. "Vaya, Dominique, no destruyas tu credibilidad".

Dominique se puso a la defensiva. "¿Mi credibilidad? ¿Estás diciendo que no me crees?".

Amir intervino: "No, Dominique, eso no es lo que está diciendo".

Honrí intervino: "Sí, Dominique, eso es lo que estoy diciendo".

Amir intentó aportar calma a la conversación, "Dominique, tienes que admitir que decir estas cosas después de-"

Ella levantó la mano para silenciar a Amir. Ella respiró profundamente y se sentó en silencio.

Honrí dijo: "Amir, no sé qué pensar de esto. Es muy difícil..."

Dominique levantó la mano, interrumpiendo de nuevo, y habló con calma: "Lo siento, pero me doy cuenta de que hacer tal afirmación es increíble".

Honrí suspiró. "Me alegra que admitas que-"

Dominique sonrió e interrumpió de nuevo: "¿Quieres oírlo?".

Las cejas de Honrí se fruncieron. "¿Aquí qué, el flujo de datos? ¿Cómo ayudaría eso?"

Dominique soltó la bomba: "No, yo grabé la conversación. Puedes verificar el flujo de datos, la fecha y la hora, y las matrices. Entonces... ¿Quieres oírla?".

Honrí se quedó con la boca abierta y Amir atónito. Dominique tecleó en su teclado y dijo: "Aquí está".

La voz del alienígena era definitivamente generada electrónicamente.

A—Hola... hola... hola.

D—¿Hola?

El ánimo de Dominique era desenfadado.

A—Sí, hola.

D—¿Con quién quiere hablar?

A—Quiero hablar con usted.

Dominique se mostró receptiva.

D—Bien. Adelante, habla.

A—Soy Adán. ¿Cómo te llamas?

D—Hola. Esto es gracioso. ¿Quién habla?

Continuó Dominique alegremente.

A—Lamento que no me haya oído. Soy Adán.

D—¿Quién es Adán?

A—Deseo hablar con alguien de la Tierra.

Ella volvió a reír.

D—Vivo en la Tierra, ¿Te parece bien?

A—Sí, ¿Cuál es tu nombre?

Se la oyó resoplar un poco.

D—Bien, te seguiré el juego. Me llamo Dominique.

Hubo una breve pausa.

A—Hola, Dominique— "Del Señor". ¿Es correcto?

De nuevo se oyó una breve risita.

D—Esto es gracioso. ¿Quién habla?

A—Se lo explicaré. Soy lo que ustedes llaman un extraterrestre, y me denominaré Adán. Así tendrá una referencia humana.

D—¿De verdad?

Contestó escéptica.

A—¿Habla usted en nombre de la Tierra?

D—No, hablo solo por mí.

Contestó ella con naturalidad.

A—¿Tiene usted una Deidad?

La voz de Adán aún sonaba digitalmente seca y con poca inflexión.

D—¿Qué quieres decir?

A—Tu nombre, veo que se refiere al Señor. ¿Eres tú?

Figuró con tono curioso.

D—Estas son preguntas extrañas. ¿Quien es usted?

A—Soy Adán. ¿Es usted el Señor?

D—No.

A—¿Tiene usted un señor?

Se le oyó reír a ella.

D—¿De verdad? Y usted, ¿Tiene un señor?

Contestó ella bromeando. Hubo una breve pausa.

R—Nosotros estamos, como ustedes, sin un, lo que ustedes llaman, un "Señor vivo". El tono vocal pareció cambiar a un tono menos digital. El comportamiento de Dominique, de nuevo, era juguetón.

D—De acuerdo, te seguiré el juego. Permítame preguntarte esto. ¿Tiene usted un creador?

A—No lo sé.

D—Bueno, ¿Entonces crees en un creador?

A—No entiendo su palabra *"creer"*. ¿Es una palabra física?

D—¿Nos estamos poniendo filosóficos?

Parecía que se trataba de un juego de veinte preguntas. Hubo una larga pausa.

A—Todavía estoy aprendiendo su idioma.

D—Bien, Adán, ¿De dónde eres?

Hubo otra larga pausa.

A—Mi ubicación es lo que ustedes llaman el sistema Alfa Centauri A y su comprensión del segundo exoplaneta.

De nuevo hubo un cambio notable en el patrón de voz.

Hubo otra pausa.

D—¿En serio?

Respondió Dominique con incredulidad. Continuó en un tono objetivo.

D—Calculamos esa distancia en 4,3 años luz desde la Tierra.

Hubo otra pausa.

A—Calculamos la distancia entre nosotros como .62847 onda A .032292 depresión en C sub 2.

D—No estoy familiarizada con esa fórmula.

Ella respondió tímidamente.

A—No, no lo estarías.

Se oyó suspirar a Dominique. Ella adoptó un tacto diferente.

D—Si eres quién dice ser, entonces ¿Por qué contactas con la Tierra?

A—Hemos observado lo que podría llamarse una anomalía civilizatoria en su planeta.

D—¿De verdad? - De nuevo sonando escéptica. – Cuando decimos anomalía, a menudo significa algo malo. ¿Cuál es la anomalía?

Otra pausa muy larga.

D—Adán, ¿Sigues ahí?

La pausa terminó.

El patrón de voz del alienígena se hizo más ligero y cálido.

A—Nuestra referencia se basa en un cambio notable del uso de los recursos que afectará a la capacidad de supervivencia de su especie.

Hizo una pausa, posiblemente para asimilar la afirmación.

D—Hmm, ¿Puedes darme algún dato específico?

A—El proceso de mejora fue entregado a la Tierra con la difusión.

Hubo otra pausa.

D—¿Se refiere a la oleada electromagnética que afectó a nuestra luna y a nuestro planeta en septiembre?

Otra larga pausa.

A—Calculo que se refiere a seis ciclos lunares pasados.

D—Eso sería aproximadamente correcto.

A—Eso es afirmativo.

El tono de Dominique parecía transmitir preocupación.

D—¿Fuiste tú quien causó esos efectos? ¿Ese ataque?

Hubo una larga pausa.

El tono y el patrón vocal volvieron con un toque de empatía.

A—No fue concebido como un ataque. Se realizó para mejorar su planeta. Es desafortunado que ustedes lo percibieran así.

D—¿Esa entrega hará daño a la Tierra?

A—No. La entrega fue por error. No causará ningún daño.

Contestó en tono irritado.

D—No lo entiendo. ¿Envían una "entrega" por error, sin previo aviso, y esperan que no lo veamos como un ataque?

Hubo otra pausa.

A—Entiendo su postura. Confiamos en que su tecnología hará la evaluación adecuada de la entrega y mitigará cualquier amenaza percibida.

Se oyó a Dominique suspirar profundamente. Hubo otra pausa.

Parecía haberse calmado.

D—Bien, Adán, o quienquiera que seas...

Hizo una pausa.

D—¿Qué me dices de esto...Por qué estamos utilizando el inglés en esta conversación cuando se utilizaron varios de nuestros idiomas en otras comunicaciones?

A—Los diferentes idiomas se utilizan para asegurar una recepción positiva de mi mensaje. Aquí utilizo el inglés porque es su lengua preferida.

D—¿Cómo sabes cuál es mi lengua preferida?

A—Estaba escuchando su conversación con Elsa y consideré que era en inglés.

Sintió curiosidad y preocupación.

D—¿Cómo sabías quién era yo... Bien, quién eres?

A—Soy Adán.

Dominique volvió a ser el motivo de una larga pausa.

D—Me cuesta creer que seas quien dices ser.

A—Es comprensible que su especie sea cautelosa. Me complace que me responda.

D—¿Por qué no iba a responderle?

El tono de voz y la métrica se volvieron más fluidos y mucho menos digitales.

A—Este es el primer intento exitoso de mantener una conversación con alguien de la Tierra.

D—¿Han hecho otros intentos?

A—Sí, pero los intentos fueron con lo que ustedes llaman flujos de datos. Este es mi primer intento de utilizar un medio vocal. Fue difícil adaptar la forma de traducción correcta de nuestra lengua a la suya.

D—¿Cómo suena su lengua?

A—Es difícil de describir. Nos comunicamos con lo que usted llamaría...

Hubo una larga pausa; parecía preocupada.

D—Hey, ¿Sigues allí? Otra larga pausa.

A—Le pido disculpas. Estoy actualizando mi base de datos de su idioma y sus modismos para permitir una traducción más fluida. Incluso hubo un cambio más notable en la voz, de una voz generada electrónicamente a una voz que sonaba más humana.

D—Su voz suena diferente.

A—Sí, se trata de un modo de habla mejorado. ¿Es más aceptable?

D—Sí, es más agradable a mis oídos.

A—Comprendo esa observación. Tuve que modificar físicamente mis receptores, para poder comunicarme con los terrícolas, y para oírle a usted.

D—¿Modificó sus oídos?

La conversación evolucionó hacia algo más parecido a un debate entre amigos.

A—Sería difícil explicar esa modificación física en un plazo de tiempo aceptable del que disponemos. Preferiría aprender más de usted.

D—Si no utilizan los oídos, ¿Cómo se comunican?

A—Normalmente nos comunicamos enviando impulsos neuronales.

D—¿Telepatía?

A—Esa es una forma de explicarlo. Esa modificación ha creado un efecto divertido y agradable de experimentar entre los de nuestra especie.

D—¿No tienen orejas?

A—Tenemos orejas, pero no las utilizamos tanto para la comunicación vocal, ni tampoco nuestra voz.

D—¿Porque dejaron de hablar entre ustedes?

A—Se volvió menos importante. Ahora nos resulta más agradable.

Hubo otra pausa.

D—Adán, ¿Por qué hiciste referencias a varias religiones?

A—De nuevo para asegurar una recepción positiva de mi mensaje.

D—Bien, ¿Cuál es tu mensaje?

Preguntó como una petición de hecho.

A—No tienen nada que temer de los de nuestra especie.

D—¿Por qué no dijiste eso en el primer contacto?

A—La entrega del proceso de mejora precedió al mensaje primero. Fue enviado por error.

D—¿Quiere decir que no debió enviarlo?

A—Era correcto enviarlo, pero no en esa secuencia.

D—¿Entendemos que posiblemente haya otra entrega, lo que usted llama un "recurso", por venir?

A—Afirmativo.

D—¿Cuál será el contenido de la próxima entrega?

A—Ese contenido mejorará y corregirá la entrega anterior.

D—¿Qué hay que corregir?

A—Hay algunos procesos que deben realizarse en un orden preciso para garantizar su eficacia.

D—¿Es posible que la entrega cause daños a la Tierra?

A—Es posible.

D—¿Cómo podemos evitar el daño?

A—Se corregirá.

Honrí y Amir habían escuchado atentamente.

Honrí preguntó: "Dominique, ¿Podríamos pausar la grabación un momento?".

Dominique pausó la grabación.

Honrí preguntó: "Dominique, ¿Por qué no se lo has comentado a Michael, a Perry o incluso a Amir antes de esto?".

Dominique reflexionó un momento. "También he reflexionado sobre ello. De hecho, lo he escuchado varias veces, intentando convencerme de que sí ocurrió. He comprobado y vuelto a comprobar las matrices de los datos en un intento de refutar que la conversación se produjo con un alienígena. Todos mis cálculos volvieron y reafirmaron que, de hecho, estaba conversando con un alfa. Solo ahora me siento segura, o lo suficientemente valiente, para someterlo a escrutinio".

Amir le dijo: "¿Por eso me hiciste verificar ese flujo de señales de datos específico?".

Dominique declaró: "Amir, siento no haberte dicho por qué, pero quería estar segura de que pasaría la prueba del olfato".

Honrí preguntó: "¿Cuánto duró esta conversación?"

"Veinticinco minutos y dos segundos".

Amir se rió entre dientes. "Espero que haya anulado los cargos".

Dominique ahogó una carcajada. "Muy gracioso, Amir".

Honrí dijo: "Quiero... No, necesito oírlo todo, pero tenemos que meter a alguien de arriba en la cadena".

Honrí añadió: "Has hecho copias de esto, ¿Verdad?". Dominique asintió. "Bien, guárdalo en un lugar seguro. Amir, ¿Puedes quedarte con Dominique hasta que lo compruebe con Lucas Makiev?"

Amir asintió. "Por supuesto, no se me ocurriría abandonarla ahora".

Honrí añadió: "Vale, aguanta".

Honrí se detuvo y dijo disculpándose: "Dominique, siento mucho haberte atacado como lo hice, pero deberías entender que ser escéptico forma parte de ser científico. Así que ahora me voy yo también al ostracismo".

Honrí desapareció del monitor.

Capítulo 23

La Conversación: Parte Deux

Lucas activó su monitor COM cuando terminó de meter la ropa en la maleta. Se sentó en la cama y esperó.

El monitor se iluminó y la imagen de Sal apareció en la pantalla.

"Buenos días, Lucas, ¿Qué tal?"

"Sal, haz la maleta. Nos vamos en noventa minutos".

Sal se encogió de hombros y preguntó: "¿Irnos como dejar la ciudad, el país, la Tierra?".

Lucas respondió: "Vamos a ver si podemos hablar con un Alfa".

Sal volvió a encogerse de hombros. "¿Me llevo un cepillo de dientes y ropa interior de repuesto?".

Lucas sonrió. "Sal, haz la maleta. Nos vamos a Hat Creek".

Bromeó Sal. "Sé que hay gente extraña en el norte de California, pero normalmente las sustancias que ingieren les permiten hablar con un dios, no con extraterrestres".

Lucas explicó: "Intentaré ser breve. Dominique, en Hat Creek, habló con un alienígena llamado Adán y grabó la conversación. La grabación de esa conversación debería estar en tu buffer".

Las cejas de Sal se fruncieron. "¿Ella qué?"

Lucas dijo: "Te contaré los detalles en el avión. Reúnete conmigo en el aeropuerto privado Reagan".

Lucas colgó.

Sal comprobó el indicador de estado de su COM y se dio cuenta de que el buffer estaba activado. Sal se paró un momento, luego caminó rápidamente hacia su armario y sacó una maleta.

*****

El jet privado estaba al ralentí, esperando a sus pasajeros.

Sal se apresuró a subir la escalerilla y se introdujo por el fuselaje y se sentó frente a Lucas, que estaba trabajando en su COM.

Sal preguntó: "¿Quién más viene?".

Los asistentes cerraron las puertas y el motor empezó a acelerar.

Sal oyó el motor acelerando y respondió a su propia pregunta. "Supongo que somos todos los que vamos".

Lucas dijo: "Abróchense los cinturones. Vamos a dar una vuelta".

Sal murmuró para sí: "Y vaya paseo que puede ser".

Lucas se levantó y apartó un gran monitor del lateral del avión y lo colocó entre los dos para que ambos pudieran verlo. Tecleó en el teclado y el monitor se iluminó.

Lucas comenzó: "Esta es la conversación entre Dominique y el Alfa, Adán. Todas las matrices y las firmas de la línea temporal han sido verificadas."

Lucas tocó el teclado, y el audio comenzó a reproducirse.

Sal escuchó atentamente el audio. Pausó el audio varias veces y tomó notas en su diario personal.

Sal se quedó pensativo mientras, de nuevo, pausaba el audio.

"Lucas, ¿Soy yo o parece que este Adán es el único participante en este contacto?".

Lucas meditó sobre la observación de Sal. "Tal vez, pero se podría argumentar eso sólo hasta cierto punto. Si el escenario fuera al revés, si tuviéramos ese nivel de tecnología, sería casi imposible que una sola persona utilizara todos esos recursos por sí sola."

Sal reflexionó sobre su observación. "Sí, supongo que tienes razón, pero él o ella aún estarían en lo más alto de la estructura de mando".

Lucas asintió. "Con eso, estamos de acuerdo".

Sal añadió: "Adán dijo que "algunos procesos deben llevarse a cabo en un orden preciso para garantizar la eficacia". ¿Eso implica que si el orden no es preciso, los procesos serán menos eficientes?".

Lucas respondió: "No le sigo del todo. Parece como si estuvieras divagando".

Sal reafirmó: "Quizá nosotros, yo, hemos estado siguiendo un orden equivocado en nuestro planteamiento para resolver el enigma de los microbios".

Sal, febril, escribió en su diario.

Rebobinó el audio y continuó escuchando.

D—¿Es posible que la entrega cause daños a la Tierra?

A—Es posible.

A—D- ¿Cómo podemos evitar el daño?

A—Se corregirá.

D—¿Cuándo debemos esperar la próxima entrega?

A—Debería coincidir con su próxima estación, en la línea del meridiano de su planeta.

Hubo otra larga pausa.

D—Eso sería el 20 de marzo. ¿Por qué en esa fecha?

A—Ese es el periodo de incubación óptimo para corregir la difusión anterior en la inclinación precisa.

D—¿Incubación de qué?

A—¿Está familiarizada con el material que se entregó en la difusión anterior?

D—No, no lo estoy.

A—Esa respuesta la tendría que abarcar otra persona.

Hubo otra pausa.

D—¿Así que no hay peligro para la Tierra?

Hubo una ligera pausa.

A—Sería preferible que no hubiera humanos sometidos a los posibles efectos.

D—¿Entonces es peligroso?

A—No estoy totalmente familiarizado con la fisiología humana, pero los posibles efectos podrían ser, lo que ustedes llaman, una pérdida de memoria a corto plazo.

D—¿Pérdida de memoria?

A—Debo enfatizar lo de a corto *plazo*. Es posible que las personas sometidas no recuerden ese acontecimiento.

Hubo una breve pausa.

D—¿Por qué no envías esta señal de voz a toda la Tierra en lugar de sólo a mí?

A—Estoy trabajando en esa cuestión. Sí envié el flujo de datos que delineaba la futura difusión, pero éste fue el primer medio de voz disponible al que mi espectro temporal pudo acceder.

D—¿Cómo eres capaz de comunicarte conmigo a un nivel tan intelectual? ¿Cómo han aprendido nuestros idiomas?

A—Hemos estado procesando flujos de señales de su origen durante cierto tiempo. Mantuvimos las señales pasadas en nuestros depósitos de almacenamiento de datos. Incluso ahora, estoy adquiriendo más conocimientos accediendo a sus depósitos de almacenamiento. Ustedes los llaman bases de datos.

Dominique hizo una pausa y pareció dar un paso atrás.

D—Todo esto es muy interesante. Sin embargo, no estoy convencida de que seas lo que dices ser. Mi lógica presenta dudas.
Hubo una breve pausa y se oyó un breve fallo electrónico.
A—Tal vez pueda reducir sus dudas. Recordé una pregunta que me hizo antes, sobre la filosofía. Asimilé más de su base de datos, y ahora comprendo esa pregunta.
D—Recuerdo mi pregunta. ¿Es un ejercicio con el que está familiarizado?
A—Soy capaz de racionalizar y presentar lógicas e hipotéticas.
Hubo otra pausa.
A—Tengo una pregunta para usted.
D—Ya era hora de que hiciera una pregunta. Dispara.
Hubo una pausa.
A—Entendí su humor. *Disparar* era un imperativo del argot para provocar una respuesta.
D—Muy bien.
Hubo una larga pausa.
A—¿Qué es Dios?
Hubo otra pausa.
Dominique respondió en el mismo tono que lo haría cualquier erudito.
D—La respuesta a esa pregunta ha eludido a la humanidad desde nuestros comienzos.
Otra pausa más.
D—¿Tiene usted una respuesta?
Hubo una pausa aún más larga.
A—Parece que estamos en el mismo barco proverbial, y si se me permite añadir, sin remos. Sin embargo, puedo compartir una de nuestras observaciones.
D—Me gustaría escucharlo.
A—La vida es relativamente corta y pasa rápido. Así que viva como crea mejor.
D—Entonces... ¿Palabras para vivir? ¿Puedo citarlo?
A—Eso es un modismo apropiado. Sí, debería hacerlo.
Hubo una larga pausa que se rompió con el sonido de una respiración profunda.
Había excitación en su voz.
D—Bien, esta pregunta determinará si me está diciendo la verdad.
A—Dispara.

Ella soltó una breve carcajada.

D—Muy gracioso.

Continuó deliberadamente.

D—Si usted es de Alfa Centauri A, exoplaneta 2, ¿Cómo puede interactuar conmigo como si estuviéramos en el mismo lugar?

No hay un retraso de 4,3 años luz.

Hubo un retraso muy largo.

Sal puso en pausa el audio y se reclinó en el sillón. Lucas le miró y le preguntó: "Sal, amigo. Pensaría que tú, de entre todas las personas, querrías saber esa respuesta". Sal sonrió y dijo: "Estoy intentando imaginarme la respuesta. Y no puedo".

Sal reanudó el audio.

A—La respuesta tiene que ver con la fisicalidad del propio tiempo.

Dominique pareció hacer una pausa introspectiva. Se le notaba la curiosidad de un científico.

D—No sabía que el tiempo tuviera fisicalidad.

A—Sí, probablemente conozca el tiempo como lo que ustedes llaman "constante".

D—Sí, así es.

A—Somos relativamente nuevos en el concepto, pero hemos sido capaces de ver el tiempo como una onda.

D—No estoy segura de entender eso.

A—Imagine el tiempo como un líquido.

D—Bien.

A—Ahora imagine el tiempo como una ola de liquido.

D—Puedo imaginarlo.

A—Si encuentra una manera de saltar desde cada cresta de la ola y evitar las depresiones, eso sería un salto en el tiempo.

Hubo otra pausa.

D—Sigo la lógica, pero ¿Cómo se salta a la siguiente cresta?

A—Utilizamos lo que llamamos *aceleración cuántico-mecánica*, pero ese proceso tiene sus peligros. Debe haber un buffer. Dominique hizo una pausa y se oyó su bostezo.

D—Este es un ejercicio muy interesante a estas horas de la mañana, pero sigo sin creerme que usted sea Adán, un extraterrestre.

Hubo otra pausa.

A—Te lo demostraré, Dominique.

D—¿Cómo?

A—Te enviaré la ubicación a tu dispositivo COM, y me verás a tres de tus minutos postmeridianos en ese lugar, en tu cambio de estación.

D—Bien, Adán, hablaremos entonces.

A—Hablar no. Me verás.

El audio se silenció.

Sal detuvo el audio, se reclinó en su silla y se meció pacientemente al ritmo de su mente.

Lucas también se quedó pensativo. Giró hacia la ventana del transporte y contempló el horizonte, luego miró hacia arriba a una vista imaginada del espacio.

Sal miró a Lucas, se acercó y giró la silla de Lucas hacia él. Lucas tenía una sonrisa de perplejidad fija en el rostro.

Ambos se sentaron, mirándose el uno al otro. Lucas rompió por fin el silencio. "¿Qué piensas, oh Gran Mente?".

Sal hizo una pausa e informó: "Pienso... que si esto fue una conversación real con un Alfa, entonces... esta mente no es tan grandiosa".

Lucas figuró: "En respeto a todas las grandes mentes... imagina cómo me siento".

Sal dijo: "Lucas, no puedes jugar esa carta conmigo, cuatro veces graduado summa cum laude".

Lucas replicó: "Esta mente se siente como summa cum tonto".

Lucas se lo pensó un segundo y luego habló algo emocionado: "¿Crees que Adán era un extraterrestre de verdad?".

Sal sacudió ligeramente la cabeza. "¿Sabes lo que me impresiona?".

"Por favor, dímelo", le rogó Lucas.

"Estoy muy impresionado por Dominique. No estaba impresionada. Utilizó una asombrosa capacidad de pensamiento".

Sal hizo una pausa y luego continuó: "Ella tenía razón al cuestionar la validez de la afirmación de Adán de ser un extraterrestre".

Lucas cuestionó: "¿Entonces no cree que ella estuviera hablando con un alfa?".

Sal intervino: "Al principio era cuestionable, pero a medida que la voz empezó a sonar más humana y no procesada digitalmente, eso le dio más credibilidad de que, como él explicó, básicamente estaba aprendiendo sobre la marcha."

Sal hizo una pausa. "¿Notaste que su discurso se volvió más reflexivo y deliberado, aunque condescendiente? Empezó a establecer una conexión con Dominique".

Lucas preguntó: "¿No sería eso lo que haría un estafador?".

Sal replicó: "Pero no había bravuconería ni superioridad en sus palabras, y su comportamiento se volvió... casi empático".

Sal continuó: "No intentó convencerla de que era un extraterrestre. Sintió genuinamente la simple satisfacción de establecer contacto".

Lucas preguntó: "¿Qué le pareció la explicación de la segunda difusión?".

Sal respondió: "Fue intrigante, pero me preocupa más la línea temporal. Eso ocurrirá en sólo cuatro días".

Lucas dijo: "Sí. Estoy seguro de que esta grabación ha sido enviada a todos para que la analicen, incluidos el presidente y Richard. Probablemente la estén escuchando como nosotros y probablemente estén frenéticos ante la posibilidad de que esto sea real".

Sal figuró: "No hay tiempo para cuestionar su validez. Debe presumirse que es real y los preparativos deben hacerse inmediatamente".

Lucas figuró: "Estoy de acuerdo, pero ¿Por dónde empezamos?". Sal respondió: "Exactamente, Lucas. ¿Por dónde empezamos?"

Capítulo 24

Bienvenidos a Hat Creek

Mientras el helicóptero maniobraba hacia el lugar de aterrizaje, Sal echó una mirada anhelante al monte Lassen que brillaba bajo el sol de primera hora de la mañana. Se preguntó si en Alfa habría sitios hermosos comparados con los de la Tierra. Seguramente la belleza está en el ojo del que mira, pero haber visto la Tierra desde la Luna, como Sal, atraería la atención de cualquier ser.

Lucas hablaba con Richard por los auriculares mientras el helicóptero se asentaba. El motor empezó a apagarse y los pilotos hicieron un gesto de saludo a sus pasajeros, que se desabrocharon los cinturones de seguridad.

Sal se deslizó en su asiento y tomó una correa de la percha por encima de la puerta y se balanceó hacia el suelo. Tomó una maleta y se dirigió hacia un coche que le esperaba.

Lucas pasó al asiento vacío de Sal, terminó de hablar por el auricular y se lo entregó a un miembro de la tripulación. Agarró la maleta y saltó al suelo. Vio que Sal entraba en el coche y se acercó para reunirse con él.

Ari saludó a Lucas al entrar y cerró la puerta del coche. "Buenos días, guapo, soy Ari, seré tu guía turística".

Lucas pareció sorprendido y esbozó una sonrisa cómplice. "Ari, ¿No fuiste Miss Universo hace dos años?".

Ella levantó ligeramente la cabeza para mirar a Lucas por el retrovisor y se rió. "Sólo en mis sueños".

Lucas contestó con su mejor voz sexy: "Siempre estás en mis sueños, mi amor".

Sal sacudió la cabeza. "¿Tienen una habitación?"

Ari sonrió mientras contestaba: "Ya tenemos una para esta noche con una cama individual".

Lucas dijo emocionado: "¿Cuándo llegaron? ¿Las chicas también están aquí?".

Ari arrancó el coche y empezó a conducir. "Iba a encontrarme contigo en SAC, pero mamá dijo que ella cuidaría de las chicas. Así que las dejé allí. Sal envió un helicóptero por mí esta mañana y me trajo aquí hace una hora".

Lucas miró a Sal y le dijo: "Sal, ¿Cuándo tuviste tiempo de hacer eso?".

Sal respondió: "Le pedí a Susan que lo arreglara. Sé que hace más de una semana que no estás en casa".

Lucas contestó: "Bueno, gracias, amigo. Te lo agradezco de verdad".

Ari añadió: "Te lo agradecemos".

Ari condujo por un corto camino de grava y luego giró a la izquierda por una carretera semipeatonal. Siguió pasando por delante de una corta arboleda a la izquierda y cinco matrices a la derecha. Llegó a la entrada del Sitio SETI, a la derecha, y se detuvo.

Sal abrió la puerta y salió del coche.

Ari salió del coche y se apresuró a abrir la puerta de Lucas.

Apenas se había abierto su puerta cuando Ari tomó a Lucas de la mano y tiró de él. Inmediatamente envolvieron sus cuerpos en un apasionado abrazo y un beso aún más apasionado.

Sal recogió su maleta, cerró la puerta del coche y se dirigió hacia la entrada del SETI. Abrió la puerta y vio a Perry que venía hacia él. Se estrecharon la mano con entusiasmo.

Perry le dijo: "Sal, pajarraco, me alegro de verte".

Sal sonrió y dijo: "Yo también me alegro de verte. Hacía tiempo que no venía por aquí... probablemente un año o así".

Perry contestó: "Vaya, ¿Tanto tiempo ha pasado?". Perry sacudió la cabeza y añadió: "Sí, supongo que sí".

Perry miró hacia la puerta y preguntó: "Supongo que Lucas y Ari siguen fuera".

Sal sonrió y dijo: "Sí, puede que pase un rato antes de que se calmen".

Perry añadió: "No esperaría menos".

Perry miró la maleta de Sal y dijo: "Toma, déjame llevar eso". Perry alcanzó la maleta.

Sal miró a una mesa que había a unos pasos y negó con la cabeza. "Está bien, la dejaré aquí sobre la mesa".

Sal colocó la maleta sobre la mesa. Perry dijo: "De acuerdo".

Sal miró alrededor de la sala y se dio cuenta de que se habían añadido nuevas estaciones. "¿Han llegado estaciones nuevas?"

Perry dijo: "Sí, llegaron hace dos semanas. Llevamos dos años pidiendo más estaciones y personal. Es extraño que no hubiera presupuesto para más personal o estaciones hasta que el descubrimiento de un posible contacto llamó la atención de alguien".

Sal estuvo de acuerdo: "Sí, éramos el hijastro feo hasta que necesitaron a alguien que se ocupara de una crisis biológica".

Perry añadió: "Veremos qué pasa cuando esto se calme".

Sal preguntó: "Hablando de crisis, ¿Dónde están los jugadores estrella?".

Perry sonrió. "Dominique y Amir están poniendo a punto los dispositivos con los nuevos sensores y diodos que aparecieron mágicamente en nuestro presupuesto".

Sal sonrió.

Finalmente, la puerta se abrió y la pareja entrelazada se abrió paso hacia el interior del edificio.

Lucas, con Ari colgada del hombro, se acercó a Perry y le estrechó la mano. "¿Cómo le va al primer codirector de operaciones del Sitio SETI?".

dijo Perry, mirando la sonrisa en la cara de Lucas, "Ay, al parecer no tan bien como a ustedes dos".

Ari intervino: "Lo siento, Perry. Intentaré no distraer a Lucas de sus tareas".

Perry dijo: "Ari, querida, estaría menos concentrado sin ti aquí. Además, necesito tu experiencia informática en el manejo de los servidores".

"Lo que pueda hacer para acelerar las cosas y poder pasar más tiempo con este chico", explicó ella, sonriendo a Lucas.

Lucas asintió a Ari. "De acuerdo, mujer, tendremos tiempo de sobra más tarde".

La puerta lateral de la comisaría se abrió y Amir y Dominique entraron. Vieron a Lucas y a Sal y se dirigieron hacia ellos.

Lucas le tendió la mano y estrechó la de Amir. "Amir, me alegro de verte en persona".

Amir respondió: "Para mí también es un placer".

Amir se volvió hacia Dominique y le dijo a Lucas: "Lucas, ésta es Dominique, nuestra experta en astrofísica y lingüística".

Lucas sonrió y le ofreció la mano. "Parece que eres más que eso, Dominique. Encantado de conocerte", dijo Lucas estrechándole la mano.

Dominique respondió: "Señor Makiev, el placer es mío. He seguido sus viajes por el mundo con un poco de envidia".

Lucas respondió con una sonrisa: "Por favor, soy Lucas. No estoy seguro de que deba ser envidia lo que siente. Es agotador sólo recordar los lugares en los que he estado".

Amir se acercó a Sal y le estrechó la mano. "Dr. Uschin, eh, Sal, estaba deseando conocerle en persona. Es un placer".

Sal sonrió y se rió. "Amir, tienes que ampliar tu círculo social si yo soy lo más destacado de tu día".

Amir se rió. "En absoluto, señor".

Sal dio un paso hacia Dominique; ella sonrió y, emocionada, corrió hacia él y le tendió la mano. "Y usted es el Dr. Uschin. Es un honor conocerlo".

Sal le tendió una mano y ella la tomó y las estrechó con fuerza frente a él.

Sal habló con reverencia en su voz: "Dominique, me someto a su presencia. Me han concedido muchos honores, pero el honor de conocerte eclipsa con creces todos los anteriores. Tú, querida, eres un Tesoro".

Dominique se quedó desconcertada. "Realmente no sé qué decir, Dr. Uschin".

Sal explicó: "Soy Sal, y aunque a veces soy dado a las tendencias dramáticas, éste es un caso en que las palabras son sinceras".

Sal siguió manteniéndole las manos. "Realmente no comprendes tu lugar en la historia, ¿Verdad?".

Ella miró a Sal inquisitivamente. "Señor, no estoy muy segura de lo que quiere decir".

Sal suspiró. "Por supuesto que no, aún no te has contaminado".

Ella intentaba seguir a Sal. Finalmente asimiló sus palabras. "Sólo era una conversación".

Sal sonrió. "Sí, y me doy cuenta de que no estás convencida de haber hablado, de hecho, con un alienígena. Sin embargo, si se descubre que es cierto, usted, querida, tendrá que aceptarlo y todo lo que ello pueda acarrear". Los ojos de Dominique parpadearon varias veces y suspiró profundamente.

Habló despacio: "Yo... realmente no me he tomado el tiempo necesario para procesar esa posibilidad".

Sal añadió más: "Lucas y yo estuvimos revisando el audio y nos gustaría reconstruir las matrices de datos específicos y la subfrecuencia de la conversación".

Ella dijo: "Por supuesto, tendré que buscar mis archivos y notas".

Lucas sugirió: "¿Por qué no vamos a su puesto para que se sienta más cómoda?".

Sal se volvió hacia Amir y le preguntó: "Amir, nos gustaría que te unieras a nosotros".

Amir sonrió. "De acuerdo, me gustaría. Iré a por mis apuntes".

Amir tomó sus notas y todos siguieron a Dominique a su puesto. Recogieron asientos extra de los alrededores y se sentaron alrededor del puesto de Dominique.

Sal empezó: "Antes de pasar a los aspectos técnicos, me gustaría saber cuál fue tu impresión sobre la sinceridad del Alfa, Adán". Una de sus cejas se hundió ligeramente mientras pensaba. "Haciendo memoria, al principio me sentí inquieta y recelosa, pero a medida que hablábamos, esos sentimientos fueron remitiendo. La conversación se convirtió en algo parecido a un debate amistoso. Lo extraño es que, a medida que hablábamos, parecía que él era más consciente de mis sentimientos cambiantes. Pensé... ¿Sería posible que un ordenador con inteligencia artificial percibiera los cambios en los sentimientos mediante las inflexiones y el lenguaje? Mi valoración fue que, sólo una persona tendría esa habilidad. La otra parte de esa pregunta es, ¿Tendría que ser humana esa persona?".

Sal preguntó: "Entonces... ¿Cree que mantuvo una conversación con un extraterrestre?".

Dominique hizo una pausa. "Creo que sí... pero me arrepiento de no haber hecho más preguntas sobre ellos".

Sal intervino: "Después de escuchar el audio, no creo que te des cuenta de la cantidad de información que realmente obtuviste de ellos. Me impresionaron mucho tus preguntas y que sacaras a relucir el tema de los viajes en el tiempo, que aún me tiene en un dilema. Su uso limitado del habla y del oído, sus preguntas sobre la fe, su intento de corregir un error, su fe en nuestra habilidad para comprender y utilizar el contenido de la difusión, eso es sólo parte de lo que usted recogió en su inocua conversación. Así que, Dominique, no te menosprecies".

Dominique sonrió.

Sal continuó: "Así que... repasemos lo que tenemos que abordar ahora. Si hemos de creer que los datos de la difusión y la conversación son exactos, entonces se avecina una segunda difusión. No sabemos lo que puede haber en la difusión. Incluso si lo supiéramos, no tenemos tiempo para defendernos de los posibles efectos. Los efectos no causarán ningún daño a los humanos, salvo una posible pérdida de memoria a corto plazo".

Sal se detuvo y preguntó: "Aparte de informar al público y lidiar con esa lluvia radiactiva, ¿Me estoy perdiendo algo?".

Dominique añadió: "Está la reunión con Adán el día veinte".

Sal asintió: "Sí, pero probablemente será un acontecimiento positivo".

Dominique asintió, levantó las cejas y arrugó el labio superior.

Lucas escuchó las interacciones de Sal y Dominique e hizo una observación: "Así que... la pelota está en el aire, y el presidente y o Richard tienen que atraparla".

Sal dijo: "Eso es todo. Así que... indaguemos en los flujos de datos y las matrices de audio".

Cena en el Hotel Fall River

Sal decidió hacer de chófer de Ari y Lucas durante el trayecto de veinte minutos hasta el hotel Fall River. El hotel había resistido numerosas amenazas de incendio y recesiones económicas para convertirse en un agradable lugar de retiro con categoría de monumento histórico.

Sal se detuvo en una plaza de aparcamiento, apagó el motor y abrió la puerta del coche, salió y cerró la puerta. Rodeó el vehículo, abrió la puerta del pasajero y sacó su maleta del asiento delantero. Se agachó y vio a los tortolitos acurrucados, medio dormidos.

Lucas abrió los ojos un poco más y agitó los hombros contra el brazo de Ari metido bajo el suyo.

"Sal, amigo, gracias por conducir. Ha estado bien dormir un poco la siesta después de lo de hoy".

Sal estiró los hombros y dijo: "No hay problema. Vamos a ver si el restaurante está abierto, tengo hambre".

Ari se apoyó en Lucas y dijo: "Sí, a mí también me vendría bien algo de sustento".

Lucas le dio un beso a Ari y abrió la puerta del coche. Salió del coche y Ari le siguió. Ella cerró la puerta y siguió a Lucas hasta el maletero. Lucas abrió el maletero, sacaron dos maletas y cerraron el maletero.

El trío se dirigió hacia la entrada y Sal abrió la puerta. Primero hizo señas a Ari para que entrara, luego a Lucas, y después tomó su turno.

Caminaron entre las mesas y los reservados, donde se sentaban unos cuantos comensales, hasta el mostrador del fondo. Un camarero los vio acercarse y llamó a alguien de la sala contigua: "¡Carson, han llegado nuestros invitados!".

El camarero se movió para saludar a sus invitados. "Buenas noches, bienvenidos. Soy Jerry, creo que ustedes son nuestros invitados de esta noche".

Ari respondió: "Sí, señor, Makiev para dos y-"

Señaló con la cabeza a Sal. "Uschin para uno".

Jerry miró su equipaje y preguntó: "¿Puedo llevarles esto a sus habitaciones si les parece bien?".

Lucas dijo: "Sería estupendo, gracias".

Sal preguntó: "¿Es demasiado tarde para cenar?".

Jerry contestó: "No, Glenda pensó que llegarían tarde y les mantuvo la cocinera".

Jerry dejó el equipaje a un lado y cogió el COM de Sal, y éste se negó: "Está bien, amigo, yo lo guardaré".

Jerry dijo: "Muy bien, señor. ¿Puedo indicarle una mesa o una cabina?".

Ari dijo: "¿Qué tal una cabina?".

Jerry contestó: "Por supuesto".

Tomó unos menús y les condujo a la vuelta de la esquina hasta un reservado y le ofreció: "¿Le parece bien, señora?".

Ari sonrió y dijo, moviendo los hombros bromeando: "Esto será estupendo para esta señora".

Lucas sonrió y negó con la cabeza mientras ella se deslizaba en la cabina. Lucas miró a Sal y dijo, mientras se deslizaba a su lado: "Ahora tenemos problemas, ella tiene su segundo aire".

Sal dijo: "Ese es tu problema, amigo".

Sal se sentó y puso su COM a su lado en el asiento.

Jerry colocó los menús adecuadamente y preguntó: "¿Bebidas?".

Ari respondió: "Café, nata y azúcar".

Lucas dijo: "Té helado con limón".

Sal dijo: "Té helado con limón también".

Jerry dijo: "Gracias". Y se marchó.

Sal abrió su menú y buscó entre las opciones.

Ari y Lucas se sentaron tomados de la mano y con las cabezas juntas.

Suspiraron juntos y empezaron a examinar sus menús.

Al cabo de unos minutos, el encargado se acercó al reservado con las bebidas y preguntó: "¿Quién quiere el café?".

Ari levantó la mano. El encargado distribuyó las bebidas a los clientes correspondientes y ordenó las servilletas y la vajilla sobre la mesa.

"Buenas noches, soy Glenda, o Gee como algunos me llaman. Quiero darle la bienvenida a nuestro hotel y restaurante. Me he dado cuenta de que han hecho la reserva desde Hat Creek, el SETI. Hemos tenido a varios científicos de allí, como clientes. He estado interesada en la investigación de señales de radio durante años, y tengo un interés más que efímero en la bioquímica. He visto todas sus caras en la Red Visión. Es un placer tener a los Makiev" -señalándoles con la cabeza y luego a Sal- "y a usted, Dr. Uschin, como nuestros invitados. Sólo para que lo sepan, he oído los rumores no tan creíbles de que se ha establecido contacto y yo, por mi parte, estoy *muy* emocionada."

Gee hizo una pausa y dijo: "Pido disculpas por interrumpir su cena". Gee hizo un gesto de reverencia y empezó a marcharse.

Sal levantó la mano para impedir que se fuera. "Gee, ¿Verdad?"

Ella asintió. "Sí, señor".

Sal dijo: "Llámame Sal. Me interesa saber por qué te entusiasman los rumores de contacto extraterrestre".

Gee sonrió. "Señor".

Sal dijo, "Soy Sal, Gee".

Gee continuó: "Sal" -parecía avergonzada- "no quiero interferir en su velada".

Sal contraatacó: "Gee, me interesa lo que piensas... tus ideas sobre un posible contacto alienígena".

Ella respondió, empezando despacio y entusiasmándose cada vez más: "Para mí, darme cuenta de que hay otra vida inteligente ahí fuera vigoriza mi sed de conocimiento. ¿Cómo son? ¿Cómo viven? ¿En qué tipo de entorno viven? Tengo tantas preguntas".

Sal escuchó intensamente y sonrió. "Vaya, pensamos lo mismo. Tantas preguntas".

Cambió de rumbo. "Lo siento, sólo venía a ver si estaban listos para pedir, pero parece que probablemente necesiten más tiempo".

Lucas respondió: "Gracias. Necesitaremos un poco más de tiempo".

Gee sonrió. "Por supuesto, les daré unos minutos". Se dio la vuelta y se fue.

Mientras Lucas seguía ojeando el menú y, sin levantar la vista hacia Sal, dijo: "Sal, no puedo llevarte a ningún sitio sin que entables una conversación"

Sal respondió: "La gente es muy interesante, sobre todo la apasionada e inteligente".

Ari sonrió y dijo objetivamente: "Estoy de acuerdo, y ella era eso".

Se sentaron en silencio durante varios minutos, ojeando sus menús.

Ari se sentó y dijo: "Voy a pedir falda con brócoli".

Sal decidió: "Probaré el salmón en almandino con judías verdes".

Lucas suspiró. "Yo la trucha estofada con salsa holandesa y patatas rojas".

Lucas miró extrañado a Ari. "Pensé que seguro que querrías el rib eye".

Ari sonrió y se retorció. "Lucas, deja eso".

Lucas sonrió. Ari le dio un golpe en el hombro.

Casi en el momento justo, Jerry regresó. "¿Estamos listos?"

Sal y Lucas presentaron sus selecciones, y Ari introdujo su elección en voz baja, "Voy a pedir el rib eye, término medio, puré, salsa y la mazorca".

Lucas rió entre dientes. Ari sonrió ampliamente y volvió a darle un codazo a Lucas.

Sal sacudió la cabeza, sonriendo.

Jerry dijo: "Gracias". Recogió los menús y se marchó.

Sal se inclinó hacia delante, apoyó los brazos en la mesa y juntó las manos. Sus pensamientos levantaron ligeramente la cabeza, respiró hondo y despacio y exhaló lentamente. Miró a Ari y le preguntó: "¿Así que has bloqueado los códigos del servidor y todos los datos de la señal? ¿No encontraste signos de trenzado en ninguna de las conexiones de los servidores?".

Ari respondió: "Sí, y eso dejó el archivo de audio aislado que se vinculaba sólo a la subfrecuencia de 1.500 MHz".

Lucas añadió: "Así que estamos de acuerdo en que esta anomalía no cra una anomalía. Era una corriente indisolublemente dirigida".

Sal sondeó el pensamiento. "¿Alguno de ustedes ha encontrado un nexo entre las diferentes lenguas y las diferentes facciones religiosas?".

Ari observó: "Para mí era bastante obvio".

Sal preguntó: "¿Cómo es eso?".

Ari continuó: "Adán figuró que el uso de las distintas lenguas y referencias religiosas pretendía dar consuelo y unidad a su mensaje".

Lucas pensó un momento y ofreció: "Sabes, quizá sea así de simple".

Sal añadió: "Quizá sea así. Sigo buscando una intención nefasta oculta".

Ari ofreció una explicación realista: "Entonces... examinemos esto. ¿Qué ganaría Alfa siendo poco sincera? Nos han enviado toneladas de datos que, hasta ahora, sólo parecen mejorar nuestro medio de vida. Tú mismo, Sal, extrapolaste que algunas de las fórmulas podrían conducir a detener o incluso curar el cáncer y las enfermedades cardíacas. Y tú, Lucas, dijiste que comprender los métodos de transmisión de las señales podría mejorar nuestra capacidad de comunicación interestelar".

Sal asintió: "Todo eso puede ser cierto, pero aún estamos en desventaja. No tenemos conocimiento de ninguna malintención ni siquiera tiempo para idear un plan para contrarrestarla, aunque supiéramos cuál podría ser".

Lucas asintió: "Sí, y eso es lo que les dijimos a Richard y al presidente. A menos que descubramos algo nuevo, no está en nuestras manos".

Se sentaron en un silencio combinado.

Jerry y Gee llegaron con la comida en un carro de servir.

Los dos se afanaron en disponer las comidas a la medida de los invitados.

Colocaron los condimentos en el centro y recorrieron la mesa por última vez. Jerry rellenó las bebidas.

Glenda preguntó: "¿Desean algo más?".

El trío echó un vistazo a sus comidas. Parecía una comida más que aceptable.

Ari figuró: "No veo que falte nada, esto tiene muy buena pinta". Volvió a mirar su rib eye.

Glenda dijo: "Jerry o yo estamos disponibles si necesitan algo".

Lucas respondió: "Gracias".

Jerry tomó el asa del carrito de servir y lo empujó con él mientras se marchaban.

Empezaron a disponer los platos en las posiciones deseadas y procedieron a satisfacer sus apetitos.

Sal se concentró generalmente en mantener porciones de su trucha en el tenedor. Ari y Lucas también repartieron su comida mientras conversaban sobre sus hijos.

Lucas comentó: "Qué amable fue tu madre al cuidar de las chicas".

Ari se rió y dijo con sarcasmo: "Sabes que hubo que sobornarla para que las cuidara".

Lucas sonrió satisfecho. "Sí, claro, ella nunca trataría de malcriarlas".

Ari añadió: "No, ella deja que mi padre lo haga".

Lucas asintió.

Sal hizo una pausa en su comida. "¿Angela sigue intentando jugar a ser la hermana mayor de Nicole?".

Lucas contestó: "Dos minutos mayor y siempre la hermana mayor. Está bien que Nicole le haga creer que está al mando, pero Nicole manipula eso en su beneficio. Tenemos suerte de que no haya resentimiento entre ellas".

Sal asintió. "Esperemos que siga siendo así a medida que crezcan. Pero con el tiempo, encontrarán sus propios caminos en la vida".

Ari observó: "En realidad, esperamos esa dicotomía. Estaría bien tener dos chicas independientes con objetivos diferentes en la vida".

Lucas añadió con las cejas fruncidas: "Por supuesto, tendré que acostumbrarme a tener que lidiar con tres hembras independientes".

Ari fulminó a Lucas con la mirada y le preguntó: "Aw, cariño, no soy demasiado para ti, ¿Verdad?".

Lucas sonrió y negó lentamente con la cabeza, no dijo nada y siguió comiendo.

*****

Los comensales descansaron en silencio durante un rato.

Jerry se acercó varias veces para comprobar el estado de la comida.

Sal terminó primero, apartó sus platos para acomodar su COM.

Sus dedos golpeaban a menudo el teclado y Sal miraba la pantalla.

Ari terminó su filete y estaba absorbiendo el jugo con su puré de patatas y su pan casero. Lucas saboreaba lo último de sus judías verdes.

Sal levantó la vista de su COM y preguntó: "Ari, me gustaría retomar tus ideas sobre las frases religiosas utilizadas en el flujo de datos".

Ella se recostó en la cabina y escuchó.

Sal hizo una pausa y pensó: "¿Hemos traducido todas las frases que hablaban de religión?".

Ari respondió: "Sí, hasta ahora. Pero es interesante que cada una de las frases esté vinculada al lenguaje utilizado normalmente en esa religión".

Lucas intentó aclarar: "Entonces... ¿La intención de los flujos de datos separados es vocalizar la frase en ese idioma?".

Ari siguió explicando: "Alfa no había sido capaz de sincronizar las palabras y añadirles voz hasta la conversación con Dominique".

Sal siguió con el proceso: "Parece que Alfa estaba trabajando en el proceso para combinar las dos en un único archivo de audio. Y... finalmente fueron capaces de hacer coincidir una voz con las palabras".

Lucas trató de descomplicar los pensamientos, "Puedo imaginar la dificultad de aprender el idioma fonéticamente y luego tratar de hacer coincidir la entonación de las palabras subtituladas con él".

Ari intentó anticiparse al siguiente paso: "¿Recuerda que el comandante Yost dijo que el holograma parecía hablar, pero no había audio?".

Hizo una pausa. "¿Y si Alfa intentaba añadir voz a ese archivo de vídeo u holograma?".

Sal añadió: "Están aprendiendo a enviar audio con un holograma.

Por eso 'Gemo no describió su holograma como hablando".

Lucas figuró lo obvio: "Bueno, puede que hayamos resuelto cuáles pueden ser sus obstáculos de comunicación, pero eso no nos acerca a comprender cuáles son sus intenciones."

Sal asintió y se sacudió las telarañas de la cabeza. "Bueno, mis intenciones son meterme en la cama".

Lucas vio a Jerry despejando una mesa y llamó su atención.

Jerry caminó rápidamente hacia la cabina. "¿Puedo traerle algo más, postre, vino?".

Lucas declinó: "No, gracias, Jerry. Creo que estamos listos para retirarnos por esta noche".

Jerry le ofreció: "¿Pongo la comida en su cuenta?".

Lucas respondió: "Eso estaría bien".

Sal aceptó: "Ponlo en mi cuenta, Jerry".

Jerry asintió. "Desde luego, señor. Esperaré en recepción para acompañarles a sus habitaciones".

Jerry se marchó.

Lucas salió de la cabina y Ari le siguió. Sal recogió su COM y se deslizó fuera de su lado de la cabina.

"Gracias, Sal, por la comida. Dejaré la propina".

Sal hizo un gesto con la mano. "No, yo me encargo".

Ari dijo dulcemente: "Sal, haré que Johnny se ocupe de tu propina".

Lucas sonrió, sacudió la cabeza, la tomó de los hombros por

detrás y le dijo: "Vamos, mujer malvada... deja a Sal y a Johnny solos".

Lucas la guió fuera del comedor hasta el mostrador donde esperaba Jerry.

"Por aquí". Jerry rodeó el escritorio, caminó unos pasos y subió las escaleras. El séquito le siguió.

Las escaleras giraron a la izquierda y, al final de las mismas, Jerry se dirigió a la habitación 202, abrió la puerta con una tarjeta-llave y se la dio a Sal. Sal entró y cerró la puerta. Jerry abrió la 201 y Ari tomó la tarjeta-llave, abrió la puerta con el hombro y dijo: "Gracias, Jerry, ya me encargo yo".

Jerry sonrió, se alejó y murmuró para sí: "Claro que sí".

Ari condujo a Lucas a su guarida y cerró la puerta. Lanzó la tarjeta-llave sin rumbo por la habitación. Lucas, que era una presa dispuesta, le tomó las dos manos, se las levantó por encima de los hombros y se las soltó. Sus brazos rodearon la espalda y la cintura de ella. Las manos de ella se extendieron por los hombros de él hasta la nuca. El pasional abrazo fue puntuado por el apasionado beso anhelante de los amantes. El beso continuó suavemente mientras las manos de él desabrochaban suavemente la blusa de ella. Las manos de ella llegaron hasta la espalda de él y le montaron la camisa por encima de los hombros. Sus manos abandonaron temporalmente su cometido para permitir que se quitara la camisa. Su camisa cayó al suelo. Sus manos no tardaron en terminar su tarea y le quitó la blusa de los hombros, junto con los tirantes del sujetador, y éste descansó bajo sus pechos. Ambos se dieron suaves besos en el cuello y los hombros. Los labios de él encontraron los deseados pechos de ella. Sus manos errantes encontraron todos los lugares adecuados mientras bajaban hasta la cama.

*****

Sal notó su maleta contra la puerta del armario. La tomó, la dejó sobre la cama y abrió la cremallera. La ordenó y puso su ropa interior, calcetines y camisetas en un cajón. Colgó los pantalones y las camisas en el armario. Se desvistió y se dirigió al cuarto de baño con sus artículos de aseo. Tras una breve ducha, Sal apoyó varias almohadas y se acomodó en la cama. Abrió su COM y buscó archivos en la pantalla. Sus ojos encontraron su objetivo. Sal pensó en voz alta: *"aceleración cuántico-mecánica"*.

Comprobó el estado del COM de Mark y lo encontró activo. Se arriesgó y envió una petición COM.

La imagen de Mark apareció en pantalla. "Sí, Sal, estoy despierto. ¿Tampoco puedes dormir?"

Sal respondió: "Acabo de meterme en la cama y no, probablemente no pueda dormir en un rato".

Mark ofreció: "He estado recibiendo preguntas de Richard, Silver, Marilyn e incluso Paul Le Cross".

Sal preguntó: "¿Paul? ¿Qué quería?"

Mark dijo: "El tipo hizo unas preguntas impresionantes sobre la composición de las partículas de difusión".

Sal dijo: "Supongo que eso daba miedo".

Mark respondió: "Lo aterrador fue que creo que realmente entendió lo que estaba diciendo".

Sal dijo: "Bien por Paul, supongo que no es sólo un buen conversador".

Mark preguntó: "Entonces, Sal, ¿Qué pasa?".

Sal empezó: "He estado repasando el simposio ad-hoc para investigar y definir lo que Alfa llamó *aceleración cuántico-mecánica* relativa al salto en el tiempo. Veo que utilizan para ello el acrónimo QMA. No encuentro a ningún científico que lo presida. ¿Sabes quién podría estar recopilando la investigación?".

Mark negó con la cabeza. "No, nadie ha dado un paso adelante para poner su nombre en ello todavía. Sin embargo, vi una discusión teórica que intentaba utilizar la ecuación de Schrödinger para explicar la posibilidad".

Sal dijo: "Yo también vi esa discusión. Una teoría del tiempo/onda es un concepto tan radical que tiene a todo el mundo en vilo".

Sal miró más conversaciones en su pantalla. "Tenemos que construir una teoría bloque a bloque para avanzar algo. El problema es que, utilizando nuestro concepto establecido del tiempo, la teoría de las ondas del tiempo no se sostiene".

Mark se rió. "Ya te he oído, Sal".

Sal se rió entre dientes. "Lo siento, no pude evitar usar ese juego de palabras, no quería que se me escapara".

Mark sonrió. "Eso fue aún peor. Ríndete".

Sal dio un paso atrás. "Todos hemos aludido a las diversas construcciones del tiempo y a que una de ellas es una onda. Sin embargo, nadie ha sido capaz de presentar eso como una teoría aceptable, utilizando la física de la mecánica cuántica".

Mark suspiró. "Por el momento, los elementos de la QMA son incognoscibles".

Sal añadió su suspiro. "Sí, Mark, pero ya sabes cómo odio no saber".

Make bostezó. "Buenas noches, Sal".

Sal respondió: "Buenas noches, Mark".

Sal apagó su COM y se fue flotando a su país de los sueños cibernéticos.

*****

Al lado, las actividades nocturnas estaban en calma, pero sólo temporalmente.

Las manos empezaron a moverse sobre ambos cuerpos, buscando objetivos primarios. Varios objetivos estaban siendo asaltados suavemente, y justo cuando estaba a punto de producirse una detonación, Lucas se detuvo. La falta de movimiento hizo que Ari tomara nota.

"¿Qué ocurre?", preguntó en voz baja.

Lucas dijo: "No puedo hacer esto".

Ari dijo preocupada: "¿Qué?".

Lucas dijo con un gemido fingido: "No puedo hacer esto... echo de menos a mis chicas".

Ari pudo visualizar, en la oscuridad, la sonrisa de su cara. Ella se revolcó encima de Lucas y contraatacó con sensualidad: "Bueno, amor, quizá pueda ayudarte a aliviar tu sufrimiento".

Se echó las sábanas sobre los hombros y empezó a deslizarse bajo las sábanas hasta su objetivo designado.

Capítulo 26

Conocerte Mejor

Richard tomó aire y levantó los hombros del suelo, completando una última sentadilla. Miró el monitor COM y observó la hora que aparecía. Se puso en pie y se dirigió a la ducha, desechando la ropa de entrenamiento en la cesta. Afortunadamente, se duchó rápidamente, ya que la notificación del COM parpadeó y emitió un suave pitido. Siguió secándose y estaba terminando de secarse el pelo, cuando la voz del COM figuró: "Evelyn Walker en espera COM".

Richard respondió: "COM 2, espera cinco minutos".

La voz respondió: "Cinco minutos".

Richard se vistió rápidamente y se arregló el pelo. Comprobó en el espejo si había algún desaliño y no vio ninguno. Se sentó en el borde de la cama e indicó: "COM 2, Baker 2. Activar VC".

La imagen de Evelyn Walker apareció en la pantalla. Richard saludó con una sonrisa: "Buenos días, Eve".

Eve se dio cuenta de que Richard estaba sentado en una cama parcialmente hecha y exclamó: "Buenos días, señor, eh, Richard. ¿Te he pillado en mal momento?".

Richard tenía una mirada curiosa y escudriñó la habitación. Finalmente, cayó en la cuenta.

"Lo siento, Eve, no me di cuenta de dónde estaba. Deja que me vaya a otra habitación". Empezó a levantarse.

Eve sonrió apreciativamente. "No hace falta... Richard, sé que eres un hombre de rutinas de todo tipo".

Richard se rió entre dientes y sonrió. "Bastante presuntuoso por mi parte, ¿Eh?".

Se dio cuenta de que ella estaba en su coche. "Supongo que llamaste para decir que venías hacia aquí".

Ella asintió y sonrió. "Sólo quería avisarte. Por lo que parece, quizá necesites más tiempo".

Richard se rió entre dientes. "No, Eve, no interrumpes nada. Te veré en..."

Ella completó el pensamiento: "¿Veinte?".

Él contestó: "El desayuno espera".

Ella se rió. "Adiós, Sr... Richard, adiós".

Su imagen desapareció.

"COM 2. Baker 2. Desconectar", indicó Richard.

"Desconectado".

*****

Shari vio a Eve, en cámara, llegar a la residencia y se reunió con ella en la puerta.

"Buenos días, Sra. Walker".

Eve respondió: "Buenos días, Shari. ¿Cómo está hoy?"

"Estoy bien, Sra. Walker. Sólo preocupada por el vicepresidente. Tanta confusión".

Eve disipó las preocupaciones de Shari al entrar: "Shari, debes confiar en que el presidente y el vicepresidente están haciendo todo lo posible para mantener a salvo a la nación".

Shari respondió: "Sé que son buenos hombres. El vicepresidente la espera en el estudio".

Eve dijo: "Gracias, Shari".

Cuando Eve entró en el estudio, Richard se dirigía a otra puerta. Se fijó en ella y le preguntó: "Bien, ya estás aquí. Voy a por algo de desayunar. ¿Quieres venir conmigo?"

Ella asintió, dejó su maletín en una silla y siguió a Richard. Cuando llegaron a la cocina, Richard le preguntó: "Buenos días, Eve, ¿Cómo estás esta mañana?".

Ella contestó: "La verdad es que me siento un poco fuera de mi elemento". Richard estaba recogiendo en un plato sus opciones para el desayuno.

Señaló el extendido sobre la mesa. "Puedes elegir lo que te apetezca".

Eve escudriñó el menú de la mesa, sonrió y siguió a Richard con la mirada, luego terminó de escudriñar la mesa. Empezó a elegir sus complementos.

Richard habló mientras seguía recolectando sus elecciones: "Eve, no sabía que tu elemento tuviera límites".

Tomó una bandeja y puso sus elecciones en ella. "Gracias por su confianza, Sr. Vice-" Se detuvo en mitad de la frase al notar la mirada de Richard, luego continuó disculpándose, "Richard... Lo siento, es difícil llamarte Richard".

Él sonrió y dijo: "Di Richard".

Ella le miró con curiosidad, y él insistió: "Di Richard". Ella cumplió: "Richard".

Él sonrió y preguntó: "¿Qué?".

Ella sonrió y repitió: "Richard".

Él insistió con continuos gestos con las manos.

"¡Richard! ¡Richard! Vale ya, Richard".

El último Richard era un Richard más natural.

"Muy bien... Sra. Walker", dijo con una risita.

Puso sus opciones de desayuno en una bandeja y colocó la bandeja en un carrito de servir. Observó su pequeña vergüenza mientras se servía una taza de café. Siguió contemplando la vista mientras ella ponía la bandeja en el carrito de servir.

Empujó el carrito por un pasillo hasta el estudio.

Había una mesa colocada entre dos sillas. Tomó su bandeja y la puso sobre la mesa. Richard prefirió no sentarse en la silla de su escritorio y optó por la silla que había junto a Eve. Puso también su bandeja sobre la mesa. Eve se fijó en la elección de los asientos.

Se afanaron en disponer su comida. Comenzaron su comida.

Richard habló mientras comía: "Eve, me doy cuenta de que gran parte del discurso científico puede ser difícil de seguir, pero debes saber que es difícil de digerir para todos nosotros. Todos estamos fuera de nuestro elemento. Ten la seguridad de que en modo alguno estoy siendo condescendiente ni disminuyendo tu habilidad para comprender los debates. Usted tiene una inteligencia excepcional".

Eve miró a Richard con una mirada escéptica. "¿En serio? ¿Una inteligencia excepcional?"

Él sonrió, con las manos en la masa. "Me pasé un poco con eso, ¿Eh?".

Ella sonrió satisfecha. "¿Tú crees?"

Richard retrocedió y recuperó la compostura.

Apoyó los codos en los brazos de su silla. Inclinó ligeramente la cabeza para absorber su inteligente respuesta: "Entonces... explícame los principios de la *Aceleración Cuántico-Mecánica*".

Ella se rió y le lanzó una servilleta.

Él esquivó su asalto y se rieron juntos.

Finalmente, él recompuso su rostro serio. "Así que... tengo un cara a cara con el presidente, y te quiero como mi segunda".

Se lo pensó detenidamente: "¿Me quieres como tu segunda? ¿Quiere que le proporcione las pistolas de duelo?".

Él sonrió y ella continuó bromeando: "¿Son mosquetes o revólveres? ¿Quizás necesites más de un disparo?"

De repente se dio cuenta de que estaba insinuando el disparo al presidente.

"Oh Dios... espero que no nos estén grabando, estoy *muy* jodida".

Richard sacudió la cabeza y dijo: "No, por supuesto que esto no está siendo grabado".

Ella seguía angustiada. "No puedo creer que dijera esas cosas, ni siquiera en broma".

Habló con sinceridad: "Yo no grabo conversaciones".

Y añadió con una mirada diabólica: "Sólo utilizo el livestreaming en todo el mundo".

Ella sonrió y contraatacó: "Si eso fuera cierto, ambos deberíamos ser descuartizados, fusilados y torturados hasta la muerte, en ese orden".

Richard replicó: "No me gusta tanto el dolor. Prefiero morir mientras duermo".

Siguió comiendo lentamente y dio un trago a su café. "En serio, ¿Me quieres allí? ¿Quién más estará allí, Peter, su gabinete, el fiscal general?"

Él respondió: "Creo que sólo Marilyn Richter y nosotros".

Ella dijo sorprendida: "¿Eso es todo? ¿Es una retransmisión en directo?"

Richard negó con la cabeza y tragó algo de comida. "Eve, escucha. Esto va a ser sólo nosotros cuatro personas hablando".

Ella aún preguntó: "¿Quién programó esto?".

"Richard me llamó personalmente y acordamos que ya era hora de que habláramos de esto".

Dio un mordisco a un bollo y sorbió un poco de café. Dejó el bollo y tomó otro sorbo de café. Se reclinó en su silla con la taza aún en la mano.

Dijo enfáticamente: "Esto es grande. Este es un momento realmente grande".

Pensó durante un largo momento y dijo con seriedad: "De acuerdo. Estoy dentro".

Capítulo 27

La Charla

Había varias carpas pequeñas para la prensa delante de la Casa Blanca. Sólo un grupo se fijó en la anodina furgoneta de tres coches que se acercaba a la Casa Blanca. Los coches se mezclaron con el tráfico normal, pero en el último momento giraron rápidamente hacia la entrada de seguridad. La prensa reaccionó con bastante rapidez para captar un vídeo e instantáneas de los ocupantes de los vehículos, pero los principales actores se encontraban inesperadamente en el primer vehículo, en contra del protocolo de seguridad normal.

Después de que pasara la comitiva, un miembro de la prensa miró las imágenes captadas y exclamó: "No he visto a nadie que reconozca".

Se volvió hacia otro miembro de la prensa y le preguntó: "¿Y tú? ¿Conseguiste algo?"

Su compañero comprobó su pantalla y ofreció: "Sólo conseguí imágenes del Servicio Secreto".

Ella figuró: "Tiene que haber alguien más arriba en la cadena para ser tan furtivo".

Él añadió: "Sí, algo está pasando".

Ella estuvo de acuerdo: "Sí, pero anularían nuestro dron con EMF y nos arrestarían si intentáramos echar otro vistazo".

Observó un momento y vio que el vehículo de cabeza daba la vuelta hacia la parte trasera de la Casa Blanca.

Exclamó: "¡Sí! Lo sabía, algo grande está pasando".

El vehículo de cabeza se detuvo en la parte trasera de la residencia. Dos agentes escudriñaron la zona mientras Richard salía del coche, y él ayudó a Eve a salir también. Subieron unos escalones y se abrió una puerta. Entraron en la corta entrada, y el personal les saludó: "Buenos días, Sr. Vicepresidente, buenos días, Sra. Walker".

Ambos respondieron: "Buenos días".

Philip dobló la esquina y dijo: "Buenos días, Sr. Vicepresidente" -y señaló con la cabeza a Eve- "Sra. Walker".

"Buenos días, Philip", respondió Richard y le estrechó la mano que le ofrecía.

Eve sonrió y también le estrechó la mano. "Buenos días, Philip".

Philip figuró: "Síganme. El presidente espera en el estudio".

Philip les guió por el pasillo hasta el estudio. Philip abrió la puerta y les indicó con la cabeza que entraran.

Tsirch y Marilyn estaban sentados detrás de una mesa con dos sillas a cada lado.

Tsirch y Marilyn se levantaron y Marilyn rodeó su lado de la mesa y Tsirch la siguió.

Tsirch esperó mientras las damas se aseguraban los saludos.

Marilyn se acercó directamente a Eve y, sonriendo, le ofreció la mano. "Buenos días, Sra. Walker, me alegro de volver a verla".

Eve también sonrió y estrechó la mano ofrecida. "Y yo a usted, señora secretaria".

Marilyn asintió a medias. "Hagámoslo fácil. Te conozco desde hace mucho, soy Marilyn".

Eve contestó con un movimiento de cabeza propio. "Sí, Marilyn, Eve, de acuerdo".

Marilyn rodeó a Eve y se acercó a Richard.

Richard le ofreció la mano y habló primero: "Hagámoslo Richard, si te parece bien, Marilyn".

Ella sonrió y contestó con fingida magnanimidad, mientras hacía un gesto de reverencia: "Por supuesto, Sir Richard".

Richard rió entre dientes mientras se daban la mano.

Eve se acercó a Tsirch y sonrió con contención: "Buenos días, Sr. Presidente".

Tsirch abrió una gran sonrisa y habló con determinación, "Bueno, buenos días a usted, Sra. Walker, me complace que estemos aquí en un ambiente menos formal, en lugar de desafiar mi intelecto durante una conferencia de prensa".

Le ofreció la mano y ella la aceptó.

Marilyn le aconsejó: "Espero, Sr. Presidente, que sólo la conozca como periodista y no como abogada".

Él respondió: "Sí, tengo entendido que es una abogada formidable".

Eve se tomó la incursión con calma: "Señor Presidente, yo no fui, como usted, la segunda de su clase en Derecho en Harvard".

Tsirch contraatacó: "Pero, Sra. Walker, usted fue la primera de su clase, aunque fuera en la "humilde" Facultad de Derecho de Yale".

Ella replicó con énfasis: "¡Protesto!".

Marilyn se lamentó ante Richard: "No me gustaría ser la jurista de ese tribunal".

Richard se quedó riendo suavemente ante el intercambio. Levantó la cabeza y enderezó la postura, mientras se acercaba al presidente.

El presidente también se irguió y esbozó una media sonrisa.

Richard habló primero: "¿Cómo va la guerra?".

Tsirch asintió lentamente, sonrió y contestó: "No hay guerra aquí, sólo amor".

Se miraron atentamente a los ojos.

Ambos se ofrecieron la mano para estrechársela. Poco a poco sus manos se fueron uniendo.

El apretón de manos medido cesó. Años de garantía emocional resurgieron mientras se atraían el uno al otro en un fuerte abrazo fraternal.

Lentamente cada uno dio un paso atrás.

Richard asintió y habló con formalidad: "Señor Presidente".

Tsirch le devolvió el respeto: "Sr. Vicepresidente".

Eve y Marilyn se pusieron en el papel de testigos históricos.

El presidente tomó aire y dijo: "Sentémonos y hablemos".

Ofreció la sala, y Eve se sentó frente a Marilyn, y Richard frente a Tsirch.

Richard se acercó a su escritorio y pulsó un botón. Una voz respondió: "Sí, Sr. Presidente".

"Kevin, ¿Puedes traer el carrito de las bebidas?"

"Enseguida, señor".

Tsirch dijo: "Pensé que nos vendría bien algo para refrescarnos".

Richard asintió. "Necesitaremos algo para humedecer la conversación".

Tsirch respondió: "Creo que los diálogos serán de todo menos secos".

Llamaron a la puerta.

"Adelante", dijo Tsirch.

La puerta se abrió y Kevin empujó el carro de servir hacia la mesa del lado más cercano al presidente.

"¿Quiere que le sirva, señor?"

"No gracias, Kevin, ya nos encargamos nosotros".

"Muy bien, señor". Kevin se dio la vuelta y se marchó, cerrando la puerta.

Tsirch abrió la elección al cuarteto. "¿Quién quiere qué?"

Richard echó un vistazo a la selección de bebidas. "Creo que tomaré el zumo de naranja".

Miró a Eve en forma de pregunta.

"Yo tomaré el té helado, por favor".

Richard sirvió el té helado y se lo entregó a Eve.

"¿Marilyn?", preguntó.

Ella pidió: "¿También el té?".

"Té para dos", bromeó él.

Sirvió otro vaso para Marilyn y se lo entregó al otro lado de la mesa.

Tsirch ayudó en la entrega de su bebida para que Marilyn no tuviera que alcanzarla.

Ella sonrió, notando la ayuda conjunta. "Gracias, amables señores".

Richard sirvió un vaso de zumo, hizo una pausa y mantuvo la jarra en alto, mirando a Tsirch.

Tsirch ahogó una carcajada y tomó un vaso vacío. Empujó el vaso hacia Richard y dijo: "Sí, por favor".

Richard llenó su vaso y dijo: "Como en los viejos tiempos". Ninguna de las dos damas se decidió a preguntar.

La velada se hizo esperar pacientemente.

Tsirch rompió el hielo con una gran sonrisa. "¿De qué hablamos?"

Eve respondió: "Pensé que tendrías una agenda".

Inmediatamente se retractó: "No lo digo en sentido negativo, pensé...".

Tsirch se rió. "Sra. Walker... ¿Puedo dirigirme a usted como Eve?".

Eve asintió. "Sí, señor, puede".

Sonrió. "Eve, sé lo que quieres decir. Como anfitrión, debería tener temas de discusión, pero creo que deberíamos hacerlo libre para todos. He descubierto que cuanto más abierta es una discusión, más productiva resulta".

Eve respondió: "Gracias, Sr. Presidente".

Tsirch suspiró y dijo: "Eve, si, para nuestro propósito aquí, prefieres llamarme...".

Eve levantó la mano para retrasar más comentarios. "Sr. Presidente, si va a pedirme que me dirija a usted por otro nombre que no sea el de Sr. Presidente, debo declinar respetuosamente. El cargo es sagrado para mí, mi juramento y mi educación".

El presidente se quedó boquiabierto. "Sra. Walker, casi creo que debería levantarme y saludar a la bandera".

Eve, aunque algo avergonzada, continuó: "Sr. Presidente, sinceramente no pretendo faltarle al respeto...".

Él intervino rápidamente: "Estoy seguro de que no".

Ella continuó sin perder el compás: "Pero siempre he considerado este cargo como irreprochable, y es difícil deshonrar su estatura".

Tsirch hizo una larga pausa para reflexionar. "Sra. Walker, comprendo y admiro totalmente su visión de este cargo. Es un absoluto que, como nación, debe haber un punto focal que represente las aspiraciones de la constitución, y disminuir esas aspiraciones rebajando a su abanderado, a la manera del presidente, sería inaceptable."

Y continuó: "Pero, señora Walker, ¿No es el mantra de esta gran nación que todos somos iguales?".

Eve escuchó y se vio obligada a responder: "Sí, lo es".

Continuó: "Creo que esta nación es una obra en progreso, como se da a entender en el preámbulo "con el fin de formar una unión más perfecta"".

Ofreció su resumen: "Entonces, ¿Por qué no debería el presidente ser visto como una obra en progreso? Después de todo, sólo soy un hombre y digno de ser su igual".

Richard se dio una sonora palmada en el muslo y exclamó: "Ése es el Renny que conozco".

Eve y Marilyn se quedaron boquiabiertas.

Tsirch lanzó a Richard la mirada de "tienes que decir eso".

Sacudió la cabeza, sonrió y dijo con severidad: "¡Richard!".

Richard se echó a reír y Eve y Marilyn ahogaron sus carcajadas. Tsirch tomó aire pero no dijo nada.

Eve empezó: "Me ha gustado mucho su soliloquio, señor Presidente. Aún no estoy preparada para dirigirme a usted por otro nombre que no sea Sr. Presidente".

Tsirch asintió con un "lo entiendo".

"¿Quizás, Sra. Walker, cuando llegue a conocerme mejor?".

Ella respondió aceptando: "Tal vez". Hizo una pausa. "Y... es Eve... Sr. Presidente".

Richard decidió que era hora de ir al grano.

"Entonces, Sr. Presidente, ¿Qué vamos a hacer y qué va a decir en su conferencia de prensa?".

Tsirch respondió: "Eso tendré que averiguarlo, pero sobre todo tengo preguntas".

Richard suspiró. "Bueno, estoy aquí para ayudar en lo que pueda. Puedo contarle lo que me han dicho y lo que mi cuadrilla de hermanos y hermanas ha hecho y está haciendo."

Tsirch pensó: "¿Qué puede decirme de ese audio que escuché con el supuesto alienígena?".

Richard retransmitió: "Todo parece indicar que el Alfa se hizo llamar Adán, y que tiene a los científicos de todo el mundo como locos".

Marilyn y Eve se inclinaron hacia su lado de la mesa y Marilyn dijo en voz baja: "¿Renny?".

Ambas sonrieron en voz baja.

Tsirch preguntó: "¿Le preocupa el plazo del veinte?".

Richard sugirió: "Preferiría no verlo como un plazo sino como una oportunidad".

Tsirch sintió curiosidad. "Eso me gustaría saberlo. El Departamento de Defensa, los medios de comunicación y la gente se están enterando del contacto, y ahora, con el audio saliendo a la superficie, tengo que disipar sus inquietudes y acabar con los miedosos."

Richard declaró: "Sí, siempre hay quien crea su propio mensaje simplemente para causar disensión. ¿Con quién cuenta para supervisar a esos detractores?".

Tsirch sonrió y dijo: "Van Hook y el general Porter reclutaron a Edward Narkiewicz".

Richard replicó: "Vaya, es un buen partido. Él y su hermano trabajarán bien juntos".

Richard preguntó: "¿Qué vas a decir sobre la conversación y la posible segunda difusión el día veinte?".

Tsirch se recostó en su silla y dijo: "Lo único que puedo hacer. Decir la verdad".

Capítulo 28

El Gato está fuera de la Bolsa

January Yee salió de la sala de preparación situada en un lateral de la sala de conferencias y subió al estrado. Todas las cámaras y COM estaban enfocando a cada persona, movimiento y palabra que pudiera surgir. Colocó un único papel del orden del día en el estrado, miró a su alrededor y comenzó.

"Damas y caballeros y miembros de la prensa, gracias por estar aquí".

Yee sonrió e hizo una pausa. "Supongo que ustedes, miembros de la prensa, también deberían incluirse como damas y caballeros. Disculpen si se sienten menospreciados".

Se oyeron algunas risas en la sala.

Yee sonrió y continuó: "No esperaba tantas risas". Hizo una pausa. "Ya que estoy en racha...". Yee adoptó una postura despreocupada y dijo: "Un caballo entró en un bar...".

Hubo una pausa temporal, pero volvieron las risas.

Yee sonrió y recuperó su compostura formal. "Bien, lo dejo mientras voy ganando. El presidente se dirigirá a ustedes, junto con la directora del DHS, Julia Van Hook, Directora de Defensa Interior, el general Walter Porter, y el recién nombrado comandante de Seguridad Interior, el coronel Edward Narkiewicz".

Se oyó un murmullo entre la audiencia. Uno de ellos preguntó: "¿Puede deletrear ese nombre?".

Yee hizo una pausa y volvió a decir: "Sí, es Narkiewicz. Se deletrea tal y como suena".

Se oyeron un poco más de risas.

"Bien, es N-A-R-K-I-E-W-I-C-Z, Edward. Si lo prefiere militarmente, es noviembre, alfa, romeo, kilo..."

Yee se detuvo y rió entre dientes junto con la audiencia. "De acuerdo, seguiré con mi trabajo diario".

Yee continuó en tono serio: "También estarán disponibles para responder preguntas varios expertos científicos. Habrá una adición sorpresa a la agenda".

Yee tomó su agenda y empezó a marcharse, pero oyó una pregunta de la audiencia. Se volvió hacia los micrófonos del podio y repitió la pregunta: "¿Cuál es la sorpresa?".

Yee sonrió, miró a la concurrencia y dijo lentamente: "Si se los dijera, no sería una sorpresa".

Se oyeron algunas risitas. Yee se situó a su derecha del escenario y esperó.

En breve, el agente principal del Servicio Secreto abrió la puerta. Esa fue la señal para que Yee volviera a subir al podio.

"Damas y caballeros... el presidente de los Estados Unidos, Tsirch Ren Lang".

El presidente entró en la sala y miró a su alrededor mientras se dirigía al estrado y subía al podio. Todas las cámaras parpadeaban y grababan su recorrido.

Tsirch colocó sus notas en el podio sonrió y observó a los presentes. Saludó con la cabeza a Yee y empezó: "Gracias, Sr. Yee, por calentar a la audiencia".

Se oyeron algunas risitas. Se apoyó ligeramente en el podio con ambas manos.

"El mundo, esta nación y ustedes, el pueblo, están viviendo el periodo más inusual y emocionante jamás presenciado. No hay comparación histórica. Nos enfrentamos a un desafío de nuestro entendimiento, nuestro carácter y nuestra determinación intelectual".

Levantó la mano derecha a la altura del hombro y puntualizó, con la voz y la mano: "No se equivoquen, sé que estamos a la altura de ese desafío". Suavizó su tono. "La humanidad ha mirado a las estrellas, a los cielos, y se ha cuestionado nuestro papel en el universo". Extendió las manos y volvió a colocarlas sobre el podio.

"Hemos intentado imaginar" -señaló por encima de la audiencia y aumentó ligeramente el volumen- "lo que hay ahí fuera, y nos hemos preguntado, ¿Hay alguien más ahí fuera? ¿Estamos realmente solos?".

Suavizó su tono al principio, luego aumentó un poco el

volumen. "Ahora tenemos una respuesta rotunda e inequívoca".

Hizo una pausa y dijo en un tono más suave: "No estamos solos".

Aumentó el volumen un nivel. "Hemos establecido contacto con otra inteligencia. Nuestros radiotelescopios y conjuntos de antenas de captación de señales repartidos por todo el planeta, conocidos como SETI, han estado respondiendo a señales procedentes del sistema Alfa Centauri A". El aumento de la interacción de señales se vio acentuado en septiembre del año pasado, cuando toda la Tierra sintió una abrumadora ráfaga de señales que provocó la interrupción temporal de los dispositivos electrónicos que todos ustedes conocen como el Otoño Lunar."

Decenas de manos se alzaron y las súplicas de "Sr. Presidente" envolvieron a la audiencia.

Tsirch levantó las manos para mantener aquello en suspenso. "Esperen, esperen. Como diría el Sr. Yee, ¡Esperen al remate! Aún estoy en mi primer acto, hay más".

La audiencia se calmó entre algunas risitas.

Continuó: "Como saben, esa perturbación duró poco y nos causó un pequeño inconveniente en la Tierra. Sin embargo, los científicos empezaron a traducir los patrones de las señales a varios de los idiomas de la Tierra, entre ellos, inglés, francés, italiano, hebreo y otros. Se descubrió que las traducciones en curso eran relativas a las señales enviadas y recibidas por los que llamamos los Alfas. Ese descubrimiento nos llevó a la conclusión de que la comunicación se estaba enviando y recibiendo en tiempo real, como si estuviéramos hablando en un dispositivo COM."

Hizo una pausa y volvió a levantar las manos para mantener las preguntas. "Aún no sabemos ni entendemos cómo es posible hablar con alguien que se encuentra a 4,3 años luz y obtener una respuesta inmediata. Los científicos del mundo están estupefactos y desconcertados ante esa posibilidad o, debería decir, esa realidad".

La audiencia volvió a activarse y él volvió a mantener las manos en alto. "Ahora todavía no he terminado".

Bajó la mirada hacia sus notas. "Ahora, por una cuestión de transparencia, debo relatar el último acontecimiento. Recientemente se estableció un posible -y subrayo posible-contacto secundario en forma de una conversación de audio real con un miembro del personal del SETI de Hat Creek, en California."

Empezaron a surgir más manos y preguntas.

También sofocó esa incursión, pero con una sonrisa añadida. "No, no. Mantengan la calma, se los diré cuando haya terminado".

Hizo una última pausa. "Por la privacidad del miembro del personal, no revelaré su nombre. Pero hay un último punto relativo que cubrir, al menos, por lo que sabemos. La traducción del flujo de datos de la señal indicaba que se estaría produciendo una segunda alteración, y eso se confirmó posiblemente durante la conversación de audio".

Volvió a apoyar las manos en el podio y se inclinó hacia delante. "Debo insistirles en que Alfa nos aseguró, tanto en la traducción del flujo de datos como en la conversación de audio, que la perturbación posiblemente presente un efecto benigno y temporal".

Tomó aire. "He sido todo lo transparente que he podido y les confío la verdad a ustedes, el pueblo".

Y añadió: "Ahora he terminado".

La esperada avalancha de manos y súplicas estalló. Uri Dahl fue el primer elegido.

"Gracias, Sr. Presidente, Uri Dahl, Daily News. Usted dijo que hubo una conversación de audio con un miembro del personal del SETI. ¿Está disponible ese audio y cuál era el contenido de esa conversación?"

Tsirch respondió: "El audio está en proceso de ser verificado por varias estaciones del SETI para determinar si, de hecho, se trataba de un Alfa y no de alguien de la Tierra intentando engañar al programa SETI". Para responder a la segunda parte de su pregunta, señor Dahl, si se verifica que el audio es un contacto real, espero que se haga público".

Uri intentó seguir, pero Joshua McGarr se aseguró el siguiente lugar.

"Joshua McGarr, Diario de la Ciencia. Sr. Presidente, no puedo evitar preguntarme si el audio no sería un problema a menos que hubiera algo relevante en los flujos de datos de la señal que lo hiciera creíble".

Tsirch sonrió. "Acabas de llegar directo al meollo, ¿Eh, Joshua?".

Tsirch se volvió hacia Yee y le dijo: "Sr. Yee, podría darle a este hombre una oferta de trabajo".

Hizo una pausa entre algunas risas. "Tiene razón. Parte del contenido de audio sí coincide con los flujos de datos y eso le da credibilidad, pero debemos estar seguros de que la traducción del flujo de datos no se filtró."

La secuencia de selección de prensa continuó.

"Barry Martin, del Times. Usted ha dicho que el acontecimiento que se avecina puede tener un 'efecto benigno y temporal'. ¿Puede dar más detalles sobre lo que podría representar un efecto benigno?"

Tsirch se estremeció un poco. "Dudo en responder, ya que el posible efecto no se identificó en la traducción del flujo de datos, sino que sólo se figuró en la conversación de audio no verificada. Puedo decir que debido a la urgencia en la verificación del archivo de audio, pondré la conversación a su disposición en su momento."

Barry intervino con la siguiente pregunta: "¿Se editará esa conversación?".

Tsirch pensó un momento, luego escudriñó las alas del estrado y vio una cara familiar. "Veo a alguien que puede ayudarme a responder a eso".

Hizo un gesto a Lucas para que se acercara a él. "Lucas Makiev, ¿Podría asistirme?"

Lucas estaba de pie cerca de la puerta de entrada y tomó aire. Sorteó a algunos dignatarios y se dirigió al lado del presidente. Tsirch se alejó varios pasos y se inclinó hacia el oído de Lucas, y entablaron una conversación privada.

"Lucas, ¿Hay algo que habría que editar del audio?".

Lucas hizo una pausa y relató mentalmente la conversación. "Creo que sólo los dos nombres, Dominique y Elsa, su hermana, necesitarían ser editados".

Tsirch dijo: "Gracias, Lucas".

Lucas se alejó, de vuelta a las salas.

Tsirch volvió al podio. "Siento el retraso. En cuanto a la edición del audio, que yo recuerde, sólo se editarían los nombres de dos personas mencionadas en la conversación por motivos de privacidad."

Evelyn Walker fue la siguiente seleccionada.

Tsirch la vio levantarse y tomar el micrófono. Sabía que tendría que ser ella quien probara la cerradura de la caja de Pandora. Sonrió mientras ella hablaba.

"Evelyn Walker, Servicios Independientes. Sr. Presidente, ha hablado de una posible segunda perturbación, ¿Sabe cuándo se producirá?"

Tsirch respiró tranquilamente. "Esa posible fecha concreta sólo se mencionó en la conversación de audio no verificada, y dado que en este momento no puede corroborarse mediante la traducción del flujo de datos de la señal, sería prematuro divulgar esa fecha".

Y continuó: "¿Sabe cuándo podría revelarse esa fecha específica?".

Tsirch asintió. "Esperamos que la fecha y el audio de la conversación estén disponibles mañana en algún momento, quizá por la mañana".

Una vez más, hubo un diluvio de manos y preguntas.

Tsirch volvió a mantener las manos en alto para aplacar la avalancha. "Señoras y señores, necesito que me disculpen. Necesito dar un paso atrás, y los dignatarios presentes que el Sr. Yee mencionó al principio, podrán proporcionarles más información relevante y responder a sus preguntas."

Tsirch hizo una pausa. "Se ocuparán de los planes para tratar y mitigar los posibles efectos relacionados con el posible acontecimiento de perturbación alienígena similar al Otoño Lunar que experimentamos el pasado mes de septiembre".

Se volvió hacia su derecha, asintió al general Porter y dijo "Tengo al Departamento de Defensa, general Walter Porter. General, por favor".

Tsirch ofreció el podio al general y se alejó hacia su derecha.

El general ocupó su lugar en el atril y adoptó una postura tranquila. "Gracias, señor Presidente, es un honor estar aquí. El presidente me ha pedido que les ponga al corriente de las inusuales circunstancias relativas a nuestro descubrimiento de una inteligencia alienígena a la que hemos llamado Alfa. El 19 de septiembre del año pasado, la Tierra y la Luna fueron objeto de lo que se ha denominado una difusión, posiblemente enviada por los Alfa. Eso fue, lo que ahora conocen como, el Otoño Lunar. En aquel momento, teorizamos que aquel acontecimiento era una anomalía de nuestro sistema solar y de la alineación planetaria, que atrajo un campo electromagnético rebelde. El análisis de los restos de la difusión reveló que contenía compuestos y microbios inusuales. Nuestros científicos bioquímicos, junto con los de otras naciones, se embarcaron en un esfuerzo conjunto para determinar la fuente y los posibles efectos nocivos de la difusión. Ese esfuerzo se denominó operación Pajar, y el presidente designó al vicepresidente Natás como su director. A lo largo del año pasado, se desarrolló una nueva tecnología de traducción de flujos de datos y se volvió a analizar la traducción de los flujos de datos que habíamos estado recibiendo durante años. Posteriormente se descubrió que los datos contenían pruebas de señales inteligentes sistemáticas. Una nueva traducción de los datos descubrió que, efectivamente, procedían de una fuente alienígena. Ese descubrimiento hizo que el presidente ordenara a los militares que supervisaran la posibilidad de una amenaza alienígena".

El general tomó aire y continuó: "Nuestra implicación militar se extendió por todo el planeta y pronto nuestros recursos se agotaron. Fue entonces cuando sugerí al presidente que el Departamento de Seguridad Nacional asumiera la parte doméstica de la vigilancia contra una posible amenaza alienígena. Fue entonces cuando la directora del DHS, Julia Van Hook, aceptó el reto".

Porter se volvió, miró hacia Van Hook y le dijo: "Señora directora, ¿Podría hacer el favor?". Le ofreció el estrado.

Julia asintió y se dirigió al podio. "Gracias, general Porter".

Miró a su alrededor y comenzó: "Cuando se me dio la oportunidad de unirme a la operación Pajar como defensora frente a posibles amenazas alienígenas, acabé por darme cuenta de que el alcance de esa protección requeriría la coordinación con la Guardia Nacional y la Guardia Costera de Estados Unidos, que dependen del Departamento de Defensa. Al cabo de unos meses, el secretario Porter y yo nos dimos cuenta de que era todo un reto coordinar ambos servicios y mantener la eficacia de nuestros mandatos individuales. Pedimos al presidente que nos orientara para resolver nuestro dilema de coordinación. A él se le ocurrió una solución creando un puesto de Comandante de Seguridad Interior".

Hizo una pausa. "La lista de candidatos para ocupar el puesto era extensa, pero pronto se seleccionó al candidato perfecto y, tras mucho insistir y persuadirle, cedió".

Apoyó las manos en el atril. "Ahora les presento al comandante de Seguridad Interior, el coronel Edward Narkiewicz". Se volvió hacia las alas y dijo: "Comandante, ¿Quiere acompañarme?". Se hizo a un lado.

Edward suspiró y emprendió la marcha. Se situó ante el atril, se quitó el sombrero y se lo metió bajo el brazo.

"Gracias por la presentación, directora Van Hook".

La saludó con la cabeza y miró a la audiencia.

"Es cierto... que no busqué este puesto ni era consciente de que existiera. Sin embargo, cuando me explicaron la necesidad y la importancia de sus directrices operativas, acepté el reto."

Hizo una pausa. "Mi tarea es doble: coordinar a las valientes mujeres y hombres de la Guardia Costera y la Guardia Nacional en la identificación y prevención de posibles amenazas alienígenas, y proteger contra los disturbios internos. Trabajaré en estrecha colaboración con los científicos de las instalaciones del SETI para mantenerme al corriente del desarrollo de las interacciones con los alfa. Además, colaboraré con expertos en bioquímica para determinar que, si se desarrolla una amenaza biológica, podamos determinar la mejor forma de contrarrestarla. En relación con los disturbios internos, soy consciente de que hay quienes sólo tienen una agenda: ser subversivos y crear malestar, a menudo mediante la violencia. A ellos les prometo mi inquebrantable perseverancia para proteger la vida y la propiedad y erradicar a todos los que quieran hacer daño".

Edward terminó y dio dos pasos militares hacia atrás desde el estrado, se puso el sombrero, pivotó a su derecha y regresó animadamente a su lugar anterior.

Cuando abandonó el estrado, el presidente volvió a subir al podio.

Tsirch apoyó la mano izquierda en el atril y miró hacia las alas de la derecha.

"Quiero dar las gracias al Secretario de Defensa Porter, a la Directora de Defensa Interior Van Hook y al Comandante de Seguridad Interior Narkiewicz por ponernos al corriente de los planes generales para proteger a nuestra nación y al mundo".

Tomó aire preparatoriamente. "Quiero disculparme" -hizo una pausa; la sala zumbó suavemente- ante ustedes, el pueblo, y sobre todo ante mi amigo, el vicepresidente Natás".

El murmullo de la audiencia aumentó.

Continuó en tono compungido: "Durante los últimos meses, he malinterpretado sus acciones e intenciones como subversivas y contrarias a la seguridad de nuestra nación."

Hizo una pausa y suspiró. "Ignoré algo que creo que es la clave para resolver casi todos los desacuerdos o los obstáculos".

Su tono se animó mientras gesticulaba con las manos. "Ayer decidimos utilizar esa llave mágica para abrir la puerta entre nosotros. Algo que creo sinceramente que, como nación y como mundo, hemos olvidado hacer".

Se detuvo y miró a la audiencia, gesticuló y dijo enfáticamente: "¡Hablamos y escuchamos!".

Y continuó: "Aunque conozco al vicepresidente desde la facultad de Derecho, de algún modo olvidé que siempre hemos sido de la misma opinión. Tenemos las mismas pasiones por la verdad".

Volvió a hacer una pausa. "Nosotros... en realidad, yo, dejé que la división menor de la dirección política me impidiera ver su integridad y resolución moral".

Se apoyó en el atril con ambas manos. "Ya no pido la dimisión del vicepresidente Natás".

Habló como en un mitin político. "Les entrego al Vicepresidente Natás".

Se volvió y aplaudió al ala de la derecha. La audiencia fue tomada por sorpresa. Cuando Richard salió por la puerta, el murmullo creció notablemente y los aplausos fueron ligeros pero amables. Richard continuó hacia el estrado y estrechó la mano tendida del presidente, y ambos se dieron palmaditas en los hombros. Se separaron y Richard se acomodó en el atril y respiró hondo.

Miró a Tsirch y le dijo: "Señor Presidente, tiene mi voto".

Hubo una pequeña oleada de risas. Sonrió, apoyó las manos en el atril y observó al público.

"Aunque me conmueven las palabras de elogio del presidente y la aceptación de la culpa por el error de intención, con eso discrepo. Me vi envuelto en mi singular propósito y abandoné mi obligación de mantener abiertas las líneas de comunicación con mi jefe. Mi afán por reunir a las mejores mentes posibles para participar en la operación Pajar se convirtió más en mí y en mis objetivos que en la propia operación. Para cuando fui consciente de mi postura egoísta... nada menos que por mi gran amigo Lucas Makiev, había perdido la oportunidad de corregir mi error".

Se volvió hacia Lucas en el ala. "Gracias, Lucas". Lucas asintió.

Richard continuó: "Estoy impresionado por la precisa descripción de la operación Pajar por parte del presidente, los secretarios y el comandante. También su evaluación de la situación actual fue extremadamente precisa. Dudo que hubiera algo que yo pudiera añadir".

Una mano se levantó y fue reconocida por Richard.

"Gracias, Sr. Vicepresidente. Martin Singh, *Toronto Star*, me informaron de un par de bocados que usted podría verificar para mí".

Richard dijo: "Bien, Martin, vamos a masticar tus bocados".

La risita de Martin fue apoyada por muchas más. "Bueno, uno fue Las notas del Dr. 'Gemo fueron encontradas en la Luna y traídas a la Tierra. ¿Qué había en ellas y serán publicadas?".

Richard sonrió y bromeó: "Maldita sea, Martin, puede que el FBI y la CIA quieran hablar contigo".

La audiencia soltó una ligera carcajada. Richard añadió rápidamente con una gran sonrisa: "Martin, supongo que no puedes darme tu fuente...".

Richard hizo una pausa. "En realidad, Martin, es cierto. Se encontraron las notas, y se ha encargado al Dr. Sal Uschin revisarlas, y creo que le correspondería al presidente decidir sobre la divulgación de su contenido."

Richard hizo un gesto lateral con la cabeza hacia el presidente.

Apoyó firmemente las manos en el atril como para apuntalarse. "Bien, Martin de Canadá, ¿Qué más tienes?"

Martin sonrió y miró sus notas.

"Me dijeron que hubo dos avistamientos de lo que se describió como hologramas, uno en el espacio durante una EVA y otro en la superficie de la Luna? ¿Puede hacer algún comentario?"

Hubo murmullos entre la audiencia.

Richard se lo pensó un momento. "Martin, ¿Eres un extraterrestre?" volvió a bromear Richard.

Richard respiró hondo y lo mantuvo por un momento. "No estoy seguro de cómo responder a eso, ya que probablemente se trate de información clasificada". Richard miró al presidente.

"Me gustaría contestarle pero..." Tsirch asintió a Richard. Richard se sorprendió y preguntó a Tsirch: "¿De verdad?".

Tsirch hizo un gesto afirmativo con la cabeza.

Richard tomó aire. "Su fuente es cien por cien exacta".

En la audiencia se intercalaron jadeos y gemidos.

"Aunque los avistamientos no han sido verificados, han sido presenciados por fuentes creíbles. Debo subrayar que no tenemos ni idea de cómo se generaron esos avistamientos. Aparte de eso, no tengo más comentarios sobre los avistamientos".

Richard miró hacia el techo. "¿Estás escuchando, Canadá?"

El presidente se acercó a Richard, le puso la mano en el hombro y le dijo: "Tendré que hablar con mi agente de reservas para que no me eclipse el acto de clausura".

Varias manos se alzaron y Tsirch mantuvo las suyas en alto para aplacar a la multitud, y él y Richard bajaron juntos del estrado.

Capítulo 29

El Coronel y la Teniente Dedos-Rápidos

El personal de los sitios SETI del país se sorprendió ante la nueva seguridad implantada prácticamente de la noche a la mañana. Se entregaron nuevas tarjetas de identificación con fotografía codificada a todo el personal. Se construyeron puertas de entrada y se dotaron de hombres armados de la Guardia Nacional las 24 horas del día, los 7 días de la semana. Dos guardias armados adicionales, con visión nocturna, se encargan de recorrer los terrenos. Se desplegaron dos drones en rotación para mayor seguridad. Se entregaron COM personales a todo el personal para mayor seguridad y comunicación. Se mantuvieron varios registros de entrada cada hora por motivos de seguridad y documentación. Aparte de las armas letales, se ordenó a los guardias que utilizaran medios menos letales como método principal para detener o controlar a cualquier disidente. Cada emplazamiento contaba con una unidad de la Guardia Nacional, lista para desplegarse con un preaviso de treinta minutos, como refuerzo en caso necesario.

El coste de la implementación de la seguridad de los emplazamientos nacionales del SETI fue una autorización en blanco dada al comandante Narkiewicz por el presidente. Eso era sólo una parte del diseño de seguridad del comandante. Los biolaboratorios de la nación se aseguraron de manera similar. Se habilitó un espacio de oficinas para el mando central en Cheyenne Mountain, en Colorado Springs.

El recién estrenado comandante de Seguridad Interior, el coronel Edward Narkiewicz, se estaba aclimatando a su nuevo puesto en su nueva oficina. Reclutó a su teniente de confianza Brie Smithey, de Camp Lejeune, como ayudante. Brie estaba de pie detrás de Edward, mirando la pantalla del ordenador mientras Edward tecleaba. Señaló la pantalla.

"¿Es ése el código que querías?", le preguntó.

Edward respondió: "Es perfecto, Brie, buen trabajo".

"Gracias, señor", respondió ella.

Giró hacia la derecha y se dirigió al escritorio y se sentó en su COM.

Edward levantó la vista hacia el gran monitor de la pared. Se mostraba un mapa digital de Estados Unidos e inserciones de la frontera más cercana, el biolaboratorio y los sitios SETI con marcadores de estado azules o rojos.

El azul identificaba el Sitio como activo y seguro; el rojo era una designación de fuera de línea o de atención requerida.

La mayoría de los marcadores estaban iluminados en azul y otros más se habían activado a medida que avanzaba la mañana.

Brie preguntó: "¿Sigue esperando Lucas una actualización sobre la publicación de la fecha de la segunda difusión?".

"Sí, con suerte tendremos la mayoría de las estaciones en línea antes de esa fecha", figuró.

Miró el mapa. "Al menos tenemos en línea los objetivos obvios, pero quién sabe qué objetivos blandos podrían atacar los disruptores".

Se reclinó en su asiento y giró hacia Brie.

"Aún me pregunto cuál es la razón de atacar a aquellos cuyo único objetivo es entregar la verdad".

Brie sonrió. "Señor, ya hemos hablado de esto antes. Es el miedo a la verdad".

Ofreció: "¿Qué pasó con "La verdad los hará libres"?"

"Seguro que el Dr. King se pregunta lo mismo, ya que la injusticia racial aún existe", sugirió ella.

Una imagen parpadeante de Lucas Makiev apareció en el segundo gran monitor.

Los dedos de Brie destellaron en el COM para responder a la llamada.

Lucas se sorprendió un poco de la rápida conexión. Vio a Edward y a la teniente.

"Vaya, qué conexión tan rápida", expresó.

Edward dijo: "Acostúmbrate, Lucas. Me gustaría presentarte a mi teniente de dedos rápidos, la teniente Brie Smithey".

Lucas sonrió y contestó: "Es un placer conocerla, Sra. Teniente Dedos-Rápidos".

Ella sonrió y ofreció: "Encantada de conocerle también, señor".

Él corrigió: "Teniente, probablemente vamos a tener muchas conversaciones, así que llámeme Lucas".

Ella aceptó y contestó: "Gracias, señor... Lucas, puedes llamarme Brie".

Edward insertó con una sonrisa, "De acuerdo, somos amigos. Entonces, Lucas, ¿A qué debo el placer de tu Compañía?".

Lucas aconsejó: "Acabo de hablar por COM con Carl Browning, y él está reflejando tu configuración al otro lado del charco y ha pedido un enlace coordinado de algún tipo".

Edward miró a Brie y dijo: "Creo que podemos añadir otro enlace en nuestro monitor. ¿Qué te parece, Brie?"

Ella asintió rápidamente y dijo: "Todo lo que necesito es su dirección COM segura, el nombre de su director y lo configuraré".

Lucas se rió entre dientes y dijo: "Ya puedo oír a Browning diciendo: "Muy bien"".

Edward preguntó: "¿Todavía no hay noticias sobre la publicación del Veinte?".

Lucas respondió: "Todavía no. Ahora estoy en Hat Creek y debería producirse en una o dos horas. Tú eres mi segunda llamada".

Edward dijo: "Entendido. Espero tu llamada". Lucas sonrió y dijo: "10-4, 10-8, estoy fuera". Edward se rió mientras la imagen de Lucas desaparecía.

Capítulo 30

Autenticación

Lucas se sentó un momento después de hablar con Edward y Brie. Pensó en las repercusiones que podría tener la divulgación de la fecha de la segunda difusión y también de la conversación de audio al público en general, tal y como se había prometido. A menos de tres días de la posible difusión, era a la vez un peligro y una bendición. Con suerte, el aviso de tres días pillaría desprevenido a cualquier grupo subversivo y retrasaría cualquier esfuerzo organizado para planear un ataque coordinado. En el lado negativo, la habilidad para analizar los datos de los microbios y desarrollar cualquier defensa para mitigar cualquier posible amenaza biológica, en ese plazo de tiempo, era prácticamente imposible. En cualquier caso, todo sería discutible en menos de tres días.

Lucas se levantó y se acercó a una gran mesa donde las mentes primarias estaban enredadas en varios enfoques para resolver escenarios no deseados. Se inclinó sobre el hombro de Perry y le preguntó: "¿Estamos más cerca de autentificar el audio Alfa?".

Perry pensó un momento y dijo: "Sí, sólo necesitamos aislar dos matrices de señales más".

Se detuvo, miró fijamente el monitor y dijo entusiasmado: "¡Sí! Ahora sólo falta una matriz de señales más y el flujo de audio estará limpio". Lucas se acercó unos pasos donde Michael, Amir y

Dominique estaban sentados, repasando los datos del COM y las frecuencias del monitor.

Amir preguntó a Dominique: "¿Y si utilizamos el subcanal y duplicamos la frecuencia?".

Ella estudió un momento y dijo: "Pero eso podría anular la matriz de envío".

Hizo una pausa y exclamó: "Espera, estaba calculando con un arreglo directo y no con arreglos alternos".

Amir miró y observó: "Creo que has dado con la clave. Quizá Michael pueda verificar esta simulación".

Dominique dio un codazo a un Michael muy concentrado.

"¿Michael?"

Le dio otro codazo. "¿Michael?"

Michael tardó en responder: "¿Sí?".

"Nos gustaría que verificaras esta simulación", dijo ella.

Él miró su pantalla un momento y dijo: "De acuerdo, envíala".

Tecleó unas cuantas teclas y envió la simulación al COM de Michael.

Lucas había estado escuchando el intercambio de Amir y Dominique y preguntó: "¿Qué intentas hacer?".

Amir suspiró. "Dominique tuvo una lluvia de ideas. Estaba utilizando una solución para enviar un mensaje de audio a Adán para iniciar otra conversación en lugar de esperar a que él se pusiera en contacto con nosotros. Intentamos duplicar las circunstancias exactas de la conversación anterior pero aún no hemos obtenido respuesta".

Dominique añadió: "Incluso intenté llamar a mi hermana y hablar con ella como hice en el primer contacto, pero fue en vano".

Lucas suspiró. "Supongo que tendremos que esperar a que Michael haga la simulación".

Lucas se apartó y tocó el teclado de su COM. Esperó una respuesta.

Sal contestó, "Lucas, ¿Algún progreso?".

Lucas contestó, "Sí, no tardaré. ¿Y tú?"

Sal respondió, "Michael envió más matrices de señales traducidas y ahora las cosas tienen más sentido. Es un gran avance, pero aunque descifremos la secuencia microbiana específica, aún no podemos descifrar un espectro que aún no se ha enviado."

Lucas ofreció: "Bueno, Amir y Dominique podrían ayudarles si pueden ponerse en contacto con Adán".

Sal preguntó: "¿De verdad están trabajando en eso?".

Lucas dijo: "Sí, están haciendo que Michael haga una simulación mientras hablamos, pero no están seguros de si dará resultado".

"Eso sería increíble, independientemente de cuándo ocurriera. ¿Imagina lo que podríamos aprender?" exclamó Sal.

Lucas volvió a mirar a la tripulación. "De acuerdo, Sal, iré a ver si hay algún progreso".

Sal contestó: "Vale, Lucas, luego".

Lucas guardó su COM y volvió a acercarse a Perry, que estaba sentado con los ojos cerrados y la cabeza inclinada contra el reposacabezas.

Lucas estudió a Perry un momento y le tocó el hombro. Perry se incorporó y sonrió. "Ya está".

Lucas se quedó semiinconsciente. "¿Qué?, ¿Está hecho?, ¿Ha sido autentificado?"

Perry asintió varias veces. "Simplemente agotado, tomándome un respiro antes de hacer la llamada".

Lucas se sentó fácilmente junto a Perry y giró su silla una vuelta completa, luego giró hacia el trío de la mesa. Tomó el COM de todas las llamadas, se levantó y anunció, "Ahora tenemos la autentificación de la matriz de audio. Gran trabajo a todos". Se oyeron aplausos en toda la sala. El trío sonrió y se felicitaron mutuamente y volvieron sumariamente al trabajo.

Lucas miró a Perry y le preguntó: "¿Quieres tener el honor de hacer la llamada?".

Perry sonrió y miró hacia la mesa del trío.

Lucas siguió su mirada y reconoció sus pensamientos. "Sí, estoy de acuerdo, ¿Quién más?".

Lucas se acercó a la mesa donde Dominique estaba sentada hablando con Amir. "Perdona, Dominique, ¿Podrías ayudarnos a Perry y a mí un momento?".

Ella sonrió y aceptó. Se levantó y siguió a Lucas hasta el puesto de Perry.

Le preguntó a Perry: "¿En qué puedo ayudarle?".

Perry tomó el teclado COM e introdujo un código, y la imagen del presidente apareció en el monitor. Ella vio la imagen y pareció confusa.

Lucas habló con orgullo: "Tenemos que informar a alguien de que la conversación que mantuviste con Adán ha sido autentificada y nos gustaría concederte ese honor. ¿Lo harías por nosotros?".

Ella preguntó: "¿Por qué yo?".

Perry respondió: "Fue tu conversación, ¿Quién si no?".

Ella se encogió de hombros. "Bueno vale, ¿Qué digo?"

Lucas dirigió, "Cuando active el COM, te presentaré, y todo lo que tienes que decir es, "Sr. Presidente, el audio ha sido autentificado"".

Ella retrocedió un paso. "No puedo hacer eso. Nunca he hablado con alguien tan importante".

Perry dijo: "¿De verdad, Dominique? ¿Conoces a alguien más en la Tierra que haya hablado con alguien más importante que un extraterrestre llamado Adán?".

Ella dudó. "No pero-"

Perry dijo tranquilizadoramente: "Dominique... puedes hacerlo".

Ella asintió a regañadientes.

Lucas activó el COM. La imagen del presidente se convirtió en un vídeo en directo.

Lucas habló: "Sr. Presidente, tengo que darle un mensaje importante".

Tsirch respondió: "Me encantaría recibir buenas noticias".

Lucas replicó: "Entonces las tendrá".

Lucas se hizo a un lado para dar a Dominique toda la señal de vídeo. "Sr. Presidente, le presento a la Srta. Dominique Soul".

"Buenos días, Srta. Dominique Soul, es un placer conocerla".

Ella vaciló pero contestó: "Es todo un placer, Sr. Presidente. Gracias".

Le ofreció: "Lucas me ha dicho que tiene buenas noticias para mí".

Ella miró a Lucas, que la incitó, y respondió: "Sr. Presidente, la conversación de audio ha sido autentificada".

El presidente sonrió. "Señorita Soul, usted es un Tesoro Nacional, y toda la humanidad la verá para siempre como el comienzo de una nueva era para la humanidad".

Ella se sintió humilde. "Gracias, Sr. Presidente".

Tsirch respondió: "De nada, Srta. Soul. Lucas, gracias".

Lucas volvió a aparecer. "Por supuesto, Sr. Presidente".

La imagen desapareció.

Capítulo 31

Hablando con los Vecinos del Otro Lado de la Valla

Tsirch estaba sentado en silencio en el Despacho Oval, mirando por la ventana después de haber mantenido la COM con Dominique. Suspiró ligeramente y se volvió hacia Richard, sentado frente a él.

Richard se inclinó en su silla. "Entonces... ¿Ha sido autentificado?".

Tsirch asintió lentamente. "Sí, parece que tenemos vecinos que nos hablan al otro lado de la valla, en nuestro propio patio trasero".

Richard redirigió: "Claro, si llamas vecino a alguien que está a 4,3 años luz de distancia. Sin embargo, supongo que el tiempo y la distancia son realmente relativos".

"Eso es un hecho", figuró Tsirch.

Richard cuestionó: "¿Quieres que haga las llamadas antes de dejar salir de la caja a lo que algunos pueden considerar Pandora?".

Tsirch reflexionó: "Sabes, tengo fe en que la mayoría de la gente se tomará la noticia como un paso adelante positivo, pero sólo hace falta que unos pocos reaccionen en el lado oscuro para que esto se convierta en esa proverbial caja de Pandora a la que aludías".

Richard asintió: "Entonces... ¿Mis primeras llamadas serán al Departamento de Defensa, Seguridad Nacional y Seguridad Interior?".

Tsirch suspiró. "En realidad llama primero a Interior. Necesitarán tiempo para notificarlo a su contingente y a las fuerzas del orden".

Richard preguntó: "¿Llamamos desde la Sala Situacional?"

Tsirch asintió y se puso en pie. "Supongo que tendremos que ponernos en marcha. El tiempo no espera a ningún hombre".

Hizo una pausa y cuestionó: "No estoy seguro de que ese adagio siga siendo aplicable. Ni siquiera estamos seguros de qué *hora* es".

Richard bromeó mientras se levantaba: "Tendrás que inventar algunos *Rennyismos*".

Tsirch sacudió la cabeza, se rió y echó a andar. "Cuidado, señor vicepresidente, puede que tenga que despedirle".

Richard llegó primero a la puerta, la abrió y le hizo señas a Tsirch para que pasara. "Después de usted, Sr. Presidente".

Dijo Tsirch al salir, "Detecto una nota de sarcasmo".

Richard contestó mientras salían, "En absoluto, Sr. Presidente... en absoluto".

Capítulo 32

Poniendo los Vagones en Círculo

La imagen de Richard apareció en el monitor. Como de costumbre, Brie contestó con premura.

"Buenos días, Sr. Vicepresidente, ¿Debemos suponer que nuestra misión es un éxito?"

Richard respondió con una sonrisa: "Buenos días a usted también, teniente Dedos-Rápidos".

Ella contestó mientras se recomponía: "Le pido disculpas, señor. Buenos días, Sr. Vicepresidente, ¿Cómo se encuentra esta mañana?".

Edward entró a la vista de Richard. "Sr. Vicepresidente, buenos días, supongo que tendrá noticias".

Richard suspiró. "Veo que no tengo que preocuparme de que la Seguridad Interior se duerma al volante".

Edward parecía desconcertado. "No, señor, ¿Por qué, señor?".

Richard sonrió e informó: "El presidente le ha dado luz verde. Creo que esperará a su operación para poner en círculo a los vagones".

Edward observó: "Es una forma de hablar bastante apropiada, señor. Deberíamos estar en marcha a las 0905 horas".

Richard hizo una mueca. "Esperaba las 0904 horas".

Edward miró a Richard con curiosidad. "¿Señor?"

Richard respondió: "Comandante, usted y la teniente Dedos-Rápidos deberían tomarse un respiro de vez en cuando. ¿Todo trabajo y nada de juego?"

Edward captó su mensaje y se recompuso: "Lo siento, señor, hemos estado un poco ocupados poniendo el sistema en línea. Nos tomaremos dos pastillas para el resfriado cada uno durante nuestro descanso sindical de quince minutos".

Richard sonrió. "Así son los hermanos Narkiewicz que conozco. Adelante, soldados". Richard les hizo un falso saludo y salió del monitor.

Brie observó: "Supongo que los conoce a usted y a su hermano".

Respondió con un prolongado: "Sí...".

Edward miró el monitor del mapa y continuó: "Bien, ¿dónde estamos?".

Se dio cuenta de que todas las luces de estado, excepto tres, eran azules.

Se dijo a sí mismo: "Vale, puedo ocuparme de eso".

Brie estaba en COM con Sal en el BSL-4 de Fort Detrick.

"Supongo que como su BSL-4 es el más reconocido, es un objetivo más probable. Sal, recuerda que sólo estamos a unos toques del COM".

Sal respondió: "Gracias, Brie".

Sal abandonó el monitor.

Brie miró el monitor del mapa y dijo: "Bien, he enviado un mensaje de grupo a todas las estaciones. ¿Cómo quieres manejar las agencias estatales y locales?".

Edward dijo: "Iremos con el plan A, mensaje de grupo a la oficina central de cada agencia. Estamos aquí como refuerzo y para que adviertan enérgicamente a las agencias locales que se tomen en serio todas las amenazas."

Brie introdujo las teclas adecuadas y envió el mensaje. Miró la pantalla de la hora: 09:00 horas.

*****

Tsirch y Richard se sentaron en silencio en la Sala Situacional, sumidos en pensamientos individuales, después de hacer todas sus notificaciones.

Tsirch rompió el silencio: "Supongo que tengo que dirigirme a una sesión conjunta del Congreso".

Richard preguntó: "Supongo que el Secretario de Estado es el supervisor designado".

Tsirch asintió. "A buen recaudo".

Richard preguntó con una sonrisa: "¿Traigo el coche, señor?".

Tsirch bromeó: "Sí, pero esta vez conduzco yo".

Richard se levantó e hizo una reverencia. "Por supuesto, mi señor".

Caminaron hacia la puerta.

Capítulo 33

Sesión Conjunta

Richard recorrió la rotonda del capitolio de camino a la Cámara de Representantes. Al encontrarse con varios representantes y miembros del personal, recibió palmadas en la espalda, apretones de manos y buenos deseos. Subió los escalones hasta un asiento junto al que estaba sentada la presidenta de la Cámara, Indira Fernell. Ella se levantó y él le estrechó la mano extendida.

"Señora Presidenta de la Cámara, me alegro de verla", le ofreció Richard.

Fernell se inclinó hacia Richard y le dijo: "Me alegro de tenerte de vuelta, Richard".

Richard sonrió y dijo: "Gracias, Indira".

Ambos se sentaron.

La Cámara bullía y estaba llena hasta la bandera. Decenas de medios de comunicación apuntaban al hijo repatriado. Richard entendía el proceso de las personas y los acontecimientos noticiables. Su presencia era notable.

A Richard le parecía que hacía una eternidad que no pisaba el Capitolio. Fue agradable.

Cuando la mayoría de los participantes se habían dirigido a sus asientos, el sargento de armas hizo el esperado anuncio: "Señora presidenta, el presidente de los Estados Unidos".

Tsirch entró en la Cámara, estrechando manos y palmeando hombros y espaldas y deteniéndose para hacer algún comentario ocasional. Continuó hasta el podio de oradores. Agitó las manos varias veces, esperando a que amainaran los aplausos. Finalmente estuvo listo para comenzar. Miró alrededor de la sala y dijo: "Señoras y señores, miembros del Congreso". Se volvió para saludar a el vicepresidente y al portavoz. "Señora portavoz, señor vicepresidente, les agradezco la oportunidad de dirigirme a esta estimada sesión conjunta del Congreso, al gran pueblo de los Estados Unidos de América y, por extensión, a los pueblos del mundo".

Puso la mano izquierda en el atril y luego levantó la derecha hasta la altura del pecho.

"Estos son tiempos sin precedentes en la historia de la humanidad. Ayer acudí a ustedes y les hablé de asombrosos logros científicos que han conducido al contacto con los de otro mundo que ahora llamamos Alfas. Elijo no llamarlos alienígenas, ya que esa designación implica desconfianza y mala voluntad".

Hizo una pausa y continuó: "Les afirmo que en todos nuestros contactos con los Alfas sólo ha habido un deseo de mejorar el bienestar de los esfuerzos humanos y promover la eficacia científica. Hoy cumplo mi promesa de poner a su disposición la grabación de audio autentificada real entre una científica del SETI y un Alfa, autodenominado Adán. Al escuchar la grabación, oirán el sincero deseo de Adán de intercambiar confianza por confianza. La científica que participó en la conversación se mantuvo escéptica durante toda su interacción. No fue hasta que la conversación fue autentificada por la comunidad científica mundial cuando la científica llegó a la conclusión de que, de hecho, había conversado con un Alfa".

Hizo una pausa y levantó ligeramente ambas manos del atril. "También escucharán algunos diálogos relativos a la religión que no presentan conclusiones de ninguna convicción religiosa en particular".

Tsirch apoyó ambas manos en el atril y adoptó un tono más serio. "Como dije ayer, también oirán que el acontecimiento del Otoño Lunar no estaba previsto hasta que se estableció contacto para explicar su significado. Ahora sabemos que se producirá un segundo acontecimiento para complementar el Otoño Lunar".

Desplazó su peso, retiró las manos y volvió a apoyarlas en el atril. Continuó deliberadamente: "Debo prologar el último segmento con lo siguiente. La conversación se transmitirá a los medios de comunicación y al público en todos los formatos: digital, audio, para discapacitados auditivos y en todos los idiomas disponibles. Existen salvaguardias militares y locales para proteger los lugares públicos y gubernamentales. La seguridad de la población es mi mayor preocupación".

Se detuvo y continuó con preocupación: "Escucharán la fecha y los posibles efectos menores del acontecimiento que se avecina. Los posibles efectos en aquellos sometidos al evento pueden ser una pérdida temporal de la memoria a corto plazo, y la fecha del suceso programado es dentro de unos tres días, el 20 de marzo, alrededor del mediodía en cada zona horaria."

Continuó entre jadeos, gemidos y vocalizaciones muy elevados: "De nuevo, estamos preparados para cualquier efecto negativo. Les agradezco su paciencia y apoyo durante estos tiempos extraños".

Capítulo 34

Preparándose para Pandora

Al director del FBI John "Pepper" Martin se le encontraba más a menudo sobre el terreno, donde se sentía más eficaz, que en el cuartel general de DC. Su alias, "Pepper", le seguía desde Quantico, donde insistía en ser el conejillo de indias para recibir sprays o ser gaseado con nuevas fórmulas de productos químicos no letales, siempre sin máscara. Racionalizaba que quería conocer los efectos, como agresor, sobre su habilidad para contraatacar y superar sus efectos.

Su última visita de campo fue a Industrias Janco. Él y su equipo estaban investigando el robo de un contenedor de carga de revestimientos reflectantes.

Se convirtió en un asunto de interés para el FBI cuando Abby Gonzales, directora general de la plataforma de medios sociales Flashcom, notificó al FBI sobre publicaciones sospechosas de un grupo disidente de reciente creación llamado Anti-Adán. El grupo propugnaba que los efectos de los "rayos alienígenas" de la *difusión* Alfa, aún pendientes, podían detenerse utilizando pinturas y revestimientos reflectantes. El grupo utilizó su ilógica para animar a la gente a revestir sus casas y propiedades como medida preventiva. Por extensión de pensamiento, los adeptos animaron a cubrirse la cabeza y el cuerpo con papel de aluminio para desviar los rayos. Esas maquinaciones parecían benignas, hasta que aparecieron mensajes más agresivos. El grupo planeaba recubrir o pintar las matrices del SETI para detener las comunicaciones con los Alfas. Fue entonces cuando González y el FBI tomaron nota. El plan se complicó aún más cuando unos disidentes marginales, llamados Hi-Hanger y sus homólogos británicos, los Silk-mate, pretendían poner a disposición sus habilidades de paracaidismo para ayudar a entregar los revestimientos.

Las amenazas no terminaron con el asalto del SETI. Otras facciones sugerían que se infundieran compuestos químicos de lejía y substancias cáusticas en muestras alienígenas guardadas en biolaboratorios, en un esfuerzo por matar a los extraterrestres cuando vinieran a recuperarlas de la Tierra.

*****

Martin estaba en el COM con Edward y Brie en Seguridad Interior. "Gracias, Martin, por mantenerme informado", dijo Edward.

Martin respondió: "Creemos saber hacia dónde se dirige el contenedor. Tendrán que parar en algún sitio y dividir el cargamento para dificultar su seguimiento. El rastreo por satélite lo situó por última vez en Springfield, Missouri. Tengo un agente infiltrado en los Hi-Hanger, así que si intentan trasladarlo con ellos, lo sabremos. Hemos asegurado los aeropuertos locales y estamos vigilando las pistas de aterrizaje privadas".

Edward miró el monitor de su mapa. "Tengo una unidad de la Guardia Nacional Aérea disponible en San Luis si la necesitan".

Martin respondió: "Es bueno saberlo, pero esperemos poder detenerlo aquí".

Edward figuró: "Sí, pero probablemente no será la única amenaza ahí fuera".

Martin respondió: "No, pero lo primero es lo primero, contengamos a éste".

Edward afirmó: "Lo tenemos, Martin". Hizo una pausa. "De acuerdo, tengo que actualizar los sitios SETI, hablamos más tarde, y gracias".

Martin respondió: "No hay problema". Y desconectó el COM.

*****

Brie estaba enviando la actualización de Martin a los distintos sitios. Edward escaneó de nuevo el monitor del mapa y seleccionó Hat Creek en su COM. Lucas apareció en su monitor.

Edward conectó los COM. "Lucas, acabo de recibir una actualización".

Lucas dijo: "Vale, también tengo a Richard en mi COM".

Edward contestó: "Vale, conéctame".

Richard apareció también en el monitor.

Lucas dijo: "Le estaba preguntando a Richard qué tamaño de sombrero de papel de aluminio lleva".

Edward preguntó: "¿Por qué?"

Lucas respondió: "Hay una racha de papel de aluminio y láminas reflectantes en las tiendas".

Edward seguía sin entender nada.

Lucas le explicó: "Lo siento, olvidé que has estado ocupado protegiendo el mundo. Hay gente ahí fuera que cree que el papel de aluminio les protegerá de los rayos alienígenas del espacio, y están fabricando sombreros de aluminio".

"No había oído eso. Quizá podamos conseguir que los Anti-Adán y el grupo de odio Segr8 lo lleven como uniforme y nos facilitan el trabajo".

Brie se deslizó a la vista del monitor y añadió: "Acabo de encargar a Walco el último sombrero de aluminio en stock para usted, señor".

Edward miró a Brie. "¿Sabes algo de esto del papel de aluminio?".

Ella respondió: "Desde luego. No quiero que los rayos alienígenas me revuelvan el cerebro".

Lucas se alejó hasta perderse de vista.

Edward sacudió la cabeza y miró a Richard. "La actualización del FBI del director Martin parece prometedora. ¿Ha tenido Browning algún incidente similar en Inglaterra?"

Richard sacudió la cabeza. "Allí no. Cerró todos sus objetivos potenciales cuando Alemania tuvo su intento de atraco".

Edward se sentó. "Me preocupa que los biolaboratorios de las zonas urbanas puedan ser objeto de que los Hi-Hanger utilicen edificios altos para hacer salto base a las cimas de los laboratorios. El director Martin informó que utilizará a nuestras tropas de la Guardia Nacional para ayudar a asegurar las posibles brechas."

Richard preguntó: "Hablé con el PM canadiense, Carl Stillman, sobre sus sitios, y dijo que el clima está ayudando a mantener los sitios remotos inaccesibles para los ataques."

Lucas volvió a la vista con un improvisado sombrero de papel de aluminio.

Edward miró a Lucas meneando la cabeza y dijo: "Al menos nuestros líderes se están tomando en serio esta crisis".

Lucas replicó: "Vamos totalmente en serio, comandante".

Edward replicó con sarcasmo: "Por supuesto que sí". Y añadió: "Buenos días, Lucas, y a usted, señor vicepresidente".

Richard contestó: "Y a usted, comandante". Richard se agachó, se puso un sombrero de papel de aluminio y desapareció del monitor.

Capítulo 35

Manejando el Caos

El sheriff del condado de Shasta, Edgar Wright, junto con dos agentes del FBI, Frank Knox y Robin Lane, estaban sentados en su unidad de patrulla, observando a unas docenas de posibles manifestantes que preparaban pancartas y formaban un convoy de vehículos. Edgar estaba viendo las noticias en su COM de medios de comunicación entrevistando a varios manifestantes en Johnson Park, cerca de Burney. Tenía un contingente de sus ayudantes y de los ayudantes del sheriff del condado de Lassen esperando para acompañar a los manifestantes a una zona designada cerca de la entrada de la estación SETI de Hat Creek. Unos cuantos ayudantes del sheriff del condado de Lassen se encargaron de vigilar las carreteras hacia el sur.

Dos escuadrones de una unidad de la Guardia Nacional estaban estacionados en una zona apartada, a unos cinco minutos de la estación de Hat Creek como refuerzo.

La mayoría de los actores se autoidentificaban como parte del nuevo grupo de protesta Anti-Adán. El FBI había identificado al menos a tres miembros de una facción potencialmente violenta, Segr8, infiltrados en el grupo. El organizador del grupo, Parker Heiser, se acercó a un ayudante del sheriff y habló con él. El ayudante del sheriff asintió y encendió su radio.

"Sheriff Wright, la caravana está en marcha".

Wright tecleó su radio. "Wright copiado, todas las unidades a sus posiciones y avisen".

Los agentes Knox y Lane salieron del coche patrulla de Wright, subieron a su vehículo y se dirigieron hacia el norte.

Cuando la mayoría de las unidades se habían comunicado por radio, Wright arrancó su coche y condujo hasta la cabeza y se detuvo.

Cuando se formó la caravana, oyó cómo se registraba la última unidad. Comenzó a dirigir la comitiva a un ritmo moderado. Continuó hasta Four Corners y, al girar bruscamente a la derecha hacia Hat Creek, se fijó en el vehículo del FBI aparcado al otro lado de la intersección.

Pasaron varios minutos y Wright giró a la izquierda en la carretera hacia el Instituto SETI. La caravana dio la vuelta y llegó al punto de reunión designado para la protesta. Wright hizo pasar su vehículo por delante del punto de reunión, ligeramente apartado de la carretera, y aparcó.

Los manifestantes comenzaron a salir de sus vehículos y a colocar varios altavoces. Se repartieron docenas de carteles y megáfonos.

Apareció una furgoneta, conduciendo lentamente, que venía en dirección al Instituto SETI. Encima de la furgoneta había una larga estructura metálica ovalada en forma de jaula, con varios discos giratorios y un gran plato. En el interior de la furgoneta, dos técnicos del SETI observaban monitores y visores que detectaban diversos dispositivos electrónicos, ocupantes en estructuras y vehículos. Iniciaron un barrido de 360 grados desde detrás de la furgoneta a través del terreno, a través del grupo de protesta y a través del terreno al otro lado de la furgoneta. Los técnicos reprodujeron los resultados del barrido que identificó el contenido y los ocupantes en la estación SETI y a cada individuo y el contenido de todos los vehículos. También se captaron las imágenes de las dos tropas de seguridad de la Guardia Nacional estacionadas a quinientos metros y del dron que volaba por encima.

El COM del sheriff Wright recibió una captura de pantalla de dos individuos sospechosos y su ubicación. Estudió la pantalla y pulsó su radio.

"Atnip, Shaw, los dos individuos que están junto a la camioneta a su derecha, posibles CCW".

"Atnip copiado".

"Shaw recibido", fueron las respuestas.

El ayudante Atnip desenfundó su arma, caminó lentamente hacia la camioneta y Shaw rodeó la parte trasera de la camioneta. Otros dos ayudantes del sheriff se acercaron subrepticiamente a la camioneta y se detuvieron, fingiendo hablar entre ellos. Cuando Shaw llegó al parachoques delantero derecho de la camioneta, se detuvo, desenfundó su arma y esperó. Atnip se acercó finalmente a los dos sospechosos; sonrió y dijo: "Buenas tardes, caballeros".

Los dos respondieron: "Buenas tardes".

Atnip continuó: "Creo que han entendido que el permiso del Sr. Heiser para la protesta restringe la posesión de armas de fuego en un radio de tres millas de la protesta".

Los dos no dijeron nada.

Atnip continuó: "Ha llegado a mi conocimiento que un escaneo ha revelado que posiblemente estén en posesión de un arma de fuego".

De nuevo no dijeron nada.

Atnip aconsejó: "Ustedes, señores, tienen no una sino tres opciones: someterse a un registro de su persona, entregar sus armas de fuego o abandonar la protesta pacíficamente".

Shaw observó atentamente.

Los dos sospechosos se susurraron unas palabras y miraron a Atnip. Uno de los sospechosos respondió: "De todas formas, nos estamos aburriendo. Nos largamos".

Hicieron una pausa de unos segundos, miraron a Atnip y luego se separaron lentamente, uno hacia el lado del conductor y el otro hacia la parte trasera de la camioneta.

Shaw se dirigió hacia la parte delantera de la camioneta. Atnip observó atentamente los movimientos del conductor mientras entraba en la camioneta. Los otros dos ayudantes se separaron y se dirigieron hacia una posible cobertura. Shaw observó al otro sospechoso mientras rodeaba la parte trasera de la camioneta y abría la puerta del pasajero. Cuando entró, Shaw se movió con cuidado más allá de la puerta del pasajero hacia la parte trasera de la camioneta.

La camioneta se puso en marcha y los dos sospechosos volvieron a subir por la carretera, hacia el pueblo de Hat Creek.

Los técnicos del SETI que iban en la furgoneta siguieron comprobando su monitor y vieron un pico de radiación en una de las furgonetas más grandes aparcadas cerca de la parte delantera del grupo de protesta. El conductor de la furgoneta la puso en marcha y se apartó al otro lado de la carretera para que la parte trasera de la furgoneta mirara hacia el complejo. Un escaneo de la furgoneta de los manifestantes mostró a dos figuras en su interior moviendo un gran dispositivo electrónico.

La furgoneta del SETI se comunicó con Michael en Hat Creek.

Michael respondió: "Estamos enviando un escáner y una lectura de alcance de la furgoneta de un manifestante".

Michael abrió su COM y miró los datos del alcance y el escáner.

Los técnicos del SETI preguntaron: "¿Es lo que creemos que es?".

Michael volvió a comprobar el escáner y dijo: "Se ajusta al perfil de un dispositivo de generación de radiación electromagnética".

Los técnicos preguntaron: "Es su decisión... ¿Quiere que lo saquemos?".

Michael llamó a Perry para que mirara el monitor. Consultaron durante un minuto y Michael dijo: "Afirmativo, desactívenlo".

El disco situado encima de la furgoneta del SETI giró hacia la furgoneta del manifestante. El disco de la jaula situada encima de la furgoneta empezó a girar. El técnico del SETI pulsó un botón. El dispositivo de la furgoneta del manifestante sufrió una chispa electrónica y el humo llenó la furgoneta. Las dos figuras salieron rápidamente de la furgoneta. Dos minutos después, otra furgoneta del SETI llegó por la carretera y aparcó cerca de la furgoneta del manifestante. Tres técnicos con trajes para materiales peligrosos salieron de la furgoneta portando un dispositivo sensor y lo agitaron en la puerta de la parte trasera de la furgoneta. Los técnicos regresaron a la furgoneta del SETI.

Michael recibió un COM.

"Neutralizado, amenaza mínima de radiación".

Michael respondió: "Copiado. Regresen a la base".

La segunda furgoneta SETI dio la vuelta y se dirigió de nuevo hacia el complejo SETI.

Capítulo 36

Campistas Felices

El parque de autocaravanas Hereford, en Hat Creek, estaba experimentando un repunte inusual para esta época del año. El propietario, Kyle Arlitz, estaba ocupado vaciando los cubos de basura con su todoterreno y su carro a lo largo de los emplazamientos para autocaravanas. Se dio cuenta de que los cuatro toy-haulers que habían llegado antes esa mañana -sin reserva- estaban enganchando remolques de cajas de gran tamaño a varios vehículos de cuatro ruedas. Sentía curiosidad por saber adónde pensaban ir los inquilinos. El terreno estaba algo empapado por las recientes lluvias y cualquier aventura todoterreno con aquellos remolques de cajas podría ser peligrosa. Aparcó su todoterreno y se acercó a hablar con uno de los inquilinos.

"Soy Kyle, el propietario/gerente. No recuerdo su nombre, pero parece que quieren divertirse".

El campista sonrió, estrechó la mano de Kyle y contestó: "Soy Arlin. Sí, pensamos en conducir por el bosque y recoger la basura y los escombros dejados por los todoterreno irresponsables".

Kyle pensó un momento. "He recorrido esos bosques y no recuerdo que haya mucha basura allí".

Arlin contestó: "Recorremos mucho en todoterreno por todo el condado y pensamos hacer de este lugar una de nuestras paradas este verano. Siempre hacemos un viaje previo para explorar las rutas y elegir los campings".

Kyle explicó: "Si planean acampar, tienen que autorizarlo con el sheriff del condado y obtener un permiso de la BLM".

Arlin respondió: "Sí, lo sabemos. Ya lo hemos aclarado con el sheriff".

Kyle empezó a sospechar. "Ah, vale, ¿Hablaron ya con el sheriff Miller?".

Arlin asintió. "Sí, Miller nos dio luz verde".

Kyle contestó: "Bueno, supongo que ya tienen todo listo. Que tengan un buen día".

Kyle volvió a subirse a su todoterreno y pasó por delante de la fila de remolques caja y se dio cuenta de que varios campistas estaban arrugando papel de aluminio en bolas y arrojándolas al interior de los remolques caja. Siguió por un atajo hasta su oficina. Entró en su despacho y llamó a la oficina del sheriff a través de su COM. Le contó al despachador su encuentro con los campistas.

Capítulo 37

Bienvenido a Walco

El dependiente de la tienda de mejoras para el hogar Walco escaneó los tres cubos de cinco galones de revestimiento reflectante y preguntó: "¿Esto es todo?".

La mujer respondió: "Sí, gracias".

El dependiente confirmó el total en el ordenador y dijo: "Su total es de 567,45 dólares".

La mujer escaneó su pago en el cajero.

La dependienta le dijo: "Gracias por comprar en Walco. ¿Desea ayuda para cargar esto?"

La mujer de baja estatura miró los cubos de sesenta y cinco libras y dijo: "Sí, por favor".

El dependiente llamó a otro dependiente: "Richard, servicio fuera, por favor".

El dependiente empujó el carrito con los cubos hacia un lado de la salida. La mujer siguió el carrito y esperó a que la atendieran.

La empleada hizo señas a Richard antes de que fuera a ayudar a la mujer con el carrito. Le habló en voz baja: "Richard, hazle una foto de la matrícula a escondidas".

Richard preguntó: "¿Por qué?".

Ella respondió: "Hay una alerta para quien compre ese revestimiento".

Richard replicó: "¿En serio?"

Ella asintió. "Haz una foto a escondidas".

Richard asintió y fue a ayudar a la clienta.

Volvió a imprimir el certificado de compra.

El controlador aéreo del aeropuerto de Redding revisó los registros de vuelo y observó un manifiesto de llegada y un plan de vuelo que coincidían con una alerta del FBI. Llamó al número que aparecía en el aviso de alerta.

Capítulo 38

Pasándolo en Grande

El COM del sheriff Wright zumbó y parpadeó. Reconoció la imagen del remitente, Jerry en la central. Pulsó una tecla y contestó: "Hola, Jerry, ¿Qué tienes?".

Jerry contestó: "Hola, Edgar, acabo de recibir una llamada de Kyle, del parque de autocaravanas. Dice que tiene a unos personajes sospechosos ahí abajo planeando un viaje al bosque por tu camino. Tienen seis u ocho cuatrimotos tirando de grandes remolques caja llenos de bolas hechas de papel de aluminio. Le dijeron a Kyle que habían hablado con el sheriff Miller, así que sabía que tramaban algo".

Edgar escuchó atentamente. "De acuerdo, Jerry, gracias".

Edgar terminó el COM y llamó a la estación SETI.

Perry contestó al COM: "Buenos días, sheriff".

Edgar contestó: "Buenos días, Perry. Tengo un problema potencial que puede afectar a su estación".

Perry contestó: "Bien, adelante. Está manejando la protesta muy bien. Estoy seguro de que podremos hacer frente a lo que surja".

Edgar ofreció: "Kyle, en el parque de autocaravanas al otro lado de la arboleda, dijo que un grupo de vehículos de cuatro ruedas puede estar dirigiéndose en su dirección remolcando remolques de cajas grandes con bolas de papel de aluminio. Cree que no traman nada bueno".

Perry contestó: "Sí, parece que algunos bichos raros piensan que los materiales reflectivos podrían bloquear a los extraterrestres para que no se comuniquen o aterricen en la Tierra. Avisaré a seguridad".

Edgar contestó: "Podría enviar a algunos ayudantes para cortarles el paso, pero dudo que lleguen a tiempo".

Perry dijo: "Gracias, Edgar, pero tengo a la Guardia como refuerzo. No quiero dispersar demasiado a tus hombres".

Edgar dijo: "De acuerdo, Perry, cuídate. Hablamos luego".

Perry respondió: "Gracias, sheriff".

Capítulo 39

Alerta

Perry desconectó el COM y tomó otro COM y envió una alerta. Perry se acercó a un monitor de seguridad e introdujo algunas combinaciones de teclas.

"Seguridad 1, base".

La seguridad itinerante respondió: "Seguridad 1".

"Estén avisados, puede que haya varios vehículos de cuatro ruedas viniendo del parque de autocaravanas a través de los bosques y la maleza hacia su oeste y suroeste. He enviado al dron Alfa para obtener una imagen".

Seguridad 1 respondió: "Copiado. Tomaré la señal en mi monitor".

Perry respondió: "10-4, base, fuera".

Perry terminó la llamada y se dirigió al monitor principal, introdujo algunas teclas y envió una llamada a Edward al mando DS.

Edward vio la imagen de Perry y conectó el COM. "Perry, ¿qué pasa?"

Perry contestó: "Los manifestantes están bajo control, pero puede que haya algunos intrusos en todoterrenos que vienen del suroeste. Tengo a seguridad comprobándolo".

Edward añadió: "Bien, ellos sabrán cómo manejarlo. Tienen un escuadrón NG a su disposición. Pero, Perry, sólo para avisarte, hay otra posible amenaza en ciernes de la que me estoy ocupando".

Perry preguntó: "¿Cómo es eso?".

Edward transmitió: "El FBI recibió una llamada del aeropuerto de Redding informando de que tres agentes de Segr8 habían aterrizado en Redding y reservado un bimotor privado con destino al aeropuerto de Fall River Mills. Esa misma mañana, otra Segr8, Lynne Barker, compró tres cubos de cinco galones de revestimiento reflectante en el Walco de Redding. Están rastreando el revestimiento, pero no habría tiempo suficiente para conducir hasta Hat Creek o el aeropuerto de Fall River si quisieran utilizar la protesta como distracción. Así que el FBI cree que probablemente lo llevarán al aeropuerto de Redding. Están vigilando la zona para determinar si hay algún método de entrega aéreo disponible aparte de los del aeropuerto. En cualquier caso, está controlado al 98%".

Perry respondió: "Para su información y la del FBI, hay varios granjeros por aquí con aviones fumigadores y helicópteros".

Edward dijo: "Gracias, Perry se lo haré saber".

Capítulo 40

Manejando el Negocio

Edward terminó el COM e inmediatamente se comunicó con la agente Lane cerca de Hat Creek. Mientras Edward hablaba con la agente Lane, Brie escaneaba el monitor de mapas y el de noticias, manteniéndose al corriente de los incidentes ocurridos en todo el mundo. En Gran Bretaña, Alemania, Nuevo México, Texas e incluso en el campus de la Universidad de California en Berkeley se registraron numerosos incidentes menores de lanzamiento de papel de aluminio desde aviones o desde el suelo sobre las antenas del SETI, en los que se arrojó papel de aluminio sobre el teleobjetivo cuando alguien se subió a la cúpula. Los intentos más serios de recubrir o pintar los telescopios se limitaron a dos telescopios rociados parcialmente en Maryland y Boston.

Afortunadamente, sólo se produjo un intento de ataque a un biolaboratorio de nivel 1 en la UC Berkeley, donde los estudiantes impidieron la entrada a los autores.

El mando observó que la frecuencia de los incidentes estaba disminuyendo a medida que transcurrían poco más de veinticuatro horas. La mayoría del público de la franja que seguía el culto Anti-Adán parecía estar preparando la autoprotección pintando las casas con revestimiento reflectante y fabricando y/o llevando abrigos o gorros de papel de aluminio. Algunos incluso pusieron láminas reflectantes en sus casas e incluso vehículos. Un empresario del sur de California vendía casas para perros blindadas.

Edward terminó su COM con la agente Lane y volvió a mirar el monitor del mapa con Brie.

Edward se sentó y se echó hacia atrás, miró a Brie y soltó una risita. "Bueno, teniente, parece que lo tiene todo bajo control".

Brie respondió, riendo: "Lo único que tengo bajo control es mi apetito".

Gruñó y dio un mordisco despiadado a un sándwich.

Capítulo 41

Campistas No Tan Felices

El dron Alfa sobrevolaba los árboles cercanos al parque de autocaravanas y se cernía sobre el campamento de los vehículos de cuatro ruedas.

El líder, Arlin Harper, terminó de comprobar el último enganche de los remolques caja. Se acercó al todoterreno líder y lo puso en marcha. Hizo una señal con la mano para avanzar.

El grupo comenzó su viaje en acordeón. Cuando alcanzaron la separación que les seguía, se movieron lentamente a través del límite de los cuatriciclos y alrededor del borde izquierdo de la línea de árboles.

El Chinook planeó cerca de los conjuntos SETI. Después de que el último miembro del escuadrón de la Guardia Nacional descendiera en rápel al suelo, el helicóptero se alejó en dirección noreste. La unidad se puso a trabajar, clavando postes metálicos en el suelo y enhebrando cuerda pesada a través de los ojos de los postes.

Ataron banderas amarillas a la cuerda entre los postes.

Seguridad 1 se acercó al pelotón en un todoterreno. Sacó su monitor de dron y lo guió para que siguiera la línea de cuatrimotos. El segundo todoterreno empezó a reducir la velocidad y se detuvo. El remolque se había empantanado en la tierra empapada. Arlin oyó a los usuarios gritarle que el remolque estaba atascado en el barro. Arlin se detuvo y se acercó al usuario. Los demás usuarios se acercaron al remolque y entre todos lo empujaron para sacarlo del barro y llevarlo a un terreno más sólido. La caravana comenzó a moverse de nuevo. No pasó mucho tiempo antes de que otro remolque se quedara atascado, ya que cuanto más avanzaban por el perímetro de la arboleda, más blando se volvía el suelo. Arlin condujo al grupo hacia los árboles, donde había un terreno más estable. Pronto se dieron cuenta de ese error, ya que los remolques eran demasiado altos y anchos para sortear la altura y la separación aleatorias de los árboles. Finalmente encontraron el camino de vuelta para salir de la arboleda al campo abierto. Tras varios incidentes en los que un remolque se quedó atascado y luego fue empujado fuera, decidieron desconectar dos remolques atascados y continuar con dos remolques tirados por dos vehículos de cuatro ruedas, uno remolcando a otro con una cuerda atada entre ellos.

Finalmente, la caravana divisó el Sitio y también el perímetro de postes, cuerdas y, lo que era más problemático, el pelotón de la Guardia Nacional. Arlin detuvo su todoterreno y pensó un momento. Se bajó del vehículo y volvió a hablar con sus amigos. Evaluaron la situación y decidieron dar media vuelta y regresar. Arlin volvió a subirse a su cuatriciclo y dio una amplia vuelta, y la rueda de su remolque se hundió hacia un lado, y el impulso del giro hizo que el remolque cayera de lado. Se escucharon muchos improperios mientras la tripulación discutía el problema. La decisión estaba tomada. Desengancharon el remolque que estaba de lado y lo abandonaron. Dieron la vuelta y regresaron por donde habían venido con un solo remolque a cuestas.

El vigilante 1 se acercó con su todoterreno al remolque volcado e inspeccionó su carga. Como se informó, la carga era papel de aluminio aplastado en forma de bolas.

Seguridad 1 abrió su COM.

Perry contestó al COM, riéndose entre dientes. "Perry", dijo.

Seguridad 1 informó: "Perry, Seguridad 1. Parece que el grupo de 4x4 se encontró con demasiados obstáculos y decidió abortar su misión. Dejaron uno de sus remolques que cayó de lado. ¿Qué quiere hacer con él?".

Perry contestó, aún riendo entre dientes: "Sí, estaba viendo el espectáculo en la cámara del dron Alfa. No pude ver lo que había en el remolque. ¿Qué es?"

Seguridad 1 respondió: "Era lo que pensábamos, papel de aluminio hecho bolas. ¿Qué quiere que haga con él?".

Perry dijo: "No sé qué pretendían hacer con el papel de aluminio. No afectaría a las matrices a menos que las amontonaran encima. En realidad eso podría aumentar la intensidad de la señal".

Seguridad 1 volvió a preguntar: "Sí, señor, pero ¿Qué quiere que haga con ella?".

Perry dijo: "Lo siento, adelante, déjelo ahí. Lo vigilaré y controlaré a los usuarios de vez en cuando con un dron. Quizá los Alfas quieran las pelotas".

Seguridad 1 dijo: "Recibido". Y terminó el COM.

Capítulo 42

Te Tengo

Los agentes Knox y Lane estaban estacionados cerca de un hangar del aeropuerto de Fall River Mills. Esperaban la llegada prevista de un bimotor Cessna. El otro escuadrón de la Guardia Nacional esperaba en el Chinook en el extremo opuesto de la pista. Afortunadamente el radar tenía al Cessna en una trayectoria de vuelo constante con llegada a Fall River. El escuadrón de la Guardia en el Chinook estaba a la espera por si el avión cambiaba de rumbo. El otro escuadrón de la GN permaneció en las antenas del SETI por si el avión desviaba su rumbo para dejar caer algo sobre las antenas. Como tercera opción, se disponía de apoyo aéreo de la Guardia Nacional Aérea en Beale AFB, al sur. En este punto, aún era un juego de espera.

A excepción de tres manifestantes que querían acercarse a las antenas, la protesta seguía siendo pacífica. El sheriff Wright envió un mensaje COM de Todo Bien a Perry y a los agentes Lane y Knox.

Lane comprobó el mensaje COM y dijo: "El sheriff ha enviado un mensaje de que la protesta va bien".

Knox asintió y figuró: "¿Así que tu hija marcó un gol ayer? Debía de estar eufórica".

Robin contestó: "Yo era la que saltaba y gritaba. Ella se lo tomó con calma y volvió corriendo al campo".

Frank respondió: "Demasiado para una mamá reservada en el banquillo".

Robin contraatacó: "Tú eres el que habla, ¿No te echaron casi a patadas del partido de baloncesto de tu hija?".

Frank replicó: "Bueno, ¿Cómo puedes no pitar una falta cuando un codazo derriba al defensor?".

Robin dijo: "Acéptalo, Frank, a los dos nos apasionan nuestros hijos".

El COM zumbó y parpadeó. Frank respondió: "Knox".

El controlador de la torre, Jed, figuró: "El avión está a una milla y en rumbo".

Frank contestó: "Gracias, Jed".

Frank dijo: "Hora del espectáculo".

Robin envió un mensaje al oficial en el Chinook.

"Bien, ya es hora de que nuestro amigo de la furgoneta haga su movimiento".

El Cessna apareció a la vista, aterrizó suavemente y rodó hasta un hangar. Los agentes observaron cómo una furgoneta, que había sido aparcada en el Recinto, se acercaba al hangar.

Lane dijo: "Y Allen Landry hace su aparición".

Knox observó a través de sus prismáticos, al igual que Lane. La puerta de la cabina se abrió y un conocido miembro de Segr8, David Poole, salió del avión.

Frank dijo: "También tenemos a David".

Siguieron observando mientras los dos se saludaban fraternalmente. Hablaron un momento y David subió al avión, salió y dejó un cubo de cinco galones en el suelo. Recuperó otro cubo del avión y lo puso en el suelo. Cargaron los cubos en la parte trasera de la furgoneta y cerraron las puertas.

Hablaron un momento y David se puso en su COM. Habló durante varios minutos y anotó algo. Terminó su COM y habló con Allen. Subieron a la furgoneta y se dirigieron hacia la salida.

Lane y Knox observaron cómo se alejaba la furgoneta.

Lane se preguntó: "Bien, ¿Dónde está el tercer cubo?".

Frank respondió: "Sí, ¿Qué pasó con eso?".

Lane llamó al sheriff Wright. Wright contestó: "Sheriff Wright".

Lane preguntó: "Edgar, soy la agente Lane. ¿Tiene algún ayudante libre?"

Edgar respondió: "Claro, ¿Qué necesitas?"

"Necesito que alguien siga a una furgoneta desde el aeropuerto de Fall River Mills".

Frank arrancó el vehículo y siguió lentamente a la furgoneta.

Edgar dijo: "Tengo un ayudante del sheriff en la ciudad. Dame la información y haré que los siga".

Robin envió la información de la furgoneta al COM del sheriff.

Frank dijo: "Vale, mantente a la espera, déjame ver por dónde va la furgoneta".

Siguió a la furgoneta hasta la autopista y la vio girar hacia la ciudad.

"De acuerdo, sheriff. Dígale que la furgoneta se dirige hacia la ciudad".

Edgar contestó: "De acuerdo, se lo haré saber".

Frank dijo: "Gracias, sheriff".

Terminó el COM y dio media vuelta. Condujo de vuelta al aeropuerto y hasta el hangar donde estaba el avión. Detuvieron el coche, salieron del vehículo y se acercaron a un hombre que estaba junto al avión.

Lane le preguntó: "Buenos días, señor, ¿Es usted el piloto de este avión?".

El hombre respondió: "Sí, soy el propietario y piloto. ¿Puedo ayudarle?"

Lane dijo: "Había quedado aquí con David Poole para tomar un cubo de revestimiento".

El piloto dijo: "Vaya, acabas de perdértelo a él y a Allen".

Lane dijo: "Maldita sea, ¿Ha dejado el cubo para mí?". Miró al piloto suplicante.

El piloto dijo: "No, se llevaron los dos cubos".

Lane dijo: "Supongo que no necesitaban los 500 dólares que le iba a pagar".

Hizo una pausa y preguntó: "Por casualidad no sabrá dónde podría conseguir otro cubo, ¿Verdad?".

Él contestó: "No, ojalá lo supiera, si es por lo que van".

Ella exclamó: "¡Maldita sea!".

Miró a Frank y de nuevo al piloto y exclamó: "¿Y ahora de dónde voy a sacar otro cubo?".

El piloto dijo: "No lo sé... es todo lo que tenía Dave".

Ella dijo: "Gracias de todos modos".

Y empezó a irse, pero se volvió y preguntó: "Por casualidad no sabrá por dónde se fueron, ¿Verdad?".

Él contestó: "No, sólo decía algo sobre Hat Creek".

Ella dijo: "Vale, cuídate".

Él contestó: "Tú también".

Ella y Frank volvieron a su coche y ambos subieron.

Frank sonrió y dijo: "Vaya, Robin, ha sido uno de los interrogatorios más suaves que he oído. Así se hace".

Robin contestó: "A mí me pareció que fue bien, sólo seguí la corriente".

Frank dijo: "No sé qué más podrías haberle sacado sin levantar sospechas. Sólo me gustaría saber dónde está el otro cubo".

Tomó su COM.

Robin razonó: "Es probable que Lynne Barker aún lo tenga en Redding. Hay que comprobarlo en la oficina de Redding".

Frank dijo: "Voy a comunicarme con ellos ahora".

Esperó una respuesta y habló: "Aquí Knox. ¿Tienes localizado el otro cubo de revestimiento? Tengo dos localizados".

Escuchó durante un minuto, luego sonrió y colgó.

"Buenas noticias, parece que Barker está utilizando el revestimiento en su casa. Y nos preguntamos de dónde sacan el cerebro algunos".

Robin añadió: "Bueno, yo tengo una idea de dónde están sus cerebros".

Frank contestó: "Sí, pero ahora tenemos que alcanzar a los otros dos cubos".

Frank dio marcha atrás al coche y condujo hacia la salida. Giró hacia el pueblo y Robin llamó al sheriff.

"Sheriff, aquí Lane. ¿Tienes contacto sobre el vehículo objetivo?"

Edgar respondió: "Mi ayudante dijo que giraron al sur por Cassel Road".

Lane dijo, "¿Puedes darme su COM?"

Edgar dijo: "Mejor aún, puedo comunicarte, espera".

Lane se preparó para esperar, pero oyó una voz en el COM, "Soy el ayudante Ariza".

Lane respondió: "Ariza, soy la agente Lane, FBI. Tengo entendido que están siguiendo la furgoneta azul de los sospechosos".

Ariza dijo: "10-4, al sur por Cassel Road, en dirección a una Compañía maderera".

"Estamos a unos tres kilómetros de ese desvío. Debería estar a sus seis en unos cuatro minutos".

"No hay prisa, la carretera es bastante dura para esa vieja furgoneta".

"Entendido, si se detienen, no entres en combate, sólo vigila".

"De acuerdo, mantendré mi posición".

"Gracias, Ariza, ¿Puedo mantener este canal abierto?"

"10-4 Lane. Podemos ir a 10-8."

"Recibido, Ariza. Vamos 10-8."

La furgoneta bajó por el camino de tierra durante un kilómetro y medio, luego giró hacia una antigua Compañía maderera. Ariza se anticipó al giro y se había detenido fuera de la vista.

"¿Agente Lane?"

"¿Sí, Ariza?

"La furgoneta entró en la Compañía maderera como esperaba. También hay una fumigadora aparcada allí. Parece la avioneta de Josh Frazier de Burney".

"Gracias, Ariza, espera. Estamos a dos".

"10-4."

La furgoneta se detuvo cerca del avión, y Landry y Poole salieron y abrieron las puertas traseras de la furgoneta. Llevaron los cubos hasta el avión. Josh Frazier estaba allí con su avión.

Hablaron durante un minuto, y Frazier se acercó al avión y abrió el tapón del depósito del pulverizador. Landry llevó un cubo hasta él y empezó a verter su contenido en el tanque.

Los agentes Lane y Knox aparcaron detrás del coche patrulla de Ariza y se bajaron.

Ariza salió y se reunió con ellos. Se estrecharon la mano.

Ariza explicó: "Hasta ahora están vertiendo el contenido de los cubos en el depósito del pulverizador. El avión pertenece a Josh Frazier".

Lane respondió: "Excelente trabajo, Ariza, vamos a establecer contacto. ¿Tienes un rifle?"

Ariza sonrió y dijo: "Espere". Fue a su baúl y volvió con un 30-06 con visor.

Sonrió. "Sí, tengo un rifle".

Frank dijo: "Supongo que sabes dispararlo".

Ariza dijo: "Pan comido... cualquier cosa a menos de doscientos metros".

Lane sonrió y dijo: "Tenemos cobertura. Supongo que estamos listos".

Frank asintió y volvieron al coche. Condujeron por la carretera, giraron hacia la zona de tala y llegaron hasta el avión.

Pararon y se bajaron. Le dijo a Lane: "Muy bien, poli bueno, tú te encargas".

Landry y Poole les vieron llegar en coche y se pararon junto al avión. Lane se acercó a Landry y Poole y les dijo: "Buenos días, señores. Bonito día para un viaje en avión".

Poole preguntó: "¿Quién pregunta?".

Puso sus cartas sobre la mesa. Sacó su identificación, al igual que Frank, y se las mostró a Poole.

"Soy la agente especial Lane, del FBI, y éste es mi compañero, el agente especial Knox. Nos gustaría hacerle algunas preguntas".

Poole contestó: "Bueno, agentes especiales, no me importa responder a ninguna pregunta".

Frank se unió: "Gracias, caballeros".

Se acercó al avión y miró dentro del depósito del pulverizador. Miró la etiqueta de los cubos, cogió una jarra y pulsó algunos botones.

Se acercó a Frazier y le preguntó: "Josh Frazier, ¿Verdad?".

Frazier se sorprendió. "Sí, señor, ¿Le conozco?".

Frank continuó: "Usted dirige un negocio de fumigación, por aquí, ¿Correcto?".

Frazier seguía perplejo. "Sí".

Frank continuó: "Sé que tiene todas las licencias, permisos y documentaciones de la FAA necesarias, así que no voy a hacer que me las enseñe".

Frazier respondió: "No importa. Tengo todos mis documentos en el avión, soy completamente legal".

Frank dijo: "Respeto a un hombre que trabaja duro para construir un negocio y vivir el sueño americano".

Frazier aún se preguntaba adónde iba esto. "Gracias, estoy orgulloso de lo que he hecho".

Frank preguntó: "Supongo que conoce a estos dos caballeros, David Poole y Allen Landry, conocidos miembros del grupo Segr8 en la lista de terroristas del FBI".

Frazier miró a Landry, que negó con la cabeza. Frazier dijo: "He terminado de hablar".

Frank dijo: "Aprecio su valor y devoción, pero veo que se está preparando para despegar y posiblemente espolvorear algunos cultivos".

Frazier dijo: "Sí... ¿Y qué?".

Frank preguntó a Lane: "Agente Lane, ¿Recibió respuesta de la FDA y la FAA sobre la foto de la etiqueta que tomé de los cubos de allí?".

Lane asintió. "Sí, la recibí".

Frank preguntó: "¿Y qué averiguó?".

Lane explicó: "Se determinó que el recubrimiento de esos cubos es un carcinógeno de clase B prohibido para su uso en dispersión aérea o en contacto con el ganado o la vegetación".

Frank añadió: "Lo siento, señor Frazier. Tendré que confiscar su avión y acusarle de intento de dispersión ilegal de un carcinógeno conocido, un delito grave de clase C".

Frank se inclinó hacia Frazier y añadió: "Y entre usted y yo, será mejor que pida más dinero, el revestimiento probablemente atascará su equipo de pulverización y dañará la bomba".

Lane se acercó a Frazier y le sacó las esposas. "¿Puede darse la vuelta y poner las manos detrás?”.

Frazier dijo: “¿Pero y si me obligaron a hacerlo?”.

Frank dijo: “Eso podría ayudar. ¿Quién te obliga?”

Frazier dijo, señalando a Landry y Poole: “Estos tipos”.

Lane miró a Poole y Landry con una gran sonrisa y dijo: “¡Te tengo!”.

Capítulo 43

¿Me Estás Hablando a Mí?

La representante de Maryland Johnny Walsh salió del ascensor y varios corresponsales de los medios de comunicación tendieron hacia ella micrófonos y cámaras. Le lanzaron una cacofonía de preguntas.

Ella sonrió y pidió: "Un momento, por favor. ¿Pueden calmarse todos? No voy a ir a ninguna parte. Déjenme tomar un respiro".

Caminó unos pasos hacia el lado del ascensor y se detuvo.

La pandilla la siguió.

Ella suspiró. "De acuerdo, vamos".

Una reportera preguntó: "¿Está satisfecha con la votación sobre el cierre del SETI?".

"¿Qué quiere decir con satisfecha?"

"Debe de disfrutar cumpliendo las órdenes de su novio".

"¡Disculpe! ¿Se refiere al Dr. Uschin?"

"¿Tiene otro novio?"

Otro reportero empezó a hacer una pregunta, pero Johnny le detuvo: "Espere, primero vuelvo con ella".

Apartó otros micrófonos y se encaró con la primera periodista. "¿Qué está intentando decir exactamente? Quiero decir ¡Exactamente!"

La informadora se entretuvo y continuó: "Sabemos que tu novio te hace decir y votar como él te dice".

Johnny vio rojo pero tomó el camino más alto. "Lo siento, señora. Es evidente que no sabe nada de mí. Nunca he sido ni seré controlada, manipulada u ordenada por nadie para hacer algo que no quiera hacer o decir".

Y continuó: "El Dr. Uschin tiene su propia opinión y yo tengo la mía. Voté en contra de cerrar la financiación del SETI porque era un intento estúpido e infructuoso, por parte de idiotas, de detener nuestro contacto en curso con los Alfas. Puede usted meterse la cabeza en el culo y no escuchar, pero no escuchar no impedirá sus esfuerzos por contactar con nosotros. ¿Por qué no quieren escuchar nuevas ideas o posibilidades de un futuro mejor? Como si hubiéramos hecho un gran trabajo como raza humana hasta ahora: arrasar la tierra, matar de hambre a la gente, asesinar en venganzas personales o guerras, odiar y maltratar a los que tienen una fe, raza, género u opinión diferentes. ¿Creo que los Alfas son una amenaza? No. ¿Sé que no quieren hacernos daño? ¡No! Lo que sí sé es que si no escucho, no podré oír lo que quieren con nosotros o de nosotros. Cuando nos reunamos y hablemos, sólo entonces podremos dar el siguiente paso. Lo siento. Olvidé dónde tenías la cabeza metida, así que no puedes oírme".

Hizo una pausa. "Pero gracias por su pregunta".

Ella dijo: "¡Siguiente!"

El siguiente reportero adoptó un tacto menos conflictivo. "Al escuchar el audio, parecía haber una implicación por parte de Adán de que ellos creen que no hay Dios. ¿Hay más audio que se le haya ocultado a la gente?".

Johnny suspiró y habló algo exasperada: "Señor, quizá no haya forma de hacerles creer a ustedes, el pueblo, que el tiempo de las mentiras ha pasado. El presidente habló de transparencia, y esa idea parece haber caído en oídos sordos o, en algunos casos, en oídos que están metidos en su propio culo. Tuve el privilegio de haber escuchado el audio sin editar antes de que se hiciera público durante nuestra sesión del Congreso y el mismo audio que se ofreció al público. No existen otras versiones o formatos sin editar del audio. Puedo decirle que se está haciendo todo lo posible para establecer nuevos contactos por cualquier medio".

Johnny tomó aire. "Para responder a su primera pregunta... Lo que obtuve del audio fue que los Alfas son como nosotros, sin un dios físico. Ahora bien, a mí me parece que aún están buscando esa respuesta. Quizá no exista una necesidad universal de dios, sino más bien una necesidad individual de dios. Me gustaría ver una aceptación universal de la elección de creer o no creer. Si cualquiera de las dos le da a uno consuelo y paz, ¿No debería ser suficiente?".

Se formuló otra pregunta: "¿Cómo se está preparando para el posible acontecimiento de mañana?".

Johnny pensó: "Algunos se están preparando como si fuera el fin del mundo... y tengo que reírme. Sean realistas, gente... si los Alfas quisieran hacernos daño, ¿Por qué se pondrían en contacto con nosotros... por qué nos avisarían... para asustarnos? Ya hay bastante gente asustada sólo de pensar que existan ETs de verdad. Piénsalo, si tuvieran la capacidad de destruirnos y quisieran hacerlo, ¿Habría alguna diferencia en cómo nos preparamos para ello? El resultado sería el mismo, salvo cualquier intervención divina. Y... si hubiera una intervención divina, entonces usted no tiene nada que temer de todos modos.

"Entonces... ¿Cómo me estoy preparando? Voy a vivir como siempre: esforzándome al máximo para disfrutar de cada día y esperando con ilusión el siguiente... con suerte con mi novio, Sal".

Capítulo 44

Películas en Vuelo

Eve miró por la ventanilla del C-40 Clipper mientras se dirigía a Beale AFB. Varios mandos militares y mandos varios estaban repartidos entre los cómodos asientos de la nave. Aunque estaba acostumbrada a volar, era su primer viaje en un avión militar. Tomó nota de que, como civil, cosechaba más miradas de la cuenta. El almirante Scott, encargado del Otoño Lunar, se sentó frente a ella al otro lado del pasillo. Parecía un hombre agradable, pero estaba enfrascado en conversaciones en su COM.

El COM de lujo, suministrado por Richard, zumbaba y parpadeaba. Ella vio la foto de Richard, se puso los auriculares y aceptó el COM.

Richard abrió el diálogo: "Buenos días, Eve, ¿Cómo va tu vuelo?".

Ella miró su reloj, que marcaba las 12:15 p.m.; cayó en la cuenta de su error.

"Así es, aquí todavía es de mañana. Olvidé poner a cero mi reloj".

Él contestó: "Sí, eso es un dilema para ustedes los que viajan en avión".

Ella replicó, mientras atrasaba la hora tres horas: "No creo que dos viajes al año me califiquen como jet-setter".

Él replicó: "Tendrás que acostumbrarte".

Ella preguntó: "¿Sabes algo que yo no sepa?".

Él sonrió, pasó de una respuesta y preguntó: "Bien, ¿Estás lista para tu segmento documental?".

Ella respondió con suficiencia: "Sí, no es mi primera entrevista...".

Él reafirmó: "Es cierto, pero ésta puede ser tu entrevista más relevante desde una perspectiva histórica".

Ella contestó: "Soy consciente de su importancia, pero he preparado mi mente para documentar a la humanidad del momento para la posteridad".

Él sonrió. "Por eso yo..." murmuró y continuó, "creo que usted es perfecta para esto".

Ella notó su tropiezo pero continuó: "Gracias por tus ánimos".

Él contestó: "Siempre, Evelyn Walker, periodista".

Ella replicó con una sonrisa: "¿Te estás burlando de mí?".

Él sonrió y cambió de tema: "Supongo que su vuelo es agradable".

Ella replicó: "Oh sí, me encanta la película de a bordo".

Él se rió entre dientes. "Sí, pero me duermo y me pierdo el final".

Ella replicó con un suspiro de placer: "Bueno, quiero estar despierta para ese final".

Él contestó pensativo: "¿Quizás podamos ver el final juntos alguna vez?".

Ella sonrió, hizo una larga pausa y dijo en voz baja: "Me gustaría".

Pero con su voz hablada, contestó: "Sí, traeré las palomitas".

El avión se inclinó a babor y sonó el aviso por los altavoces de la cabina: "Aterrizaje en diez".

Ella dijo: "Vale, tengo que prepararme para ponerme el paracaídas y engancharme. ¿Todavía dicen Jerónimo?"

Sonrió. "Probablemente cambien el grito de salto por Alfa".

Sonrió y dijo: "Vale, rómpete una pierna".

Ella contestó sonriendo: "Eso no tiene gracia".

Richard se rió y dijo: "¡Hasta luego!".

Desapareció del COM.

Capítulo 45

La Entrevista

Eve contempló la cordillera, apreciando su belleza y tomando fotos. Ni siquiera el ruido del motor del Huey le quitaba visibilidad.

Mientras se preparaba para aterrizar, observó a los manifestantes que se habían congregado en la carretera hacia Hat Creek SETI, su destino.

Nunca había visto un conjunto SETI en persona y también lo documentó con su cámara.

Una zona de aterrizaje temporal la llevó con seguridad a descansar cerca de un grupo de árboles donde la esperaba un Jeep. Esperó un momento y el guardia abrió la puerta y la ayudó a salir. Tomó su maleta y fue escoltada hasta el Jeep. Condujeron sólo unos metros hasta el edificio principal del SETI.

El conductor la acompañó hasta el edificio y abrió la puerta.

*****

Si tuviera que hacer un resumen de Dominique Soul, tendría que empezar y terminar con esperanza. Ciertamente hubo días de desesperación, decepción, abatimiento y desánimo, como parte de toda vida. Sin embargo, al final de cada día, ella tenía esperanza. Lo positivo siempre ganaba a lo negativo.

La vida familiar en Walnut Creek era más bien normal: madre y padre, hermano mayor y hermana menor, y algún perro o gato ocasional. La escuela era bastante agradable, los amigos y las actividades deportivas completaban su vida social. Por supuesto, hubo viajes a los centros comerciales y bailes escolares y un par de jóvenes interludios románticos. Desarrolló interés por la tecnología informática y disfrutaba de las excursiones de fin de semana al monte Diablo. Su interés se despertó con cada vez más viajes al Observatorio Lick, en el monte Hamilton. Empezó a asistir a los Talleres de Ciencia y Tecnología y apreciaba mucho sus visitas al SETI en Hat Creek. Con el tiempo, sus doctorados en Ciencias Planetarias, Astrofísica y Física Espacial e Informática Científica la prepararon para su destino actual.

Su pasión por lo inexplorado e inexplicable la puso en el camino hacia su destino lógico al que ahora se somete. Su discreto estatus de ser el primer contacto con una inteligencia alienígena se vio superado por el de ser la primera en conversar con un extraterrestre. Comprendía su renombre, pero no dejaría que la consumiera.

Conoció a Amir Hadad en Berkeley al principio de sus estudios, pero siguieron caminos separados en las disciplinas educativas. Mantuvieron el contacto y se sorprendieron gratamente cuando ambos aterrizaron en el SETI de Hat Creek hace un año.

Amir, aunque él mismo tenía un lugar en la historia, en lugar de sentir celos de la notoriedad de Dominique, la abrazó con un respeto y un apoyo que definieron la garantía personal entre ambos.

Amir y Dominique estaban inmersos en su esfuerzo por reproducir el contacto auditivo que ella había disfrutado unos días antes. Perry se acercó al puesto de Dominique que ahora estaba entre Perry y Amir.

Se dirigió a ambos: "¿Se dan cuenta de que los dos están obsesionados con volver a conectar con Adán? Necesitan tomarse un descanso por un tiempo".

Amir miró a Perry y dio un codazo a Dominique. "Hola, Dom, Perry nos está hablando".

Ella miró a Amir y tomó aliento, se recompuso y sonrió. "¿Sí?"

Amir dijo: "¡Hora de descansar!".

Ella asintió. "De acuerdo".

Ambos se levantaron y caminaron hacia el extremo del edificio donde había unas cuantas mesas que servían de cafetería improvisada. Encontraron algunas bebidas y aperitivos y se sentaron en una mesa.

*****

Michael estaba sentado en su escritorio cuando vio a Evelyn Walker caminando hacia la puerta. Se levantó para recibirla cuando entró.

Le tendió la mano. "Sra. Walker, bienvenida al SETI, Hat Creek. La recuerdo de nuestra reunión del COM".

Ella le estrechó la mano y contestó: "Sí, Michael, ¿Verdad? Es un placer conocerle en persona".

Recorrió el complejo y observó el gran número de puestos y monitores. "Vaya, no sabía que hubiera tantos puestos de trabajo aquí".

Michael respondió: "Bueno, sólo había cinco antes del evento Alfa del pasado septiembre. Pasamos del estatus de hijastros a primogénito.

No sé de dónde sacaron el dinero, pero a caballo regalado nunca le he mirado el diente. Tomaremos lo que podamos conseguir".

Ella asintió. "No te culpo, pero tiene buena pinta".

Dijo: "Nos alegramos mucho de que esté aquí. Estamos ansiosos por la exposición positiva en lugar de tener manifestantes en la puerta".

Explicó: "Se da cuenta de que los manifestantes sólo representan quizá el 5% de la población. La inmensa mayoría del público está a favor y espera ansiosamente un resultado positivo."

Perry se acercó a Eve y le ofreció la mano.

Eve se la estrechó y dijo: "Buenos días, Perry, le reconozco de la reunión del COM".

Perry respondió: "Por supuesto, es un placer conocerla en persona, Sra. Walker".

Dejó su maleta en el suelo. "Si se dirigiera a mí como Eve, me sentiría mejor".

Ambos asintieron y Perry dijo: "¿Podemos ofrecerle algo de beber y aperitivos?".

Ella asintió, tomó su valija y dijo: "Claro, puedo hacerlo yo misma".

Caminaron hacia el final de la unidad, donde se sentaban Dominique y Amir.

Michael volvió a su escritorio y Perry le abrió paso. Eve sonrió mientras se acercaba a Amir y Dominique. Perry se detuvo cuando llegaron a la mesa.

Presentó a Eve. "Eve, éstos son Dominique y Amir".

Y añadió: "Ésta es Evelyn Walker".

Eve extendió la mano.

Amir y Dominique se pusieron de pie; Dominique le estrechó la mano. Eve sonrió y dijo: "Es un verdadero placer conocerles."

Dominique respondió: "El placer es mío, Sra. Walker. He leído y oído hablar mucho de usted".

Eve replicó: "¿Yo? Usted es toda una estrella oculta últimamente".

Dominique contestó: "Sí, y si fuera mi elección, permanecería oculta".

Eve añadió: "Con el tiempo descubrirás que tu estrella brillará alrededor de lo que tú elijas".

Eve tendió la mano a un aparentemente emocionado Amir.

Amir le estrechó la mano y la abrazó torpemente. "Me alegro mucho de conocerte".

Eve aceptó el abrazo. "Yo también me alegro de conocerte".

Amir dijo: "Tenía ganas de conocerte desde la videoconferencia".

Ella respondió: "Pues gracias. No me había dado cuenta de que era tan impresionante".

Dominique dijo: "Sra. Walker, como ve, Amir es de los que abrazan".

Eve respondió: "Está bien, pero por favor, llámame Eve".

Perry preguntó: "Eve, ¿Te traigo algo?".

Señaló la selección de comida y bebida.

Ella dijo: "Gracias, puedo servirme yo misma".

Dejó su valija en el suelo y se dirigió a un estante, seleccionó un vaso y se sirvió té helado de una jarra.

Volvió hacia Amir y Dominique y preguntó: "¿Puedo unirme a ustedes dos?".

Dominique respondió: "Por favor".

Se sentaron todos y Perry dijo: "Les dejo para que se conozcan".

Eve dijo: "Gracias, Perry".

Eve empezó: "Estoy segura de que saben que me han pedido que les entreviste a los dos".

Dominique contestó: "Sí, Perry nos dijo que vendrías, pero no estamos seguros de qué más podemos decirte".

Eve sonrió y contestó: "Lo siento, pero no estoy aquí para obtener más información sobre el contacto Alfa. Estoy aquí para que puedan contar sus historias".

Amir preguntó: "¿Qué historia?".

Eve comenzó a explicarse: "Estoy aquí para registrar sus papeles en lo que ahora es el acontecimiento más significativo jamás presenciado por la humanidad".

Amir se encogió de hombros.

"Yo no hablé con el alienígena, Adán, lo hizo Dom".

Eve sonrió y se lo explicó a Amir: "¿Comprendes el razonamiento general de la teoría del dominó?".

Amir asintió.

Eve continuó: "He entrevistado a casi todos los implicados en los recientes acontecimientos, desde el presidente, el vicepresidente, Sal Uschin, otras estaciones del SETI en cadena descendente. Tengo previsto entrevistar a Perry, Michael y, diablos, incluso al conserje. Incluso tengo que entrevistar a los manifestantes y al hombre de la calle. En sentido figurado, todo eso son fichas de dominó. ¿Me sigues, Amir?"

Amir asintió.

Ella continuó: "Pero... sin ti y Dominique, no habría caído la última ficha de dominó, la más importante. Pero el cuadro más grande, aún por venir, comienza con tu ficha de dominó cayendo sobre cualquiera que sea la siguiente ficha de dominó".

Continuó con pasión: "¿No ve lo importante que es hacer una crónica de estos acontecimientos?".

Dudó y continuó: "¿Sabemos cómo surgió el uso de la rueda?".

Amir respondió: "En realidad, no. Sólo podemos hacer conjeturas".

Ella terminó: "Tenemos la oportunidad no sólo de documentar la búsqueda de inteligencia extraterrestre, sino también de documentar cómo se produjo el primer contacto con inteligencia extraterrestre".

Las cejas de Amir se fruncieron y luego soltó una risita. "Entonces... ¿Quién inventó la rueda?".

Dominique le dio una palmada en el hombro a Amir y le dijo: "¿En serio, Amir?".

Eve sonrió y contestó: "Esa información es altamente clasificada".

Se inclinó hacia delante en la silla. "En primer lugar, por favor, ustedes dos, llámenme Eve".

Dominique asintió parcialmente y dijo: "Puedes llamarme Dom si lo deseas".

Eve dijo: "Gracias, Dom".

Amir dijo, sonriendo: "Sigo siendo Amir".

Eve sonrió y metió la mano en su valija y sacó un COM. "¿Puedo grabar nuestras conversaciones?"

Dom y Amir asintieron. Eve dijo: "Gracias".

Hizo una pausa y colocó el COM al otro lado de la mesa para que los tres salieran en la imagen. Encendió el COM.

Pasó por su proceso automático de entrevista para identificar a todos los participantes y explicar el acuerdo estándar de vídeo y los descargos de responsabilidad. Cuando terminó, hizo una pausa y preguntó: "Bien, ¿Están listos?".

Ambos dijeron que sí.

Eve comenzó: "En primer lugar, aunque ambos están siendo grabados en vídeo, por motivos de privacidad y seguridad, el fondo, el audio y sus rostros pueden ser alterados en algunos formatos, dependiendo del nivel de clasificación para su difusión. Ambos tienen pleno control sobre el contenido que presentan. ¿Lo entienden?"

Ambos dijeron que sí.

"Tengo todo el audio y COM de sus interacciones SETI anteriores a hoy. Pero lo que me gustaría que cada uno de ustedes hiciera para mí es describir sus pensamientos y sentimientos cuando se dieron cuenta de que realmente estaban en contacto con los Alfas".

Se volvió hacia Amir. "Amir, cuando descubriste que el contacto era auténtico, ¿Qué pasó por tu mente?".

Amir reflexionó un momento. "Mis primeros pensamientos fueron de excitación porque Dom acababa de dar la clave para verificar el contacto real, y sólo quería que Perry y Michael supieran lo que me había dado y que las impresiones verificaban la fuente".

Eve le preguntó: "Cuando le pidieron que anunciara a todo el SETI su ya famosa declaración "No estamos solos", ¿Qué pensaste o sentiste?".

Amir pensó: "Por supuesto que estaba nervioso y ansioso al mismo tiempo. No quería hacerlo, pero tambіén quería hacerlo. ¿Tiene sentido?"

Dom añadió: "Para mí sí lo tiene".

Eve también añadió: "¿Cómo te hizo sentir cuando lo anunciaste?".

Él se quedó pensativo y dijo: "En realidad fue como si me hubiera quitado un peso de encima. Reflexioné sobre lo que realmente significaba para mí... la satisfacción de realizar todas mis metas y también lo que significaba para la humanidad. Es difícil de describir".

Y continuó: "Sentí orgullo... pero no orgullo propio. Vi las caras de todos aquellos cuya esperanza por fin se había cumplido".

Eve sonrió. "En algún momento, cuando por fin te encontraste solo y tuviste tiempo de procesar la experiencia, ¿Qué sentiste entonces?".

Amir dijo: "Me sentí ansioso, tal vez de lo desconocido... de lo que pudiera esperarme".

Eve preguntó: "¿Y ahora?".

Amir respondió: "Ahora me siento exuberante, renovado y preparado para lo que pueda venir".

Eve sonrió y observó a Amir, sumido en sus pensamientos.

Miró a Dominique, que había estado absorbiendo la experiencia de Amir.

Tras un momento, Eve se centró en Dominique. "Dom, cuando recuerdas la mañana del día de tu conversación con Adán, ¿Hubo algo diferente a cualquier otra mañana?".

Dom se encogió de hombros y pensó: "En realidad, no. Pensé en el proyecto SETI y estaba deseando ponerme al día con mi hermana, Elsa".

Eve preguntó: "¿La ves a menudo?".

Dom respondió: "No muy a menudo. Se mudó hace unos meses y empezó un nuevo trabajo. Estaba ansiosa por oír su voz".

Eve preguntó: "Entonces... ¿Dirías que estabas animada y concentrada, otra mañana normal?".

Dom asintió. "Sí, pero con más ganas de hablar con Elsa".

Eve preguntó: "Entonces... mientras hablabas con Elsa, ¿Qué te hizo notar el cambio en las frecuencias de subflujo de la matriz de flujo de datos de señal?".

Dom pensó y frunció las cejas. "En realidad hubo algo diferente, aparte del simple cambio en las frecuencias".

Eve pinchó: "¿Cuál era esa diferencia?".

Dom explicó: "Noté que mientras hablábamos, el flujo de datos de la señal se repetía, pero también el subflujo parecía reflejar cada palabra que pronunciábamos en longitud e intensidad, como el alcance de una pista de voz. Era como si estuviera grabando nuestra conversación. Fue entonces cuando desconecté la llamada de Elsa, pero el COM permaneció abierto, como lo hace un micrófono con clave que utiliza una portadora para despejar la frecuencia. Eso indicaba que el interruptor colector no estaba activado. Entonces oí una voz que decía: 'Hola, hola'. Respondí con mi propio hola".

Eve intentó resumir: "Entonces... ¿Estás diciendo que era como si recibieras una llamada entrante y tu conversación actual estuviera siendo grabada?".

Dom respondió: "Es una buena analogía".

Eve figuró: "Entonces... contestaste al COM e iniciaste la conversación".

Dom asintió.

Eve continuó: "Sé que dijiste que la voz parecía generada por un COM, pero gradualmente el patrón vocal y la entonación se volvieron más humanos. Pero, ¿En qué momento pensó que Adán podía ser realmente un alienígena?".

Dom respondió: "Repasé el audio numerosas veces antes de que Honrí y Amir me hicieran revelarlo, y me quedé intrigada cuando Adán empezó a relatar información específica sobre el proceso de traducción del flujo de datos. Muy pocas personas habrían tenido acceso a esos datos. Pronto descarté el COM como una broma ordinaria, pero podría haber sido generado por un trabajador del SETI. Mientras hablábamos, aislé el flujo de datos y descubrí que, efectivamente, la fuente procedía de Alfa Centauri A".

Eve preguntó: "¿Estabas comprobando las fuentes mientras hablabas con Adán?".

Dom respondió con competencia: "Sí, tengo tres doctorados".

Eve sonrió y concedió: "Perdóname, no sé de lo que hablo".

Dom sonrió. "Lo más revelador fue que Adán parecía no tener ninguna agenda, especialmente con nuestra discusión sobre la existencia de dios. Un terrícola no habría desaprovechado la oportunidad de exponer su creencia personal".

Eve planteó una pregunta subjetiva: "¿Tengo la sensación de que aún dudas de los Alfas?".

Dom respondió: "Sí, pero no sobre su existencia. Son reales, y hablé con uno; la ciencia es inequívoca".

Eve preguntó: "Entonces, ¿Dónde reside la duda?".

Dom se rió entre dientes. "Supongo que debo explicarlo para no parecer arrogante".

Eve sonrió. "Por favor, hazlo".

Continuó: "Nosotros, como humanos, hemos postulado, en su mayor parte, que si hubiera alienígenas, serían omniscientes. Me parece que los Alfas son bastante parecidos a los humanos en el sentido de que son propensos a cometer errores y no tienen todas las respuestas. No lo veo como algo negativo. De hecho, lo encuentro entrañable y reconfortante. Para mí, eso genera confianza en su intención pero duda de su eficacia".

Eve replicó: "Eso sí que lo entiendo y estoy de acuerdo. Como dice ese viejo proverbio, 'confía pero verifica'".

Dom dijo: "Exacto".

Capítulo 46

La Sala Situacional

Tsirch estaba sentado en la Sala Situacional observando los diversos COM fijados a las paredes de la sala. Había dos monitores temporales situados en un extremo de la mesa. El monitor principal más grande de la pared, en el extremo cercano de la sala, tenía su foco principal. El secretario del Departamento de Defensa, el general Porter, estaba sentado a dos asientos de Tsirch, cambiando su atención entre los monitores y varios documentos que tenía delante.

Tsirch estaba en un COM con el presidente de Gran Bretaña, Carl Browning.

"Aparte de las dos muertes accidentales en la protesta de Londres, ¿Hubo algún incidente en Irlanda o Escocia?".

Carl respondió: "No se registraron muertes ni heridos graves. Parece que los isleños tienen una visión más racional que nosotros, los británicos".

Tsirch preguntó: "¿Entonces el Chunnel está sin incidentes?".

Carl respondió: "Hasta ahora, el presidente francés y yo estamos en la misma página, registrando todos los vehículos sospechosos y escaneando los trenes. El tráfico se ha ralentizado drásticamente, pero no se ha cerrado".

Tsirch figuró: "Acabo de ponerme en contacto con los presidentes de Alemania e Islandia, y me han dicho que usted y Noruega han sincronizado sus COM militares".

Carl respondió: "Lo hemos asegurado esta mañana temprano, y los países de Europa del Este entre los mares Adriático y Negro se sincronizaron anoche".

Tsirch figuró: "Parece que el plan CO-OP está tomando forma. Richard está trabajando en el resto de Europa y cultivando una solución de unidad entre Rusia y China".

Carl miró uno de sus monitores y suspiró. "Lo siento, Tsirch, tengo que cortar esto. Tengo que tomar otro COM".

Tsirch dijo: "De acuerdo, Carl. Buena suerte".

Carl asintió y desapareció del monitor.

El general Porter miró a Tsirch y le dijo: "Bueno, Sr. Presidente, parece que las piezas de ajedrez se están colocando en su sitio. Estoy trabajando en lo último del acuerdo de Oceanía con Australia e Indonesia. El Primer Ministro japonés, Yoshida, se ha comprometido con Asia y África oriental y está trabajando en varios problemas lingüísticos. Los tiene en la mesa mientras hablamos".

Tsirch replicó: "Está haciendo un gran trabajo, general, incluso podría invitarle a comer".

Porter replicó: "Tendré que negociar un trato para conseguir tarta de manzana con eso. Pero dejaré la propina".

Tsirch replicó: "Usted siempre fue un gran dador de propinas".

Porter preguntó: "Hablando de grandes propinas, ¿Dónde está su vicepresidente?".

Tsirch respondió: "Está terminando el convenio colectivo de América Central y del Sur. Debería venir bastante pronto".

Tsirch pulsó un botón de servicio en la mesa. "Sí, Sr. Presidente".

"Kevin, ¿Podrías venir a tomar el pedido del almuerzo?"

"Sí, señor".

Tsirch preguntó a Porter: "¿Supongo que no se ha informado de incidentes en China y Rusia?".

Porter respondió: "Ha sido una suposición fácil, señor".

Tsirch dijo: "¿Está insinuando que tengo una mente simple?".

Porter respondió: "Sin comentarios".

Kevin entró en la habitación.

Tsirch dijo: "Kevin, carga este almuerzo a la cuenta del general".

Vicki entró en la habitación detrás de Kevin, llevando un vaso de zumo de naranja.

Kevin sonrió y añadió: "Entonces... ¿Debo cargar también el pedido del almuerzo de la primera dama en esa cuenta?".

Vicki dijo: "Kevin, ¿Otra vez mi tacaño marido haciendo de las suyas?".

Kevin puso los ojos en blanco y evitó hacer más comentarios. "¿Qué le apetece, señor?"

Tsirch dijo: "¿Et tu, Kevin?".

Kevin permaneció en estoico silencio.

Tsirch frunció el ceño hacia Kevin pero rápidamente sonrió a Vicki. "Bien, querida, confío en que ya hayas hecho tu pedido".

Ella contestó: "Sí, quiero el sándwich de atún a la plancha con aguacate aparte".

Tsirch dijo: "General, su turno".

Porter dijo: "Qué tal pollo frito con ensalada de patata".

Kevin dijo: "Por supuesto, ¿Será con Dijon aparte, señor?".

Porter asintió y contestó: "Gracias por recordármelo, Kevin".

Kevin asintió y preguntó: "¿Y usted, señor? El chef preparó su sopa de almejas favorita, y ¿Puedo sugerirle los tacos de gambas?".

Tsirch suspiró. "Kevin, conoces demasiado bien mis debilidades, pero añade unas patatas fritas con nabo".

Kevin respondió: "Por supuesto, señor".

Vicki dijo: "Kevin, yo también quiero unas patatas fritas con nabo, por favor".

Kevin contestó: "Sí, señora. ¿Alguien quiere algo más?" No hubo nadie.

Tsirch dijo: "Creo que estamos cubiertos, Kevin, gracias".

Kevin respondió: "Gracias, señor". Y se marchó. Porter volvió a concentrarse en el documento que tenía delante. Vicki se sentó junto a Tsirch y le sonrió; él le devolvió la sonrisa y puso su mano sobre la de ella.

Ella le preguntó: "¿Estás bien?".

Tsirch asintió y volvió a mirar el monitor principal. Vio aparecer en el monitor la imagen de la presidenta del Comité de los Pueblos, Charea Dixon. Aceptó el COM.

"Sra. Dixon, buenas tardes, ¿Cómo está?".

Ella sonrió y dijo: "Buenas tardes, Sr. Presidente" -y, fijándose en la Primera Dama, añadió- "y, Sra. Primera Dama Victoria, buenas tardes a usted también".

Vicki sonrió. "Estoy bien, Charea, e intentaré que el presidente se comporte lo mejor posible".

Charea respondió: "Lo siento mucho por usted, una tarea difícil, estoy segura".

Tsirch dijo: "Ustedes dos se dan cuenta de que estoy aquí... ¡Ya saben, el comandante en jefe!".

Charea sonrió. "Sí, señor presidente, perdone mi falta de modales".

Tsirch dijo: "De acuerdo, Dixon, dámelo".

Sonrió y dijo: "Todo son buenas noticias, Sr. Presidente. Aunque hay preocupación por las protestas contra la inminente incursión de los alfa, existe un amplio apoyo a su plan. La inclusión del vicepresidente en la coordinación militar del DOD, el DHS y el nuevo comandante del DS obtuvo un 87% de los votos".

Tsirch amplió la vista con el mando a distancia para incluir al general Porter. "Y aquí está el general Porter para aceptar sus elogios".

Vio al general en su monitor. "Sí, general, usted también debe ser felicitado".

Porter sonrió. "Gracias, Sra. Dixon, pero hay 'millas que recorrer antes de dormir'".

Ella respondió: "¿Le gusta la poesía, General?".

Él contestó: "En realidad no, Sra. Dixon. Guardo algunas citas y adagios para impresionar a la gente, y Frost y *El arte de la guerra* de Sun Tzu me hacen parecer inteligente".

Ella respondió: "Su secreto está a salvo conmigo".

Porter replicó: "Ya sabe lo que dicen de los que guardan secretos".

Ella replicó: "Dos pueden guardar un secreto si...".

Porter replicó: "Exactamente".

Ella cambió de tacto. "He oído, general, que los resultados de los datos sobre la composición de los microbios indican que no contienen ningún beneficio militar".

Porter asintió. "Tampoco requieren una solución militar".

Tsirch añadió: "Sin embargo, el Dr. Uschin y los bioquímicos europeos siguen estudiando la posibilidad de utilizar una formulación combinada de los microbios de algas y archaea con los microbios no terrestres indicados por los flujos de datos más antiguos de la traducción revisada."

Porter respondió: "Eso es lo que Lucas y el vicepresidente han estado escudriñando".

El COM personal de Tsirch emitió una alerta. "En realidad el vicepresidente está a cinco minutos, ha salido y es casi la hora de la reunión del COM táctico".

Kevin llamó a la puerta y esperó a entrar.

Tsirch comprobó un monitor y dijo: "Entre".

Kevin entró en la sala con un carrito de comida. Lo empujó hasta el final de la sala, cerca del presidente. Porcionó sin esfuerzo las selecciones de comida y se dio la vuelta para marcharse.

Tsirch y Vicki dijeron: "Gracias, Kevin", casi al unísono.

Vicki se dirigió a Charea: "Qué descortés por nuestra parte comer delante de ti".

Charea sonrió, tomó un sándwich y dijo: "Buen provecho".

Los comensales prepararon sus opciones y empezaron a comer. Tsirch no perdía de vista el monitor COM principal que empezaba a poblarse de imágenes.

Llamaron de nuevo a la puerta y Tsirch miró el monitor de la puerta y dijo: "Sí, señor vicepresidente, pase".

Richard entró por la puerta con Lucas Makiev siguiéndole. Cada uno llevaba un maletín en una mano y un cuenco de sopa de almejas en la otra.

Richard dijo: "Siento irrumpir durante el almuerzo, pero nos imaginamos que era la hora de comer y pasamos por la cocina a tomar un poco de sopa de almejas".

Vicki dijo: "Querido, tenemos que cambiar el código de la entrada de la cocina".

Richard dijo: "Entonces enviaría a Lucas por la puerta para perros".

Lucas respondió: "¿Así que me han relegado a la condición de perrito faldero?".

Richard replicó: "Eso es un paso adelante para ti".

Tsirch figuró con severidad: "Seamos un poco más profesionales. Tenemos invitados".

Lucas replicó: "Por supuesto, Sr. Presidente".

Tsirch añadió: "Richard, quítale la correa y haz que se siente".

Vicki dijo: "¿En serio?"

Mientras Richard y Lucas encontraban sus asientos, Charea habló: "Bueno, por mi parte estoy disfrutando del espectáculo".

Richard la vio en el monitor y dijo: "Sra. Dixon, no la había visto. Estos tipos son censurables y no tienen decoro".

Ella respondió: "Vicki, lo siento por ti".

Vicki respondió: "Si supieras".

Tsirch miró el monitor COM principal y dijo: "Dos minutos para la función".

Los actores de la sala se prepararon para el collage viviente.

Una a una, Tsirch puso en movimiento las imágenes: Evelyn Walker; Jack Silver, CIA; Carl Browning, primer ministro británico; Garrard Arneaux, primer ministro canadiense; Sal Uschin; Julia Van Hook, DHS; John "Pepper" Martin, FBI; Edward Narkiewicz y Brie Smithey, Seguridad Interior.

Tsirch comenzó: "Buenas tardes a todos, estoy seguro de que todos reconocen a los participantes en sus monitores. Si no es así, háganmelo saber".

Tsirch esperó una respuesta que fue negativa.

Tsirch activó la multicámara y amplió la vista de la Sala Situacional para abarcar a sus participantes.

Ahora deberían poder ver a mi séquito aquí en la Sala Situacional: el general Porter, Lucas Makiev, el vicepresidente Natás y mi dama única, Victoria Ren Lang".

El grupo parecía ser visible para los que estaban en el monitor COM.

Comenzó: "Muy bien. Tengo buenas y tristes noticias. La noticia triste es que hay algunos disturbios en todo el mundo, algunas muertes -la mayoría accidentales- y numerosos heridos. Parece que hay quienes insisten en difundir falsedades y desinformación perjudicial. El uso de pinturas, recubrimientos y láminas reflectantes se ha pregonado como prevención para detener ataques alienígenas, cegar naves extraterrestres, camuflar la Tierra o desviar rayos alienígenas. Estos inútiles intentos han provocado la destrucción de propiedades gubernamentales, grandes cantidades de bienes personales, lesiones personales y las muertes mencionadas. Grupos subversivos han llevado a cabo violentos intentos y conspiraciones para desbaratar sitios SETI, biolaboratorios, estructuras gubernamentales e instalaciones militares. Afortunadamente, gran parte de los posibles daños han sido mitigados por el plazo acelerado del acontecimiento de difusión Alfa previsto.

"La buena noticia es que las naciones de todo el mundo han dado una coordinación sin precedentes de sus expertos científicos y militares en un esfuerzo por asegurar a toda nuestra gente que se están tomando todas las precauciones para mantener la Tierra lo más segura posible. Se anima a la gente a permanecer bajo un refugio o en interiores, entre las 1100 y las 1300 horas de mañana, día 20.

"Después de esa hora, deben informar de cualquier efecto nocivo a un profesional médico cualificado. Todos los hospitales, servicios de urgencias, fuerzas del orden, bomberos y personal de emergencias médicas, además del personal militar, han sido puestos en alerta. Se ha aconsejado a todos los medios de transporte -aéreo, terrestre y marítimo- que cesen sus operaciones durante el evento de difusión y que las reanuden posteriormente de forma cuidadosa y segura."

Tsirch hizo una pausa. "Pediré a cada uno de ustedes una actualización o si tienen alguna situación pendiente que deba ser llevada a la atención de este grupo".

Tsirch escaneó el monitor. "Sr. Silver de la CIA, ¿Tiene alguna actualización secreta?"

Jack Silver sonrió y asintió. "Gracias, Sr. Presidente. Aparte de las operaciones clasificadas, hemos rastreado a disidentes internacionales de Europa Central que se alinean con facciones nyabinghi norteafricanas. Hasta ahora, no ha habido indicios de ningún ataque potencial en operaciones de alto riesgo".

Tsirch prosiguió. "Sé que el FBI y Seguridad Interior han unido varias operaciones conjuntas y apuntalado la huella de Seguridad

Nacional en el oeste y el suroeste. Julia, ¿Tiene Homeland alguna necesidad imperiosa en este momento?".

Van Hook respondió: "No tengo palabras para describir las ventajas de coordinación que la Seguridad Interior y el FBI han aportado al DHS. Innumerables incidentes potencialmente peligrosos han sido identificados y detenidos o minimizados. Aunque siempre hay amenazas nacionales en curso, cualquier amenaza inmediata relacionada con la situación de los alfa ha sido sofocada."

Tsirch preguntó: "Señor Martin, ¿Cómo se defiende el FBI de tales elogios?".

Pepper sonrió y se rió entre dientes. "El FBI se declara *nolo contendere* y también conspirador con la Seguridad Nacional".

Y continuó: "Como era de esperar, varios grupos subversivos han asomado sus feas cabezas en un intento de aprovecharse del alarmismo. La mayor parte del mérito en la detención de ataques graves corresponde a las fuerzas de seguridad locales. Sus funciones se ampliaron enormemente con su inclusión en el paraguas de la Seguridad Interior, y superaron todas sus capacidades. Con su tenacidad descubrieron a varios nuevos miembros de la facción Segr8".

Tsirch miró a Richard. "Sr. Vicepresidente, ¿Qué opina de la incipiente división de Seguridad Interior?".

Richard sonrió. "Prefiero que los sospechosos habituales hablen por sí mismos".

Miró al monitor. "Comandante Narkiewicz y teniente Smithey, ¿Qué tienen que decir en su defensa?".

Edward miró a Brie y dijo: "Teniente, le toca a usted, al frente y al centro".

Brie se encogió de hombros y siguió adelante: "El servicio doméstico ha sorteado varios obstáculos bajo la dirección del comandante Narkiewicz y con el apoyo del FBI y de las citadas fuerzas de seguridad locales. Y me permito figurar, para que conste, que creo firmemente que la tensión nacional se vio muy atenuada por la reciente entrevista improvisada de la representante del Congreso de Maryland Johnny Walsh. Habló con lógica y dijo la verdad. Y la gente la escuchó".

Richard preguntó: "Comandante, ¿Tiene algo que añadir?".

Edward miró a Brie y se encogió de hombros. "No, señor".

Richard arrugó la cara en señal de aprobación y miró a Sal. "Dr. Uschin, Sal. Supongo que esto te corresponde a ti".

Richard se reclinó en su silla. "¿Está avanzando en su investigación?"

Sal tomó aire. "Debería responder que sí, pero un sí matizado. No estoy seguro de que recopilar los resultados de las posibles eventualidades e interacciones biológicas califique como un sí. Aún tenemos que determinar qué efectos puede tener la próxima difusión si contiene microbios o antígenos desconocidos. Así que esperamos".

Sal se movió en su silla y añadió: "Permítame decirle esto a Johnny Walsh: no soy su novio. Tú eres mi novia".

Richard sonrió y miró a Lucas. "Lucas, ¿Hay algo que quieras compartir?"

Lucas bromeó: "No sobre Sal y Johnny, pero... ¿Qué tal una actualización sobre las señales del SETI?".

Richard contestó: "Eso estaría bien".

Lucas continuó: "En todo el mundo, los científicos han estado analizando los flujos de datos utilizando la nueva tecnología y han descubierto nueva información digital y fórmulas biológicas que han hecho avanzar enormemente nuestra comprensión de las interacciones atmosféricas que aumentan y estabilizan el contenido de oxígeno y fortalecen la capa de ozono. Además, las fórmulas biológicas pueden aumentar los métodos de los procesos de producción de alimentos".

Tsirch preguntó: "Lucas, ¿Hay algún progreso en nuestro esfuerzo por recontactar a los Alfas en tiempo real como antes?"

Lucas respondió: "Todavía no, pero las circunstancias de esos datos y los flujos de señales que existían entonces han sido compartidos con todos los recursos disponibles para hacerlo posible."

Charea Dixon añadió sus comentarios: "Señor Presidente, si me lo permite. El Comité de los Pueblos ha iniciado una resolución para sancionar toda investigación científica y militar que apoye cualquier interacción con los Alfas."

El general Porter intercedió: "En nombre de todos los militares, la resolución del Comité de los Pueblos mejorará enormemente toda capacidad defensiva. Gracias, señora Dixon".

Tsirch escaneó el monitor y se centró en Eve. "La mayoría de ustedes reconocen a Evelyn Walker como una periodista y consejera excepcional. Sin embargo, se le ha encomendado una misión especial. Quizás a ella le gustaría compartir la naturaleza de su tarea".

Tsirch dijo: "Sra. Walker".

Eve se acomodó en su asiento. "Hace dos semanas, me reuní con el vicepresidente Natás y me contrató como su abogada y como documentaria. Me sentí conflictuada por la dualidad de su pedido, pero finalmente acepté su oferta. Comprendió que mi obligación con los tribunales y la ley tenía prioridad sobre cualquier empresa periodística, y descubrí que era exactamente por eso por lo que quería mis habilidades particulares. Quería que documentara todas sus acciones relativas a su participación en las actividades científicas y militares relacionadas con cualquier interacción alienígena. Pronto me di cuenta de que no sería una causa fácil. Entrevisté a todos los contactos que hizo, eso les incluía a todos ustedes. Documenté todos sus COM y los COM de sus contactos. Se me concedió una autorización de seguridad casi de máximo nivel e incluso de alto rango por parte del presidente. Todas las conversaciones, entrevistas y documentos a los que tuve acceso, incluso esta reunión del COM, se incluirán en mi informe. Aún tengo que recolectar ejemplos de esperanzas de la gente, tras lo cual se completará este segmento. Este empeño era, y es, un esfuerzo por documentar la transparencia y la verdad para el pueblo y, aparentemente por extensión, para los Alfas no humanos. Mi período de servicio se extenderá probablemente hasta el evento de difusión de mañana, a menos que dimita o me despidan".

Miró a Richard. "A título personal, ésta ha sido la experiencia más gratificante de mi vida. Gracias, Sr. Presidente y Sr. Vicepresidente, por esta oportunidad".

Tsirch tomó aire. "Bien, damas y caballeros, aún tenemos una nación que dirigir, y atenderé el interrogatorio de la última participante en privado: mi única dama, Victoria Ren Lang".

Tsirch sonrió, y la reunión del COM se dio por terminada.

Capítulo 47

Lo que Dice la Gente

Cuando concluyó la reunión, Eve desconectó su COM y lo guardó en su maleta. Abrió la puerta del coche, tomó su valija y se dirigió hacia un Huey que la esperaba. Su motor se puso en marcha cuando ella salió del coche. Caminó hasta el Huey, la ayudaron a entrar y se abrochó el cinturón de seguridad. La puerta se cerró y el avión estuvo un rato al ralentí y, finalmente, se elevó del suelo, ganó altura suficiente y se alejó en dirección a San Luis. Eve abrió su COM y se puso los auriculares. Seleccionó un archivo de su entrevista más reciente a Carla Miller en su granja, en una zona rural de Leland Grove, Illinois. Empezó a sonar.

"Carla, usted cultiva maíz como combustible aquí desde hace quince años. ¿Le preocupan los posibles cambios si se adopta la tecnología que puedan tener los Alfas?"

Ella hizo una pausa. "No, señora, me encantaría ver cómo puedo aumentar la producción, si eso protege el medio ambiente. Tengo que rotar los cultivos con soja, pero a menudo la rotación no se alinea con los precios del mercado."

Eve preguntó: "¿Le preocupa alguna amenaza de los alfas?".

Ella respondió: "Por lo que oí del presidente, él cree que los Alfas sólo quieren ayudarnos, y con lo que oí en ese audio, estoy de acuerdo".

Eve preguntó: "¿Entonces no les tiene miedo?".

Ella respondió: "Diablos, no, estoy un poco emocionada por saber cómo son".

Eve cerró ese archivo y seleccionó uno de un manifestante en Hat Creek, Ed Bowman.

Eve le preguntó: "Sr. Bowman, ¿Contra qué protesta exactamente?".

Respondió: "Esos alienígenas tienen que alejarse de nosotros. Pueden traer virus y chuparnos el oxígeno de la Tierra. Ya le quitaron el aire a la Luna el pasado septiembre".

Eve replicó: "¿Te das cuenta de que los alfas no vienen físicamente a la Tierra, ni están en la Luna, y que la Luna nunca ha tenido aire?".

Él replicó: "Eso es lo que el gobierno mentiroso quiere que creas. Diablos, puede que ni siquiera haya extraterrestres y el gobierno sólo quiera asustar a la gente".

Eve intentó la lógica: "Si no hay extraterrestres, ¿Cómo puede eso asustar a la gente?".

Bowman respondió: "Quieren que pensemos que hay alienígenas para asustarnos y hacernos luchar contra otros países".

Eve pasó de puntillas por la madriguera del conejo. "Entonces... ¿El gobierno quiere que pienses que hay extraterrestres para asustarte y que luches contra otros países?".

Bowman dijo: "Sí, y mientras luchamos por el gobierno, nos quitarán nuestras tierras y nuestras casas".

Eve hizo una pregunta diferente: "Entonces... ¿Qué quiere que haga la gente de este Sitio SETI?".

Bowman dijo: "Tienen que encender sus máquinas y decirles a los alienígenas que no vengan".

Eve se dio cuenta de que el segmento había cerrado el círculo. "Gracias, Sr. Bowman".

El piloto del Huey hizo un gesto a Eve, señalando su destino.

El Arco de San Luis seguía llamando.

El Huey aterrizó y ella fue escoltada al estilo de primera clase, sin proceso de facturación, hasta su vuelo. Se acomodó en su asiento de primera clase y bebió una copa de Chianti. El vuelo de San Luis a Washington, DC, duraría menos de dos horas. Quizá Eve pudiera echarse una siesta.

Más de la mitad del vuelo, Eve se recuperó de su sueño y decidió ver otra entrevista. Abrió su COM y seleccionó la entrevista a un veterano disociado, Paul Nguyen, cerca de Stanton Park, en DC.

"Sr. Nguyen, me ha dicho que es veterano, ¿Es cierto?".

Paul respondió: "Sí, señora. Hice el vuelo halo, por encima de la Esfinge, durante la Guerra del Nilo".

Eve replicó: "Eso es asombroso. Debió de haber sido emocionante".

Paul contestó: "Mirando hacia atrás, fue emocionante, pero en ese momento, sólo me preocupaba que me dispararan o que se me acabara el oxígeno".

"Debió de haber sido a gran altitud".

"Sí, a unos treinta y cuatro mil pies".

"¿Cuánto tiempo estuviste en el conflicto?"

"Los veintitrés días de la incursión".

Eve pensó: "Había olvidado que duró tanto".

"Fueron sólo seis días, pero me quedé allí para limpiar".

"¿A qué te dedicaste cuando volviste?"

"Trabajé en la construcción unos ocho años, hasta que la economía se hundió".

Eve dijo: "Antes dijiste que vivías al día y que no tenías un trabajo fijo. ¿Tienes familia?"

Paul explicó: "Viven en otro estado, pero yo elijo vivir como vivo. Me las arreglo bien solo. Encuentro trabajo de día y ayudo en la cocina del albergue".

Eve cambió de tema. "¿Has oído hablar de los Alfas?".

Paul asintió. "Claro, he visto el audio y me mantengo al día de la actualidad".

Eve preguntó: "¿Qué opinas de los Alfas?".

Paul dijo: "Ojalá se dieran prisa en mostrar sus cartas. Aunque no pueden estar demasiado avanzados".

"¿Por qué dices eso?"

"¿No enviaron la primera difusión por error?".

Eve se sorprendió. "Estás prestando atención".

"No es sólo otra cara fea. Sé leer, soy licenciado en aeronáutica".

"Entonces, ¿Por qué...?"

Paul interrumpió: "¿Por qué vivo como vivo? No respondo ante nadie, tengo un lugar donde dormir, no paso hambre y puedo ayudar a mis amigos cuando me necesitan. Cobro una pequeña pensión y la VA se ocupa de mis gastos médicos. Es como la jubilación".

Y redirigió: "Ahora volvamos a los Alfas. Parecen vecinos decentes. Dicen que quieren ayudar y les tomamos la palabra. No es como si pudiéramos detenerlos de todos modos".

Eve preguntó: "¿Seguro que no eres de la CIA?".

"Sra. Walker, ¿Conoces el dicho 'si se lo dijera, tendría que matarla'?".

Eve pronunció las palabras de la última mitad del dicho en sincronía con Paul.

Luego añadió: "Gracias por su servicio".

Eve cerró el COM y miró por la ventana la luz menguante del día.

El capitán pronunció las palabras estándar de preparación para aterrizar. Eve guardó el COM en su valija y se preparó para desembarcar.

Capítulo 48

Preparándose Para la Compañía

Caía una ligera lluvia sobre el Centro DS de la Montaña Cheyenne cuando Edward y Brie se dirigían a la entrada principal. Se desviaron por la cafetería para recoger algunas provisiones extra, ya que se estaban preparando para un turno de más de veinticuatro horas. Abrieron la puerta de la oficina y vieron a un técnico terminando la instalación de un nuevo monitor más grande. Dejaron sus maletines y los recipientes del almuerzo y se acercaron para admirar la nueva incorporación.

Edward dijo: "Nunca se tienen demasiados monitores".

Brie figuró: "Ahora podemos seguir la difusión nosotros mismos".

Preguntó al técnico: "¿Está listo para empezar, sargento?".

Él respondió: "Afirmativo, teniente".

Ella se acercó a su escritorio y tecleó en el teclado. El monitor se activó y, con unas pocas pulsaciones más, apareció el logotipo de Hat Creek.

Brie dijo: "Gracias, Aaron, esto es genial".

El sargento dijo: "De nada, teniente". Y se marchó.

Edward tomó los envases de su almuerzo y los colocó en un armario. Abrió su maletín y sacó un COM. Tecleó el panel y el logotipo de Hat Creek empezó a parpadear. Brie abrió su maletín y sacó su COM y tecleó su pad, activando también la multicámara. Rodaron sus sillas de escritorio frente al nuevo aparato y se sentaron. La cara de Perry apareció en directo, en lugar del logotipo de Hat Creek.

Edward dijo: "Buenas noches, Perry".

Perry respondió: "Buenas noches, Edward y Brie".

Brie respondió: "Señor, ahora tenemos capacidad para rastrear la difusión. Sólo tiene que darnos acceso. Le he enviado nuestra identificación de acceso con código de localización".

Perry miró su monitor y dijo: "Ya lo veo".

Introdujo algunos números en un teclado. "Vale, con eso debería bastar".

Brie introdujo un código y se añadió otro logotipo en el monitor.

Ella dijo: "Lo tengo, gracias, señor".

Perry preguntó: "¿Has visto mi informe sobre las actividades de los manifestantes?"

Ella respondió: "Sí, señor, el comandante y yo apreciamos los detalles".

Edward preguntó: "¿Se han ido por hoy?"

Perry contestó: "Sí. Supongo que están preparando sus lugares para mañana".

El logotipo de Johannesburgo parpadeó en el monitor. Brie aceptó el COM.

Jo y Cory aparecieron en la pantalla.

Edward dijo: "Buenos días, chicos, ¿Se están preparando para el acontecimiento?".

Jo respondió: "Estamos listos, pero he estado retraduciendo los flujos de datos anteriores y más recientes, y queremos confirmar el cambio de frecuencia contigo, Perry".

Perry respondió: "Michael lo vio y lo está comprobando ahora".

Cory añadió: "Parecen los mismos datos que me enviaron Amir y Dominique. Descubrieron que la traducción directa es de las mismas tres o cuatro frases traducidas a una decena de idiomas".

Perry dijo: "Ahora viene Michael. Veremos si tiene más detalles".

Perry añadió: "Edward, ustedes deberían poder acceder al SuperCOM del Departamento de Defensa y analizar los datos más rápidamente".

Edward preguntó a Brie: "¿Qué opina, teniente?".

Brie dijo: "Lo intentaré". Ocupó sus dedos en un teclado. Michael apareció junto a Perry.

"Michael, ¿Qué te han parecido las traducciones directas?"

Michael dijo: "Recibí los datos de Jo, y son los mismos que recibí yo y los que tienen Amir y Dominique. Hay una diferencia. Parece que incluye un flujo de audio, adjunto como una pista de audio real en un archivo de vídeo antiguo".

Cory miró el flujo de datos en su monitor y asintió: "Dominique y Amir están trabajando para sincronizar ambos. Pero mi COM no es lo suficientemente potente como para combinar dos tipos de medios diferentes".

Perry dijo: "Puede que tengamos un as en la manga. Edward y la teniente Dedos-Rápidos están intentando conectarse al SuperCOM del Departamento de Defensa".

Cory preguntó: "¿Puede conseguir autorización para eso?".

Edward dijo: "Tenemos autorización A-Uno del propio jefe".

Cory dijo: "¡Maldita sea! ¿Lo saben Amir y Dominique?"

Perry hizo una mueca de dolor. "Uy, iré a decírselo ahora".

Abandonó la pantalla.

Michael aconsejó: "Si esto funciona, ¿Por qué los Alfas lo enviarían en este formato? ¿Ya podemos leer las palabras y oír el audio y podemos combinarlos digitalmente como un vídeo?"

Brie volvió a entrar en la conversación: "He estado siguiendo sus conversaciones y tengo una opinión sobre una posible respuesta".

Michael dijo: "De acuerdo, adelante".

Brie relató un escenario: "El Super-COM llegó y combinó los dos tipos de flujo en un solo flujo de datos, pero no tenemos capacidad para enviar el flujo, sólo para recibirlo".

Michael resumió: "Así que podemos recibir el archivo combinado y oírlo y verlo, pero no podemos enviarlo en ese formato".

Perry volvió y dijo: "Se lo dije a Amir y Dominique, y estaban escuchando sus conversaciones".

Cory bromeó: "Demasiado para canales seguros".

Perry añadió a Amir y Dominique pulsando un botón. "Chicos, díganles qué creen que intentan hacer los Alfas".

Dominique dijo: "Creemos que los Alfas están intentando transmitir el archivo a toda la Tierra. Sólo tenemos que averiguar cómo podemos recibirlo".

Cory ofreció una sonrisa diabólica. "Necesitamos algún tipo de altavoces compatibles para recibir el audio y una pantalla o monitor para recibir la imagen".

Cory preguntó a Jo: "Jo, querida, ¿Tenemos suficiente cable para conectar Alfa Centauri A a nuestra estación SETI?".

Jo negó con la cabeza y puso los ojos en blanco.

Edward dijo: "De acuerdo, damas y caballeros, creo que esto está fuera del alcance de las capacidades del DSC. Así que les deseamos buena suerte y adiós".

Perry dijo: "De acuerdo, Comandante, y gracias de nuevo, Teniente Dedos-Rápidos".

El DSC desapareció del monitor.

Dominique continuó: "En serio, eso es lo que creo que quieren hacer. No sé cómo, pero mientras observaba las secuencias, parecía que estaban sondeando varias opciones de audio y vídeo".

Amir añadió: "Ése es uno de los enfoques en los que estamos trabajando, pero seguimos sin poder enviar y recibir un mensaje. Incluso les enviamos a todos ustedes, al Dr. Uschin y a Lucas los flujos de datos de nuestros intentos de establecer contacto".

Cory dijo: "Sí, hemos probado esas simulaciones pero tampoco hemos tenido éxito".

Michael retransmitió: "También he reenviado sus datos a las otras estaciones SETI. Todos estamos trabajando en ello".

Perry figuró: "Dominique, no lo olvides, tienes una cita mañana".

Ella respondió: "No, todos nosotros tenemos una cita mañana. Eve y el vicepresidente también vendrán".

Michael añadió: "Tengo entendido que Adán les ha enviado las coordenadas no sólo para su reunión, sino también varios miles de coordenadas en la Tierra y dos en la Luna. Aún me pregunto cómo van a lograr esa hazaña".

Dominique también señaló: "Es interesante que, hasta ahora, estamos descubriendo que las coordenadas no son aleatorias sino para lugares específicos que generan más posibilidades de visualización."

Amir transmitió: "Hemos enviado las localizaciones a todos los COM para su difusión. Sin embargo, puede que haya quienes no reciban el mensaje y se sientan molestos por la repentina aparición de una aparición."

Michael figuró: "El Dr. 'Gemo y el comandante Yost ciertamente tuvieron esa experiencia desconcertante".

Cory añadió, mirando a Jo: "Nosotros dos estamos impacientes".

Dominique ofreció: "He leído el texto del flujo de datos varias veces. Me hace reflexionar sobre cómo veo mi propia vida. Me pregunto qué entendió el comandante Yost cuando leyó los labios del holograma. ¿Era lo mismo que el texto de los datos?".

Michael respondió: "Por lo que tengo entendido, sólo se lo dijo a Sal y al presidente. No sé quién más lo sabe. Sin embargo, estoy seguro de que Sal se lo dijo al vicepresidente. El comandante dijo que desde que tuvo conocimiento del posible texto del flujo de datos, quería ver si se trataba del mismo mensaje".

Dominique sonrió. "¿No estamos todos buscando algún tipo de validación? Estoy ansiosa por saber qué tiene Adán entre manos".

Capítulo 49

Hogar, Dulce Pizza

Angela y Nicole se apresuraron a salir del coche y corrieron hacia la puerta principal. Lucas y Ari observaron complacidos la rutina mientras salían del vehículo. Lucas abrazó a Ari mientras caminaba y rodaba con su maleta hasta la puerta. Ari abrió la puerta y las chicas entraron corriendo.

Lucas siguió a Ari al interior, cerró y atrancó la puerta. Dieron la vuelta al salón y bajaron por un pasillo hasta su dormitorio. Dejó la maleta junto a la cómoda y suspiró.

"Esperemos que estos tres últimos meses de viaje sean la última travesía hasta el final del verano".

Ari se quitó el abrigo y lo tiró sobre la cama. Se acercó a Lucas, se envolvieron juntos y se mantuvieron abrazados durante un largo momento. Se separaron el uno del otro y sonrieron sincronizadamente.

Ari dijo: "Amor mío, sé que ha sido duro, física y emocionalmente, pero formar parte de la historia tiene su recompensa. Tienes que admitir que no pudimos resistirnos a este viaje... y aún no ha terminado".

Lucas volvió a suspirar. "Sí, mañana será el final del principio... de... o quizá el principio del final de... algo".

Ari se rió entre dientes. "Lucas, querido, ¿Filosofía antes de cenar?"

Lucas asintió suavemente. "Vale, vale, voy a buscar a las chicas".

Ari sonrió. "Eso les encanta. ¿Quieres cocinar o salir?"

Lucas pensó: "Debería estar cansado, pero estoy tan ansioso por mañana".

Hizo una pausa. "Dejemos que las chicas decidan".

Ari sonrió. "Sí, buena idea, ¡Pero ya sabes la respuesta!".

Lucas asintió y corrió por el pasillo hacia la habitación de las chicas.

Ruidos fuertes, risas, gruñidos, risitas y gritos alegres rompieron la tranquilidad. Finalmente hubo una conversación tranquila y una explosión: ¡Pizza!

Capítulo 50

Cena Familiar

La residencia bullía con varios miembros del personal preparando los asientos en la zona del jardín para una posible visita de Adán. También en la zona del jardín, se erigió una habitación tipo Faraday con una fachada de cristal especial. Estaba diseñada para proteger de los posibles efectos de la difusión. Tsirch eligió esta opción para poder ver a Adán en el jardín y no en la seguridad del búnker.

*****

Tsirch, Vicki y su hijo intentaban relajarse en el comedor después de la comida.

Thomas engulló sus últimos bocados de tacos de pescado y apoyó las muñecas en la mesa.

"Papá, ¿Hay algo especial que quieras que haga mañana?".

Tsirch preguntó: "¿Como qué, Thomas?".

Se rió. "Oh, ¿Como lavar el coche, cortar el césped, para que este lugar esté presentable para nuestra visita?".

Vicki intervino: "Thomas querido, podrías bañar al perro".

Thomas sonrió. "Mamá, tenemos un gato, y Sneakers no lo aceptaría".

Tsirch pensó, se levantó y dijo: "Thomas, hay algo que me gustaría que hicieras".

Thomas esperaba una petición de listillo y preguntó cínicamente: "¿Qué sería, querido papá?".

Tsirch respondió con seriedad: "A tu madre y a mí nos gustaría que mañana estuvieras con nosotros y representaras a la juventud del mundo".

El inesperado pedido fue calando poco a poco en Thomas.

Ciertamente se había unido a las celebraciones familiares y a los actos de Estado, pero era sobrecogedor que el Presidente le pidiera que asistiera a este acontecimiento histórico y que representara a la juventud del mundo.

Thomas se puso en pie y respiró con orgullo. "Señor Presidente, señora Primera Dama, será un honor".

Capítulo 51

Juegos Preliminares

Sal estaba sentado en su sofá repasando datos en su COM que descansaba sobre una mesita. Vio por el rabillo del ojo que Johnny se acercaba a él. Fingió no darse cuenta hasta que ella llegó a corta distancia. Sal apartó el COM y la atacó con una envoltura de doble brazo y la tiró encima de él. Johnny luchó contra él con viciosa aceptación. Forcejearon un momento y Sal le mantuvo el hombro con la mano libre y la apartó ligeramente para mirarla a los ojos.

"A tu novio le encantó tu improvisada rueda de prensa".

Ella sonrió. "A tu novia no le gustó lo que el imbécil del periodista estaba insinuando".

"A tu novio le gustó especialmente tu opinión sobre los Alfas".

"Tu novia sólo estaba figurando lo obvio".

"¿Cómo se volvió tan lista? Supongo que sólo dijo lo que su jefe le dijo que dijera".

Ella se apartó ligeramente y dijo: "¿En serio?".

Se levantó y le sujetó los hombros en el sofá con las manos.

"Te enseñaré quién manda en esta relación".

Sal se sometió completamente, sonriendo. "Tómame, soy tuyo".

Ella le hizo rebotar en el sofá con las manos y le dijo: "¡Cobarde!".

Sal se rió. "¿Esperabas que opusiera resistencia?".

Ella se relajó, apoyó los codos en su pecho y le miró a los ojos. "Vale, ¿Qué estabas mirando en tu COM?".

Sal se dio la vuelta y se sentó con la ayuda de Johnny, y confesó: "Estaba comprobando las distintas coordenadas que Adán había enviado para decidir dónde debíamos ir a dar testimonio. Le pregunté al comandante Yost si quería acompañarnos".

Contestó: "Si quieres ir a Hat Creek, tendremos que irnos esta noche".

Sal asintió. "O podemos verlo en el Lincoln Memorial o en la residencia presidencial".

Johnny se levantó y sonrió. Le tomó la mano y tiró de ella. "De cualquier modo, deberíamos hacer nuestra aparición en el dormitorio".

Sal se encogió de hombros. "¿Qué diría tu novio?"

Ella respondió: "Con suerte diría que sí".

Capítulo 52

Precursor

Dominique esperaba en su coche fuera del complejo de apartamentos, medio escuchando música en la radio. La mayor parte de su atención estaba puesta en su COM. La oscuridad fue absorbida por la luz interior cuando Amir abrió la puerta del coche.

"Buenos días, Dom".

Dom dijo con entusiasmo: "Y buenos días para ti, Amir".

Preguntó: "Bien, ¿Has estado tomando comida para estar contenta?".

Ella respondió: "No, sólo ansiosa por este día".

Encendió el motor y empezó a conducir.

"Siento lo mismo, Dom... Tanta anticipación".

"¿Puedes creer lo que ha pasado en menos de una semana? Es difícil de comprender... un contacto real con extraterrestres".

"Sí, pero tienes que hablar realmente con uno".

"Sí, pero me doy cuenta de que también podría haber hablado con cualquiera de nosotros".

Amir sonrió. "Dom, no me lo creo. Probablemente te estaba vigilando".

Ella se rió. "Amir, no hagas que suene espeluznante, puaj".

Dijo: "En realidad creo que escuchó tu conversación con Elsa y supo que eras la persona perfecta para contactar".

"¿Se dio cuenta por mi conversación? Qué curioso". Ella giró hacia la autopista.

"Claro, eres inteligente, tienes familia y ya estabas respondiendo a sus flujos de datos".

"Todos estábamos respondiendo a ellos. Yo sólo estaba allí en el momento adecuado".

"Sigo pensando que te estaba vigilando".

"Claro, desde 4,3 años luz de distancia".

"Bueno... claro. Te pidió una cita".

"Sí, yo y otros 9.200 millones de terrícolas mirando".

Amir continuó su embestida: "Y ya se tutean, y él sabe dónde vives".

Ella se rió entre dientes. "Amir... ya basta".

Amir continuó: "Probablemente quiere que conozcas a su madre".

"Amir, para".

Ella continuó conduciendo mientras ellos seguían con sus bromas.

Capítulo 53

Fiesta de Prevalidación

Dos helicópteros Chinook rodearon la estación SETI de Hat Creek.

Dos vehículos del Servicio Secreto esperaban a lo largo de la carretera, con cinco agentes repartidos por la zona de aterrizaje.

La radio crepitó. "VP LZ despejado".

"VP recibido".

Un Chinook aterrizó mientras el otro planeaba. A lo lejos, un Huey rastreaba la zona. Los agentes comprimieron el Chinook y la puerta de la bahía se abrió. Richard y Evelyn bajaron por la rampa y subieron a uno de los coches. El segundo Chinook aterrizó, y Sal, Johnny y el comandante Yost salieron y subieron al segundo coche.

Los vehículos recorrieron unos cientos de metros hasta la estación del SETI, y los pasajeros salieron de los vehículos y entraron en la estación.

*****

Dominique estaba dando la última vuelta hacia la estación y vio los restos de la protesta del día anterior. Los manifestantes habían desaparecido y quedaban a lo largo de la carretera carteles abandonados y varias bolsas de basura. Cuando se acercaban a la estación del SETI, los agentes del Servicio Secreto hicieron señas a Dominique para que se detuviera.

Ella le dijo a Amir: "El vicepresidente debe de estar aquí".

Amir asintió. Bajó la ventanilla.

"Buenos días, señora, ¿Puedo ver sus identificaciones y podría abrir su maletero, por favor?".

Amir y Dominique estaban preparados para la petición y entregaron a la agente sus carnés, y ella abrió la tapa de su maletero.

El agente comparó los rostros con los documentos, se volvió hacia un lado y habló con un destinatario desconocido. Un agente inspeccionó el maletero y otro se paseó apuntando al vehículo con un gran dispositivo multiescáner.

"Soul y Hadad".

Hizo una pausa en espera de una respuesta. Una respuesta pareció ser aceptada, y el agente les devolvió sus identificaciones y dijo: "Gracias, les están esperando".

Les hizo señas para que se dirigieran a la estación.

A medida que se acercaban a la estación, se dieron cuenta de que se había erigido una gran estructura parecida a una habitación justo al final de la estación. Tenía una pared frontal acristalada en un extremo.

Aparcaron en la estación y salieron del coche, llevando sus maletines. Se acercaron a la entrada y un agente con un escáner de mano les hizo detenerse y escaneó sus personas y sus maletines.

Asintió con la cabeza. "Gracias, señor, señora".

Y les abrió la puerta.

Atravesaron la puerta y vieron a otro agente cerca de la puerta.

Vieron las caras amistosas reunidas en el café situado al final de la estación. Michael, Perry, Richard, Eve, Sal, Johnny Walsh y el comandante Yost estaban enfrascados en diversas conversaciones.

Amir y Dominique dejaron sus maletines en sus puestos de trabajo y fueron a unirse a la fiesta.

Perry vio que la pareja se acercaba a ellos y dijo en voz alta: "Bueno, ahí están, los invitados de honor".

Amir sonrió avergonzado y Dominique sonrió al vicepresidente y preguntó: "¿Hacemos una inclinación y una reverencia?".

Richard sonrió y ofreció: "No, pero pueden acompañarnos los peones".

Dominique negó con la cabeza. "Señor vicepresidente, usted difícilmente es un peón".

Él replicó: "Siento discrepar, señorita Soul. ¿Acaso no soy un mero servidor del pueblo?"

Dominique respondió: "Usted fue elegido por doce millones de personas".

Richard explicó: "Eso mismo. Aún así, fui elegido para servir".

Le tendió la mano. "Es un honor conocerla, y puede llamarme Richard".

Ella le tomó la mano y sonrió tentativamente. "Si insiste, señor. Soy Dom".

Él sonrió. "Gracias, Dom".

Richard se volvió hacia Amir, tendiéndole la mano. "Amir, me alegro de verte en persona. He visto varias de tus COM y he disfrutado de tu exuberancia e ingenio. Nuestras reuniones del COM son tan impersonales".

Amir asintió. "Sí, lo son. Soy mucho más alto en persona".

Dominique dio un codazo a Amir. "Amir".

Richard se rió. "Amir, ella ya debería conocerte".

Amir respondió: "La mantiene alerta".

Dominique negó con la cabeza.

Yost se levantó cuando Richard le habló.

"Comandante Steven Yost, quiero presentarle a Dominique Soul y a Amir Hadad. Ambos son componentes integrales de nuestro exitoso contacto con los Alfas".

Steve les estrechó la mano.

Dominique dijo: "Comandante, tengo entendido que usted fue el primero en encontrarse con los Alfas. Debió de haber sido cautivador y estimulante ser testigo de lo inexplicable".

Steve dijo: "Fue todo eso y más. Aún tengo dudas sobre mi cordura. Salvo el encuentro documentado por el Dr. 'Gemo en sus notas, sigo necesitando la validación de lo que vi".

Dominique asintió: "Lo comprendo, comandante. Aunque tenemos la verificación de los flujos de datos y el archivo de audio, yo misma necesito algún tipo de validación. Espero que, si la difusión y la aparición de hoy llegan a producirse, el hecho de que otros lo vean nos dé a ambos la validación."

Yost estuvo de acuerdo: "Cierto. Hasta ahora sólo nos tenemos a nosotros mismos como testigos... y por favor, llámeme Steve o Steven".

Amir intercedió: "Ninguna de sus experiencias necesita validación para mí. Creo en los dos completamente".

Steve dijo: "Agradezco su apoyo".

Sal y Johnny se acercaron a Amir y Dominique.

Sal dijo riendo entre dientes: "Amir, eres más alto en persona".

Amir le estrechó la mano. "Dr. Uschin, vaya, es un honor conocerle en persona. Dom y yo hemos seguido sus logros con asombro. Las últimas citas sobre difusión de microbios fueron asombrosas".

Amir se volvió hacia Johnny, le tomó la mano y se la estrechó. "Señorita Walsh, diputada, su experiencia financiera es insuperable".

Johnny se sorprendió de su reconocimiento. "Gracias".

Amir puso la mano en el hombro de Dominique y dijo: "Srita. Walsh, Dr. Uschin, quiero que conozcan a Dominique Soul, científica extraordinaria".

Dominique sacudió la cabeza y sonrió.

Johnny le tomó la mano y le dijo: "Sí, señorita Soul, he oído hablar mucho de usted y de Amir".

Dominique respondió: "Pero usted, señora Walsh, es un icono de la perspicacia política y de los derechos de la mujer. Su reprimenda a ese reportero ayer no tuvo precio, y su lógica con respecto a los Alfas fue impecable".

Dom continuó: "Vaya, conocer al Dr. Uschin y a Johnny Walsh, qué experiencia".

Sal desvió la conversación: "Vamos. Somos noticia vieja. Ustedes son los faros del futuro. Aún tienen que asimilar sus propias realidades".

Michael suavizó la conversación: "Vale, ¿Qué tal si añadimos un desayuno a las actividades?".

La sociedad de admiración mutua se infundió sustento.

Capítulo 54

Ante Meridiem

Lucas condujo hasta la parte trasera de la residencia y se detuvo. Se bajó y caminó hacia la parte trasera del coche. Ari abrió su puerta y se dirigió hacia la puerta trasera del pasajero y la abrió. Angela y Nicole salieron del coche y esperaron. Lucas rodeó la parte trasera del coche y tomó la mano de Ángela, y Ari tomó la de Nicole.

Subieron los escalones y atravesaron la puerta que se mantenía abierta el personal. Philip se reunió con ellos dentro.

"¿Cómo están hoy, señor y señora Makiev?".

Lucas respondió: "Bien, Philip, gracias".

Continuó: "Y Angela, Nicole, ¿Están emocionadas?".

Angela dijo: "Sí, señor, lo estamos".

Nicole añadió: "Quizá veamos un extraterrestre".

Philip sonrió. "Eso esperamos".

Philip los condujo por el pasillo hasta el Despacho Oval. Philip llamó a la puerta y oyó: "Adelante".

Abrió la puerta y la familia entró.

Tsirch y Vicki estaban sentados en una mesa, hablando. Se pusieron de pie cuando entraron Lucas y Ari.

Vicki y Ari estrecharon sus manos extendidas y se inclinaron juntas, tocándose la frente.

Lucas se acercó a Tsirch y le estrechó la mano.

"Gracias por invitarnos, significa mucho compartir esto con ustedes".

Tsirch respondió: "Lucas, esto no es una recompensa por tu servicio. Esto es por amor y respeto a un amigo".

Lucas replicó: "Lamentablemente, nuestros horarios nos han mantenido en zonas horarias diferentes durante demasiado tiempo".

Tsirch ofreció: "Sí, y puede que haya más ansiedad de separación por delante. Los Alfas han cambiado gran parte de nuestras orientaciones de vida".

Lucas añadió: "Cierto, y podemos aceptar esos cambios con esperanza en el futuro".

Ari interrumpió, estrechando la mano de Tsirch con las dos suyas. "Hola, forastero, cuánto tiempo sin verte".

Tsirch sonrió. "Oh, ya sabes, torneos de croquet, reuniones del club de lectura, aprender a hacer punto, dirigir el país, tratar con extraterrestres... ocupado, ocupado, ocupado".

Ari se rió entre dientes. "Oh, excusas, excusas".

Lucas saludó a Vicki con un abrazo, y Vicki se arrodilló y abrazó a las chicas.

Tsirch se acercó a las chicas y, agachándose, las mantuvo a cada una por los hombros contra sus costados.

"Jovencitas, ¿Quién tiene más novios?".

Antes de que pudieran contestar, Thomas entró por la puerta de la residencia y fue rápidamente asaltado por las chicas.

Lucas observó sus payasadas durante un momento y luego se acercó a Thomas, le estrechó la mano y le puso la otra en el hombro. "Thomas, ¿Debo decir que estás cada vez más alto, más listo o más guapo?"

Thomas contestó: "Qué tal las tres cosas, pero no puedo ponerme más guapo".

Lucas sonrió y dijo: "Sí, señor".

Ari abrazó a Thomas y le besó en la mejilla.

Un agente del Servicio Secreto se acercó a Tsirch y le susurró.

Tsirch dijo: "Bien, es hora de irnos".

Recogieron sus composiciones colectivas y salieron a la zona del jardín.

Capítulo 55

Cambio de Planes

Los reunidos en Hat Creek estaban sentados en mesas de cafetería mirando un gran monitor en la pared. El equipo del SETI estaba en sus puestos de trabajo, viendo los flujos de datos y las transmisiones de otros sitios y noticias.

Michael estaba en su puesto de trabajo, tecleando febrilmente en su COM. Sal se dio cuenta de la urgencia de Michael y fue a su lado.

"¿Qué pasa, Michael, pareces estresado?".

Michael respondió: "Acabo de recibir un aviso de que ha habido una explosión en el JC de Johannesburgo. No puedo contactar con Cory y Jo".

Sal tomó aire. "Déjame ver si Richard puede conseguir más información".

Sal empezó a alejarse cuando oyó a Michael exclamar: "¡Sí!".

Se volvió hacia Michael y le preguntó: "¿Qué ha pasado?".

Sal vio a Jo en el monitor. Michael le habló: "Jo, estaba preocupado. Me enteré de la explosión y no podía establecer contacto".

Jo afirmó: "Sí, hubo una explosión. Alguien intentó sabotear la red eléctrica. Pero, afortunadamente, los explosivos no se detonaron. Desconectaron la red como precaución. Los militares de las SA atraparon a los activistas con la ayuda de algunos "civiles" alertados. Cory se enteró por Silver de que no podía confirmar ni negar que los civiles alertados fueran sus agentes de la CIA. Así que todo va bien por aquí".

Michael suspiró aliviado. "Menos mal".

Hizo una pausa. "¿Pudiste ver el holograma?"

Jo asintió. "Captamos el visaje, pero parte de la traducción se interrumpió por el apagón. Sólo captamos lo último del audio".

Sal se quedó perplejo. "Jo, soy Sal".

Ella dijo: "Hola, Sal, me alegro de verte".

Sal respondió impaciente: "Jo, yo también me alegro de verte, pero ¿Dijiste que había audio? ¿Has configurado un audio remoto para escuchar desde tus matrices de señales SETI mientras estabas en las coordenadas?”.

Jo intentó explicar: “Sal, sí y no. Sí que configuramos inicialmente un remoto para enviar el audio desde dentro del SETI para poder sincronizar y escuchar lo que decía el holograma en lugar de intentar leer los labios. Habíamos configurado el COM para documentar la parte de vídeo y escuchar en nuestros auriculares.

“Pero no sabíamos que la red eléctrica se había caído justo antes de la hora de la aparición. Cuando apareció el holograma, no pudimos escuchar el audio en nuestros auriculares. Comprobamos frenéticamente nuestras conexiones en busca de algún componente desconectado. Me exasperé y me quité los auriculares. “Fue entonces cuando me di cuenta de que, de alguna manera, podía oír una voz, y estaba estrechamente sincronizada con el holograma. Le di un codazo a Cory y le quité los auriculares para que pudiera oír. Fue entonces cuando nos dimos cuenta de que había audio junto con lo visual”.

Michael y Sal se quedaron pensativos.

Michael preguntó: “¿De dónde venía el audio?”.

Jo respondió: “Nos dimos cuenta de que el audio procedía de nuestros COM. De alguna manera estaba conectado a ellos”.

Sal, aún pensativo, dijo: “Tenemos que compartir esto con todos”.

Jo dijo: “Cory está enviando el mensaje mientras hablamos. El mundo entero podrá escuchar el mensaje”.

Sal dijo: “Eso es estupendo. Intentaré hacer lo mismo”.

Jo detuvo a Sal: “Pero, Sal... también tienes que corregir nuestro error”.

Sal preguntó: “¿Qué error?”.

Jo añadió: “La difusión no se produce al mismo tiempo que el holograma, sino a medianoche de hoy, hora de Greenwich. Cuando nuestro evento no incluyó la difusión, nos pusimos en contacto con otras estaciones SETI y no registraron ninguna difusión. Comprobé las señales del flujo de datos y descubrí que la confusión estaba en nuestra suposición de que la traslación del meridiano era la misma que la del antemeridiano a la que se refería Adán en la conversación con Dominique. En realidad está ocurriendo postmeridiano”.

Sal dijo: “¿Lo sabe el presidente?”.

Jo dijo: “Se lo dije al secretario de Estado y me dijo que se lo haría saber. He intentado verificar la información”.

Sal aconsejó: “El vicepresidente está aquí y se lo haré saber ahora mismo”.

Sal se alejó del monitor y se dirigió hacia Richard.

Richard estaba hablando con Eve cuando Sal le tocó en el hombro.

“Richard, hay novedades y tenemos que corregir un error”.

Richard puso su cara seria. "De acuerdo, Sal, adelante".

"En primer lugar, Jo descubrió que la difusión no se estaba produciendo durante el evento del mediodía. Tiene lugar esta noche, a las 2400 horas GMT".

Richard pensó un momento y dijo: "¿Había dicho Honrí algo al respecto?".

Sal relató: "Jo se puso en contacto con él y con otros SETI, y no hubo ningún evento de difusión. Jo y Cory volvieron a comprobar los datos y encontraron el error. Pero hay buenas noticias".

Richard se animó. "¿Buenas?"

Sal transmitió: "Hoy no hay necesidad de proteger a nadie de la difusión, y cualquiera puede oír a Adán utilizando cualquier dispositivo COM".

Richard sacudió la cabeza. "Pero, ¿Cómo...?"

Se detuvo y dijo: "De acuerdo, se lo haré saber al presidente y llamaré a los medios".

Eve estaba escuchando el intercambio y le ofreció a Richard: "Tengo las noticias listas para enviarlas por COM a todo el mundo, si quieres que lo haga".

Richard dijo: "Hazlo".

Eve sonrió y se apresuró a marcharse.

Richard sacó su COM ejecutivo del bolsillo y se comunicó con Tsirch.

Sal se despegó para comunicar las noticias a los demás.

Capítulo 56

La Buena Noticia es

Tsirch y sus invitados se sentaron en un estrado, esperando a que los asistentes y los medios de comunicación encontraran sus asientos. Tsirch estaba hablando por el COM cuando éste vibró. Miró la pantalla del COM.

"Marilyn, gracias. Richard está llegando. Me pondré en contacto contigo".

Tsirch habló: "Richard, dime algo bueno".

Tsirch escuchó atentamente.

"Bien, ¿Y qué hay de esa transmisión de audio?"

Absorbió metódicamente el mensaje.

"¿Eve va a hacer eso?"

Tsirch respiró aliviado. "Gracias, Richard, lo tenemos".

Tsirch cerró su COM y lo guardó. Se levantó y caminó hacia el centro de su grupo y dijo: "Tengo que hacer un anuncio".

El COM de Lucas vibró y lo sacó de su bolsillo.

Tsirch se acercó al micrófono y habló: "Hola, ¿Funciona?".

Su voz resonó por todo el recinto.

Sonrió y soltó una risita. "Sí, supongo que sí".

Continuó: "Sé que es un poco pronto para que empiecen las festividades, pero tengo que hacer algunos anuncios importantes. Tengo noticias, buenas noticias, muy buenas noticias y mejores noticias".

Hizo una pausa. "¿Cuales quieren primero?"

Miró alrededor de la zona ajardinada y preguntó: "¿Qué, nada de interrupciones? Bien, estas son las noticias y las buenas noticias. Cometimos un error en nuestros cálculos. El evento de difusión no tendrá lugar hoy al mediodía. Se ha pospuesto a esta medianoche, en el meridiano de Greenwich, lo que significa a eso de las 8 de la tarde aquí".

Hubo un murmullo entre la audiencia.

"Ahora más buenas noticias. No tenemos que preocuparnos por los efectos cuando aparezca el holograma".

Se oyó un pequeño aplauso.

"Ahora las mejores noticias. Durante el evento de hoy, nos han dicho que cualquiera que tenga un COM podrá escuchar el audio del evento. Así que esperemos que todo salga según lo previsto. Gracias".

Tsirch volvió a su grupo, y discutieron los cambios.

Capítulo 57

Validación

Eve estaba en el exterior del complejo SETI transmitiendo los cambios y mensajes a los medios de comunicación de todo el mundo y a los COM públicos. Terminó de transmitir las noticias y volvió a entrar para unirse al grupo.

Perry y Michael estaban sentados en sus estaciones de trabajo, verificando los flujos de datos y comunicándose con otras estaciones SETI. Amir y Dominique disfrutaban de las interacciones con sus visitantes.

Sal estaba en un COM con Lucas.

"Les pregunté a Amir y Dom sobre eso. Estuvieron de acuerdo en que los Alfas encontraron una forma de intervenir las frecuencias COM y sincronizarlas con el holograma en cada coordenada concreta."

Lucas dijo: "Sí, hackear los COM sería lo esperado, pero sincronizar eso con todas las coordenadas es hercúleo".

Sal preguntó: "¿Has oído hablar a Brie de nuestra teoría del holograma que ella introdujo en el SuperCOM del Departamento de Defensa?".

Lucas dijo: "Ella obtuvo un resultado de nivel 3, pero nuestra base de crear un holograma y un receptor simultáneamente no tiene sentido. Se necesitan dos señales separadas".

Sal añadió: "Pero enviar una señal e inmediatamente después otra de distinto tipo requiere, por supuesto, que se envíen dos fuentes distintas al mismo lugar exacto".

Lucas respondió: "Dom sugirió que la fuente generadora debía tener un interruptor automático de modo dual. La lógica estaba ahí, pero los aspectos mecánicos son problemáticos. Pero también mandé eso".

Sal dijo: "Bueno, amigo, hasta aquí hemos llegado para resolver los problemas del mundo. Voy a volver a socializar".

Lucas dijo: "Sí, nuestro evento para los invitados está a punto de desarrollarse. Tsirch está a punto de hablar. Te haré saber si el nuestro funciona".

Sal respondió: "De acuerdo, Lucas, hasta luego".

Sal se reincorporó a la fiesta previa al evento. Amir y Dominique hablaban con Richard y Johnny.

Eve y Yost mantenían una conversación seria. Ella estaba configurando una cámara en una mesa aparte.

"¿Estás seguro de que está bien que grabe este segmento?"

Steven asintió. "Claro. Forma parte de mi informe que pronto será desclasificado".

Eve sacó una copia impresa de su maletín y se la dio a Yost. "Comandante Yost, sé que dudaba en divulgar lo que cree que decía el holograma mientras leía sus labios. ¿Por qué fue eso?"

Steve prosiguió: "Permítame prologar esta entrevista con una declaración personal. Nací parcialmente sordo y con el tiempo me sometí a una operación de implante coclear extremadamente exitosa. Soy traductor hipoacúsico titulado en signos y lectura de labios. También soy todavía un Comandante de Misión cualificado.

"Ahora, Sra. Walker, como Comandante de la Misión, era mi responsabilidad completar la misión y devolver a casa sanos y salvos a todos los miembros de la tripulación. Mi tripulación debe trabajar a la perfección para garantizar que eso ocurra. Si yo pareciera inestable, ¿Cómo podría la tripulación confiar en mi juicio y seguir órdenes? Así que, por la seguridad de la tripulación, le resté importancia al suceso.

Posteriormente me di cuenta de que admitir haber visto una aparición, sin verificar el avistamiento, sería problemático para mi carrera. Sin embargo, esa racionalización quedó eclipsada cuando tuve en cuenta el efecto que tal avistamiento, de verificarse, tendría sobre mí personalmente y sobre la humanidad en su conjunto."

Hizo una pausa y Eve sonrió comprensiva. "¿Cómo le afectó personalmente?"

Continuó: "En mi caso, interioricé el suceso en un análisis lógico. El avistamiento fue simplemente una anomalía inexplicable o bien una manifestación alienígena o una aparición religiosa, cualquiera de las cuales podía aceptar porque ciertamente vi el rostro."

Eve observó: "Tengo entendido que sí documentó el suceso y que, en un informe clasificado, describió su traducción palabra por palabra. ¿Cuál fue la razón para querer que eso fuera clasificado?".

Respondió: "Para mí, esa información era inutilizable para su divulgación, ya que era mi interpretación y no era verificable, al igual que el avistamiento".

Eve continuó: "Usted mencionó los efectos sobre la humanidad. ¿Cuáles creía que podrían ser los efectos?".

Explicó: "Si el avistamiento fue sólo una anomalía inexplicable, entonces entraría en la categoría de los hombrecillos verdes y la teoría de la abducción alienígena y la conspiración gubernamental. Eso sería todo. Sin embargo, si hubiera verificación del avistamiento, entonces entrarían en juego las opciones de manifestación alienígena o aparición religiosa, cualquiera de las cuales se presta a la necesidad de más explicaciones y eso puede llevar a dudas de las convicciones personales."

Hizo una pausa y añadió: "Ya hemos visto la ansiedad, la negación, la agitación y la confusión resultantes, primero, del contacto verificado y, después, de la conversación real".

Steve se volvió introspectivo y deliberado al hablar. "Pero ahora... ahora con la verificación siendo vista por todo el mundo... quizá pueda por fin llegar a un acuerdo con mi estado mental personal".

Eve asintió y preguntó con calma: "La impresión que tiene delante es de la traducción al inglés del flujo de datos. ¿Puede verificar si alguna de estas palabras es la que recuerda de la lectura de los labios?".

Steve miró la impresión y sonrió.

Preguntó: "Si tiene un bolígrafo, rodearé las palabras".

Eve rebuscó en su maletín, sacó un bolígrafo y se lo entregó a Steve.

Éste tomó el bolígrafo y sonrió mientras empezaba a rodear cuatro palabras en el papel.

Capítulo 58

Las Palabras

Richard sonrió a Eve mientras activaba el COM. Observaron toda la documentación de su viaje. El monitor mostraba el segmento final de la entrevista del comandante Yost rodeando las cuatro últimas palabras de la última frase en una impresión de un flujo de datos. El siguiente segmento era una pantalla dividida. A un lado estaba el presidente en el jardín, con su familia, amigos, viendo la aparición y el audio de Adán. El otro lado era de Dominique y Amir viendo y escuchando la prometida aparición de Adán.

El holograma y el audio se sincronizaron en los últimos fotogramas de la versión inglesa del COM.

"Deseamos compartir conocimientos de todo el universo que puedan ayudarles a prosperar. Les ofrecemos estas palabras de propósito para su vida. Tanto si la vida es un ciclo como un paso adelante, viva hoy como crea mejor".

Seguro que llega rápido.

Eve sonrió y volvió a acurrucarse en los brazos de Richard.

Acera del Autor

Terol McCullar pasó sus primeros cuarenta y dos años trabajando en docenas de empleos, adquiriendo experiencia vital y preparándose para una carrera que le aportó satisfacción personal como oficial correccional de California y sargento instructor conocido como T-Mac.

El autor ha adquirido una visión de las pasiones y los obstáculos que constituye la base de la automotivación de uno mismo. Su propia motivación ha sido moldeada habiendo vivido los cambios presenciados desde los años 50 y 60 hasta la actualidad. La dicotomía de soportar tanto los buenos tiempos como las turbulencias se vio atenuada por la creencia en la autoeficacia.

La pasión del autor por el derecho y la enseñanza se entremezcla con su condición de cantautor.

El hecho de que ésta sea su segunda obra publicada es un incentivo para perseguir la credibilidad como autor.